U0109276

古典詩歌研究彙刊

第三五輯

龔鵬程　主編

第4冊

明清詩詞的悼亡書寫
——以薄少君與納蘭性德為例

楊蘊辰　著

國家圖書館出版品預行編目資料

明清詩詞的悼亡書寫——以薄少君與納蘭性德為例／楊蘊辰
著 -- 初版 -- 新北市：花木蘭文化事業有限公司，2024〔民
113〕
目 4+224 面；17×24 公分
（古典詩歌研究彙刊 第三五輯；第 4 冊）
ISBN 978-626-344-549-9（精裝）
1.CST：（明）薄少君 2.CST：（清）納蘭性德 3.CST：詩詞
4.CST：詩評 5.CST：女性文學 6.CST：明清文學
820.91   112022450

ISBN-978-626-344-549-9

9 786263 445499

古典詩歌研究彙刊
第三五輯 第 四 冊   ISBN：978-626-344-549-9

明清詩詞的悼亡書寫
——以薄少君與納蘭性德為例

作　　者　楊蘊辰
主　　編　龔鵬程
總 編 輯　杜潔祥
副總編輯　楊嘉樂
編輯主任　許郁翎
編　　輯　潘玟靜、蔡正宣　美術編輯　陳逸婷
出　　版　花木蘭文化事業有限公司
發 行 人　高小娟
聯絡地址　235 新北市中和區中安街七二號十三樓
　　　　　電話：02-2923-1455／傳真：02-2923-1452
網　　址　http://www.huamulan.tw 信箱 service@huamulans.com
印　　刷　普羅文化出版廣告事業
初　　版　2024 年 3 月
定　　價　第三五輯共 4 冊（精裝）新台幣 8,000 元
版權所有 · 請勿翻印

明清詩詞的悼亡書寫
——以薄少君與納蘭性德為例

楊蘊辰　著

作者簡介

楊蘊辰，1995 年生，臺南人。國立臺東大學華語文學系碩士，現為國立中山大學中國文學系博士生，研究方向為明清婦女文學與文化。曾獲國立臺東大學第十五屆砂城文學獎新詩類佳作、臺灣教育大學系統第八屆優良博碩士學位論文獎佳作。

提　要

　　本文以晚明女詩人薄少君（1596 ～ 1625）之哭夫詩與清初詞人納蘭性德（1655 ～ 1685）悼亡詞作為主要研究中心，旨在探討兩性作家在「悼亡」主題上表現的異同，兼之回顧悼亡詩詞史與明清女性文學的發展脈絡，並完整收錄了薄少君八十一首哭夫詩作。時代風氣與社會制度是影響文學興衰的重要因素，本文首先梳理先秦到清代的悼亡詩進程，接著追溯明清女性文學興盛的緣由，從「性別」（gender）的視域分析此番特的文學現象。

　　薄氏哭夫詩可分為五個類型：少言閨怨、天妒英才、清苦生活、相思之情、佛教意象；其詩展現了對亡夫的思念，並描繪了夫妻間的日常生活與喪夫後的艱苦處境，詩風剛健而不藻飾，頗具傳記性質。納蘭悼亡詞則側重於夫妻間的情深愛篤，傾訴喪妻後的哀愁與孤獨，以月亮、楊柳、落花、西風、燈燭等意象營造悲傷的氛圍，詞風哀感頑艷。本文比較薄氏哭夫詩與納蘭悼亡詞，就作者之社會地位、詩詞之表現手法和審美特色三個面向進行分析，歸納兩性作家在「悼亡」時表現出的異同。除了悼亡文學「以情動人」的共同風格，兩性作家在悼亡主題上關注的重點以及傳達的思想觀念不同，這與文化背景因素息息相關。

誌謝辭

　　終於到了提筆寫下誌謝的時刻，自 2013 年惶惶步入臺東起，八載倏忽而逝，又是一年寒蟬鳴。猶記初入大學時，曾有教授說過「臺東的土地會黏人」，當時年少懵懂的我只著眼在陌生環境帶來的惶惑，未能深刻體會這句話，而如今已浸淫在臺東的山海之中不可自拔。

　　在臺東的這段旅程中，有太多必須感謝的人，最感激的是恩師王萬象教授。大四時向恩師透露了考研究所的意向，恩師引導我預修了第一門碩班課程——「比較文學方法論專題」，自此開啟我跟著恩師學習、研究之路。碩三以前的我很難稱作一個合格的研究生，由於遲遲未能掌握論文寫作的技巧，加上持續任職二至三門課程的助教，外務繁多，導致論文進展十分緩慢，屢屢讓恩師操心。在此要感謝恩師在得知我半工半讀後，讓我擔任大學部「中國文學史」助教，獲得了不同的磨鍊機會。亦感謝師母，在我偶至恩師家中討論論文時，總是贈送我小點心，對我關懷備至。

　　感謝口試委員蔡振念教授、簡齊儒教授，以及論文計畫審查委員周慶華教授，蔡老師、齊儒老師、周老師從不同角度給予我的論文專業的建議，讓我能了解論文的不足之處及盲點。此外由於新冠疫情緣故，這次口試改為視訊口試，十分感謝口試委員願意配合。還要感謝董恕明教授，董老師曾經為我某一次的研討會論文講評，該次論文主題為薄少君哭夫詩，記得董老師當時激勵我的話語：「妳不是孫康宜，

但妳可以成為下一個孫康宜。」這句話我一直謹記在心，並時時翻出來提醒自己。

感謝同窗素貞、緣慧，作為修課固定班底的我們一起度過了多門課程，於我而言都是愉快的回憶；感謝學妹宛汧、庭聿，由於興趣相投，我們不僅在論文寫作上能夠互通有無，在彼此因期末、研討會、口試而感到憂慮時，也能互相鼓勵、紓發壓力。另外要特別感謝同師門下的斐雯學姐，雖然我與學姐素不相識，在我進入研究所時，學姐正好畢業，並前往日本攻讀博士；但在我選定薄少君作為研究對象後，十分苦惱《明代女性の殉死と文学—薄少君の哭夫詩百首》一書無法取得資源，是身在日本的學姐幫忙掃描了書籍，讓我的研究得以順利進行。

感謝楚硯學長，在碩二時介紹我擔任通識中心「通識教育講座」的助教，參與通識講座的三個學期對我而言是無比重要的人生經驗——首次在百位以上的學生面前發言、進行教學互動，是十分艱鉅的挑戰——這項任務鍛鍊了我的口語表達能力與面對人群的勇氣。在講座助教任職期間，也認識了許多美好善良的同事、朋友——感謝通識中心的家婕姐、昀徵哥、怡君姐、佩真姐，雖然工作內容比較繁重，但通識中心的氣氛相當融洽，使我們工作時也能樂在其中；感謝邱瓊瑤教授、王蕙瑄教授，瓊瑤老師在通識講座之外讓我擔任通識課「中文閱讀與寫作」助教，培養我作文鑑賞的能力；蕙瑄老師指正我在教學上的短處，並傳授相關技巧；感謝講座的助教們：素玲姐、國龍學長、淑榕、芝菱、譚歆，從大家身上我也開拓了不同領域的視野，實感獲益良多。

感謝杏容咖啡屋的青容姐、佩玲姐、韋鋒哥、月雲姐，以及同事育如、韋綾、祐珊、郁倫、鄒盈，杏容像是一個大家庭，在杏容工作近四年，得到許多溫暖的關照，是我研究生活的強大後盾。

最後感謝我的父母，八年異鄉漂泊、漫長求學生涯，全仰賴父母的包容，這本碩論的完成，父母的鼎力支持是最大的幕後功臣。在我

論文進行途中數次陷入瓶頸，懷疑自己沒有做研究的才能時，想到家人無條件地給予我信任，總能勉勵自己繼續前行。

　　四年前不敢相信自己真的能夠完成十多萬字的論文，雖然還不能達到盡善盡美的程度，但自覺在寫作途中也成長了許多，希望這本論文中的每一個字都沒有辜負恩師的教導與期望，也不愧對自己花費的心血。碩士生涯在我的青春留下濃墨重彩的一筆，到此告一段落；而這並不是終點，僅是研究路程中的一個分號，新的起點正在前方等待我開啟，期許自己能努力完成這個目標。最後再次感謝所有幫助過我的人，需要感謝的人太多，恐有疏漏，還望諒解。

楊蘊辰　謹誌 2021/08/21 於臺南

目

次

第一章　緒　論

第一節　研究動機與目的

一、研究動機

　　初識納蘭容若的契機，大約和多數人一樣，源於直至今日仍琅琅上口的四句詞句：「人生若只如初見，何事秋風悲畫扇。等閒變卻故人心，卻道故心人易變。」〔註1〕這闋〈木蘭花令‧擬古決絕詞柬友〉經常被誤認為愛情詞作，然而詞題的「柬友」卻點明了這闋詞實為贈友之作，盛冬鈴認為：

> 決絕意謂決裂，指男女情變，斷絕關係。唐元稹曾用樂府歌
> 行體，摹擬一女子的口吻，作〈古決絕詞〉。容若此作題為
> 「擬古決絕詞柬友」，也是以女子的聲口出之。其意是用男
> 女間的愛情為喻，說明交友之道也應該始終如一，生死不
> 渝。〔註2〕

這正是納蘭容若的愛情觀，也是他的友情觀，對於感情的真摯細膩，向來是納蘭容若最為人稱頌的特點。有道是「長歌之哀，過於慟哭」〔註3〕，筆者在選定以「悼亡」作為研究方向後，閱讀了數位以悼亡

〔註1〕葉嘉瑩主編、張秉戌編著：《納蘭性德詞新釋輯評》（北京：中國書店，2001年），頁162。

〔註2〕盛冬鈴選注：《納蘭性德詞選》（臺北：遠流，1988年），頁70。

〔註3〕〔宋〕洪邁著：《容齋隨筆（五）》，卷二（上海：商務印書館，1934年），頁2。

詩詞著稱的作者之詩詞，在拜讀了敏君的著作《一代詞癡納蘭容若：相國公子的動人情詞與絢爛人生》[註4]後，受納蘭詞中豐沛的深情及憂愁所折服，尤其〈浣溪紗〉中「當時只道是尋常」一句，更是令人深深體會到喪妻一事帶給他無盡的遺憾與追悔。「因為一首詩愛上一個人，所有的詞藻不過是後人臆想中強加於他的枷鎖，不想也不能評價，他始終在那裡。」[註5]正因為〈浣溪紗〉一詞，使筆者毅然選擇了以納蘭容若作為悼亡研究的主要探討對象。

學界針對納蘭容若的研究不少，尤其著重於「哀感頑豔」的感情詞部分，王國維（1877～1927）評道：「納蘭容若以自然之眼觀物，以自然之舌言情。此由初入中原，未染漢人風氣，故能真切如此。北宋以來，一人而已。」[註6]納蘭詞無論在清代或是後世的聲譽都極高，其中悼亡詞尤為悲切，打動了無數人；盧氏在容若的心裡是從未被翻過去的一頁，回憶真實地存在著，時不時想起便心裡作痛。在歷代文人悼念亡妻的作品之中，納蘭容若可說是篇幅最多、最顯情深的一位。

在晚明，薄少君的哭夫詩受到時人重視，晚明文學家鍾惺編輯的《名媛詩歸》[註7]以第三十四卷整卷的篇幅，收錄薄少君的 81 首悼亡詩，可看出其器重程度；晚明女詩人王端淑（1621～1701）編輯的《名媛詩緯初編》[註8]收錄了 21 首；晚明文學家錢謙益（1582～1664）編輯的《列朝詩集》[註9]收錄了 10 首，薄詩在當時的女性詩

〔註4〕敏君著：《一代詞癡納蘭容若：相國公子的動人情詞與絢爛人生》（新北：野人，2014 年）。

〔註5〕苗欣宇、馬輝編：《倉央嘉措詩傳》（南京：江蘇文藝，2009 年），封底。

〔註6〕馬自毅注譯：《新譯人間詞話》（臺北：三民，1994 年），頁 118。

〔註7〕鍾惺所編的歷代女性詩歌選集，選錄自上古至明代共 348 位女詩人、1577 首作品，共三十六卷。

〔註8〕王端淑所編的歷代女性詩歌選集，選錄自漢代至清初共 800 餘位女詩人、2000 餘首詩作，共四十二卷。

〔註9〕錢謙益所編的明代詩歌選集，選錄自洪武至崇禎 278 年間，1600 餘位詩人之作，共八十一卷，全書分為乾、甲集前編、甲、乙、丙、丁、閏集。

壇中流傳甚廣，對明清兩代女性詩人創作哭夫詩的影響巨大。然而到了現代，薄少君的名字卻已經在中國文學史中絕跡，在現今的女性詩人選集中也幾乎未見到薄少君的作品，僅有極少數海外漢學家從事薄少君的相關研究。這或許與薄少君的文辭較為樸實直白、缺少雕飾有關；由於古代女性在社會地位上的弱勢，一般女性受限於閨閣家庭之中，受教育的機會少，眼界有所侷限，因此薄詩中的格律、用典不甚嚴謹，比較不符合現代學者對於詩詞的審美標準。荷蘭漢學家伊維德（Wilt Idema，1944～）指出，薄少君的詩作風格不如一般女性作者的幽婉，更近似於男性的剛健，八十一首哭夫詩中也少見閨怨之情；這種男性化的風格，使得她遭受後代文學評論家的批評，認為薄詩粗俗。〔註10〕

　　然而筆者在閱讀薄少君的悼亡詩後，認為薄詩仍有其獨特的文學價值，薄少君透過百首哭夫詩，描繪出她與沈承夫妻之間的生活情景，抒發對亡夫的刻骨思念；在明清兩代的哭夫詩發展上，薄氏哭夫詩絕對是非常重要的一環，具有承先啟後的地位，對後代寡婦詩的創作深具影響。由於薄少君篤信佛教，其詩融合了許多佛教用語和意象，以神仙思想解釋沈承早逝的原因，也十分值得探討。薄少君以其特出的才思，在哭夫詩中融合佛教意象，感嘆丈夫沈承雖有才學卻不得志，以及為夫妻貧困的家居生活，描繪出具體的形象。

二、研究目的

　　現今學界僅有極少數海外漢學家對於薄少君有深入的研究，例如日本漢學家小林徹行（1961～）、荷蘭漢學家伊維德，中文文獻卻是微乎其微，使得讀者要認識薄少君更為困難。而海外漢學家對於古漢字的理解較為不易，小林徹行及伊維德之著作中所錄的哭夫詩以《毛孺初先生評選即山集》為版本依據，但與原典皆有些許出入，《即

〔註10〕伊維德：〈薄少君百首哭夫詩中的自傳與傳記性質〉。收錄於曼素恩（Susan Mann）、賀蕭（Gail Hershatter）等著，游鑑明、胡纓、季家珍主編：《重讀中國女性生命故事》（臺北：五南，2011 年），頁 325。

山集》和《名媛詩歸》也存在部分字詞差異。本文將重新整理分析薄
少君的 81 首哭夫詩，並與納蘭容若的悼亡詩作比較，探討在古代社
會中，男性喪妻和女性喪夫所面臨的生活境遇差別。男性喪妻後多有
續弦，女性喪夫後卻少有改嫁，傳統價值觀的桎梏對於古代女性造成
的影響甚鉅，導致在書寫悼亡詩詞時，不同性別的詩人所選擇的題材
與表現手法也會有所不同。

　　明清女性詩人群體是中國文學史上的一股洪流，作品數量極多，
卻未能對文學流變造成影響；其原因在於父權社會的傳統觀念限制了
女性文學發展，女性的文學活動被視為「業餘」，她們的「本業」是相
夫教子、侍奉舅姑等一切家庭瑣事，若有餘裕才可以進行文學活動，
否則是怠忽職守、本末倒置。時代風氣對異性作者造成了不同的寫作
困境，本文欲探析中國古代的家庭觀念、社會期望等，對異性作者在
書寫悼亡詩詞上所產生的影響，期望對於明清哭夫詩與傳統悼亡詩詞
的研究領域有所貢獻。

第二節　研究方法及架構

一、研究方法

（一）主題學

　　本文採用主題學作為主要研究方法。王立（1964～）在《中國古
代文學十大主題──原型與流變》一書中，將「相思」與「生死」列
為文學十大主題之二，而悼亡正是有結合了愛情與死亡文學的重要展
現方式。鄧小樺（1978～）提出看法：

　　　為什麼愛情、死亡和戰爭是人類文學史上三個最重要的主
　　　題？我想是因為這三件事物都會將一個無法內化的絕對他
　　　者、一種無法掌控的陌生狀態強行置入個體的生命。[註11]

────────────

〔註11〕鄧小樺：〈推薦序──星辰也有憂鬱的影子〉。參見梁文道著：《我執》
　　　　（臺北：遠流，2010 年），頁 25。

綜觀古今中外歷久不衰的經典作品，很大一部分都是由這三個主題組合而成，宇文所安（Stephen Owen，1946～）也同意「死亡」作為文學主題的重要性：

> 人們在旅行和遊覽時寫詩。在旅途中遇到某人也往往要寫詩。假如詩人尋訪古蹟，他會寫「懷古詩」；假如某地與他個人的過去有關，這首詩就是「感舊」。
>
> 死亡當然是重要的場合。有一系列文類在這種場合扮演不同角色，很多是儀式性的角色。對一些作家而言，寫作墓誌銘可能是重要的收入來源。詩歌也可以用來寫作悼詞，可以是非常私人化的感思，也可以是高度正式化的「輓歌」，後者在唐代專寫給貴族和皇家成員。〔註12〕

在先秦兩漢，人們對於「死亡」一事的認知，受到儒道兩家的影響。《詩經》展現的是初民對於長生不死最原始的渴望，然而死亡本就是人生定數，無人得以避免，因此《詩經》多有祈求長生之語。到了春秋戰國，理性精神的增強，使得人們開始思考生與死的意義。孔子重生輕死，人生在世的價值，遠重於死後靈魂的去向；莊子不懼死亡，死亡乃是肉體的超脫，回歸自然而已。先秦諸子對於生死觀的哲學性思考，影響了文人在文學作品中也不言死生之傷。兩漢對於儒學的高度推崇，對於文學思潮有很大的影響，儒家的「發乎情，止乎禮義」、「樂而不淫，哀而不傷」，這種以禮節欲的思想很大程度地限制了文人的情感表達，陳寅恪（1890～1969）表示：

> 吾國文學，自來以禮法顧忌之故，不敢多言男女間關係，而於正式男女關係如夫婦者，尤少涉及。蓋閨房燕昵之情意，家庭米鹽之瑣屑，大抵不列載於篇章，惟以籠統之詞概括言之而已。〔註13〕

〔註12〕孫康宜、宇文所安主編：《劍橋中國文學史（卷上）》（臺北：聯經，2016年），頁305。

〔註13〕陳寅恪：〈元微之悼亡詩及艷詩箋證〉，《中央研究院歷史語言研究所集刊》第20本上冊（臺北：中央研究院歷史語言研究所，1948年），頁12。

從西漢中期到東漢中期近兩百五十年的時間，抒發男女之情之作幾乎消失，悼亡作品僅見於漢武帝，〔註14〕王立說道：

> 《詩經》、《左傳》的祈生懼死，尤其是後者由人的出生之兆推測終生命運結局的神祕主義嘗試，已見生與死某種內在關聯。而先秦諸子理性精神的高揚，一定程度上貶抑了求生懼死本能的主體意識，直到漢末的倫理秩序與觀念被打破重組，人主體意識才在否定之否定中回歸，生死主題才完成文化意義上的歷史圓圈，進入到本質意義上的較高層次，從而在魏晉南北朝之際成為人們思考與詠嘆的中心。〔註15〕

雖然文人一度壓抑了對於死亡的恐懼心理，然而求生懼死本是人類的本能，人類終究無法迴避這永恆的課題。到了魏晉南北朝，文學脫離經學、史學的範疇，不再只作為教化工具，進入了文學的自覺時代。魏晉文壇呈現「尚情好藻」的風貌，詩歌始得回歸《詩經》、民間樂府歌詩的抒情作用；建安作家重視詩歌的抒情功能超越儒家強調「經世致用」的文學觀，詩歌被視為日常生活中攄舒己懷、發洩情感的渠道。詩歌的抒情化走向，連帶著描寫夫妻之情的悼亡詩作正式進入文學領域，胡旭說：

> 人倫之中，最私暱的關係莫過於夫妻，夫妻之情形諸於文字，足見文學表現走向深入。七情之中，最令人黯然神傷者莫過於悲情，而死別乃悲之甚者，夫妻之別乃其中尤為甚者。〔註16〕

正如同佛教所說人生有八苦：生、老、病、死、愛別離、怨憎會、求不得、五陰熾盛，夫妻死別，經歷了病苦、死苦、愛別離苦，對於某些人來說，人生最苦莫過於此。如本文所探討的兩位對象，薄少君於

〔註14〕漢武帝之悼亡作詳見本文頁 28～30。

〔註15〕王立著：《中國古代文學十大主題——原型與流變》（遼寧：遼寧教育，1990 年），頁 266。

〔註16〕胡旭著：《悼亡詩史》（上海：東方，2010 年），頁 10。

丈夫沈承逝世的一年後，哀慟而絕；納蘭容若在妻子盧氏病故之後，長年鬱鬱寡歡，有道是「情深不壽」，〔註17〕情愛大抵是世間最傷神的事情，情深的人，往往也因憂思過重而活不長久。

關於死亡對於人的啟發與反思，王立如此闡述：

> 死，作為對生的一種否定，其激發人主體意識的作用是極為獨特的。死是無法迴避的物種必然規律，它從生的對立角度，以否定形式促使人們熱愛生命、熱愛生活、熱愛人世間一切美好的東西。……不免一死的意識，不僅豐富了愛，而且建構了愛。死正是從愛、從生命價值的角度莊重地界定了生命的意義。死的威懾讓人在恐懼憂傷之餘，通過人由此煥發起來的主體意識，轉化為人對生命、愛情與事業的深摯強烈的慕戀。〔註18〕

死與生之間的交互影響，陶東風（1959～）也有同樣的解釋：「從某種意義上說，不是『未知生，焉知死』，而是不知死，焉能知生。只有死才能反照出生，對死的反思是對生的反思的集中體現。」〔註19〕人們從死亡體認到生命的可貴，身邊親友之死，讓人聯想到自己之死，體現在傷逝悼亡之作上，反過來又能讓人思考生命的價值：

> 傷逝悼亡的傳統習俗既受華夏之邦價值取向的制約，反過來又影響到生死主題對人的價值、人生存在意義的關注。對自我價值的珍愛，對至愛親朋亡故無可挽回的傷痛，有時還使得人們對死亡的懼怕及其死亡所含的不祥意義淡化了，認識到了這種無可迴避的悲哀竟反倒讓人曠達自若，這正是對人本體存在的一種獨特的價值關懷反映。〔註20〕

死亡是不可抗且不可逆的，人能做的只有順應、接受萬物規律，於是這些對死亡的恐懼、對生命的哀悼、對過去的緬懷、對自身的同理觀

〔註17〕語出沈復《浮生六記》：「情深不壽，壽則多辱。」
〔註18〕王立著：《中國古代文學十大主題——原型與流變》，頁266。
〔註19〕陶東風著：《陶東風古代文學與美學論著三種》（上海：社會科學文獻，2015年），頁6。
〔註20〕王立著：《中國古代文學十大主題——原型與流變》，頁270。

照,皆化為文學躍然於紙上。

(二)性別研究

孫康宜曾說:「男性文人都習慣在詩歌裡用女性的聲音說話(儘管常常有寄託的傾向,即所謂「男女君臣」),而女作家則喜歡模仿男性的文風,極力避免脂粉氣的傾向。」〔註21〕她稱此現象為「文化男女雙性」(cultural androgyny),指「傳統文化中的男女兩性均欲跨越性別區分的特殊現象」。〔註22〕中國文學史上「男子而好作閨音」的情況甚早有之,王國瓔(1941~)提到:「自屈原〈離騷〉以男女喻君臣,棄婦擬逐臣,男性作家往往以『代言』之姿,為身居『弱勢』的女性發言。」〔註23〕男性文人常以虛構的棄婦、思婦作為詩歌角色,藉以擼發自身懷才不遇或命途舛蹇的悲歎。王萬象(1960~)即認為文學中的棄婦形象正是男性文人所賦予:「棄婦可憐,那是因為男人要她們如此。她們的形象可作為一種雄性挫折的託喻,和喚醒男性於精神上去勢後的一種臣妾意識。」〔註24〕男性文人需要一個令人同情的移情對象,「棄婦」、「寡婦」無疑是好形象,女性被丈夫拋棄與官員被君主拋棄,在某種意義上有了共通性。然而出於傳統倫理制度、古代男性對女性的絕對掌控欲與主宰性,文學裡面的這些棄婦、寡婦雖然可憐,但她們必須忠貞順服、必須處在三從四德的支配下,否則便與對於君權、對於命運無能為力的自己相悖了。何錫章(1953~)曾做過一個統計,《詩經》中具有棄婦意象的詩歌共有六首,分別為〈衛風‧氓〉、〈邶風‧谷風〉、〈邶風‧日月〉、〈鄭風‧遵大路〉、〈王風‧中谷有蓷〉、〈召南‧江有汜〉,〔註25〕這些棄婦即使對背棄的丈夫有

〔註21〕孫康宜著:《文學的聲音》(臺北:三民,2001年),頁84。
〔註22〕孫康宜著:《文學的聲音》,頁84。
〔註23〕王國瓔:《中國文學史新講(上)》,頁18。
〔註24〕王萬象著:《中西詩學的對話:北美華裔學者中國古典詩研究》(臺北:里仁,2009年),頁151。
〔註25〕何錫章著:《中國文學漫論》(臺北:秀威,2015年),頁115~116。

所指責，卻還是只能被動地接受這個結果，更多的是自我懷疑與暗自
神傷，何錫章說：

> 從《禮典》中的「父者子之天也，夫者妻之天也」，以及《禮
> 記》中規定的「三從四德」，都可見宗教禮法對於女性溫
> 順、忠貞、忍耐等品性的要求和塑造。這些棄婦們將這些
> 禮法的要求作為自己的行為準則來規範自己，並沒有意識
> 到自己被棄的不幸是因為宗教禮法對於女性角色規範的不
> 合理造成的，她們除了暗自悲傷之外，沒有任何的反抗意
> 識。〔註26〕

何錫章稱這些棄婦是「自覺地走向隱忍」，禮法像一道緊箍的枷鎖，
將現實與文學中的女性都牢牢抑住，現實中的棄婦尚且被禮教影響至
此，更遑論男性文人筆下的女性了。王萬象表示：

> 她（他）們心中充滿了棄絕感，但是基於自我犧牲的原則，
> 她們不可能另尋他歡或出路，遊子之婦必定不會琵琶別抱，
> 君王之嬪妃亦口無怨言。在許多男性詩人的作品裏，棄婦的
> 形象也只不過反映出男性的自傲，而這種病態心理是源自
> 於一種絕對宰制的幻想。一個男人利用一個女人來定義他
> 自己。〔註27〕

事實上，男性文人筆下的棄婦、寡婦形象顯然與現實有很大的差距。
葉嘉瑩（1924～）指出：

> 一般來說，女性在男性之心目中，永遠是一個他者，當男
> 性作者寫女性形象時，其出於男性口吻者，則女性之形象
> 自然就成為一個可供男性欲求或欣賞的客體。而即使是男
> 性作者嘗試用女性之口吻來敘寫女性之情思時，事實上在
> 男子內心深處之基本心態中，其所寫之女性情思，也仍然是
> 一個被男性欣賞之客體，所以男子所寫的思婦之詞，……
> 乃往往會較之女性所自寫的思婦之詞更富於可欣賞之美感

〔註26〕何錫章著：《中國文學漫論》，頁117。
〔註27〕王萬象著：《中西詩學的對話：北美華裔學者中國古典詩研究》，頁
　　　　151。

特質。〔註28〕

男性文人多關注於獨身女性的心理孤獨，並對這種孤獨加以著墨，以追求詩詞的美感；但對於女性來說，最可怕的並不是孤獨，而是生活的重擔，孫康宜提到：

> 對一個守寡的女人來說，痛苦不堪的不只是懷念死者、空房難獨守之類的空缺感，更難捱的顯然是生計的艱難。……而正由於生計的艱難，在漫長的孀居生活中，吟詩填詞便成為對她們最有益的消遣和寄託。……寡婦的詩風及情感模式常有「男性化」的傾向，而傳統詩話也自然常用「文人化」的語言來描繪她們。例如沈善寶的《名媛詩話》稱著名的寡婦詩人顧若璞「文多經濟大篇，有西京氣格」，而且誇獎她大講治國平天下的言論。〔註29〕

「文化男女雙性」的現象正在此體現，因此從女性文學的面向出發，重建文學中的女性形象是必須的。格蕾・格林（Gayle Greene，1943～）與考比里亞・庫恩（Coppelia Kahn，1939～）如此提倡：「女權主義學術具有雙重的任務：解構支配性的男性文化範式，重構女性的觀點和經驗，努力改變使我們沉寂、限定我們的傳統。」〔註30〕女性文學必須擺脫男性文化的掌控，「女性」的角色方能在文學中展現最真實的面貌。

〔註28〕葉嘉瑩著：《性別與文化：女性詞作美感特質之演進》（北京：商務印書館，2019 年），頁 53。

〔註29〕孫康宜著：《古典與現代的女性闡釋》（臺北：聯合，1998 年），頁79。

〔註30〕格蕾・格林（Gayle Greene）、考比里亞・庫恩（Coppelia Kahn）合編，陳引馳譯：《女性主義文學批評》（新北：駱駝，1995 年），頁 1。

二、研究架構

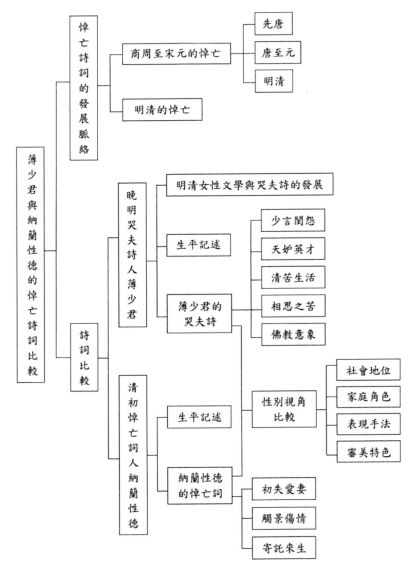

圖 1-1-1　研究架構圖

　　本文共分為六章。以薄少君的哭夫詩與納蘭容若的悼亡詞為主軸，探討男女詩人在悼亡一事上所展現出來的差異。首先第一章緒論

部分，分別敘述本文研究動機與目的、所使用之研究方法以及研究架構、相關研究資料的文獻探討，並界定出本文所使用的「悼亡」一詞之詞義範圍。第二章由悼亡詩詞的發展脈絡展開，分別概述漢魏至宋元的悼亡，並對明清兩代的悼亡史作較深入的探究。第三章以明清女性文學與哭夫詩的發展為切入點，探討女性文學在明清兩代的蓬勃生機，與哭夫詩的發展脈絡。接著進入本文主旨，根據古文獻記載，探討晚明哭夫詩人薄少君的生平及明清兩代人對她的詩作評價，並將其哭夫詩作分為「少言閨怨」、「天妒英才」、「清苦生活」、「相思之苦」、「佛教意象」五大類型，再加以分析，以彰顯薄少君獨特的文學風格以及價值。第四章概述納蘭容若所處的時代背景與其生平，探究他的詞作如何受到生命經歷的影響，並將納蘭容若的悼亡詩作分為三個時期：「初失愛妻」、「觸景傷情」、「寄託來生」，分析納蘭容若在喪妻之後的心路歷程變化。第五章進行薄氏哭夫詩與納蘭悼亡詞之比較，分別就「社會地位」、「家庭角色」、「表現手法」、「審美特色」，探討在明清兩代，傳統社會的價值觀對於當時不同性別的詩人產生哪些不同的影響？兩性在家庭中所扮演的角色，與各自需要承擔的責任，造就了薄少君與納蘭容若在書寫悼亡詩詞時，題材與面向上的異同。第六章結論，回顧各章節的要點，歸納全文論述，彌補薄少君在文學史中的缺席，總結異性詩人在悼亡書寫上的異同。圖 1-1-1 是本論文的研究架構圖。

第三節　文獻探討

一、關於薄少君

　　日本漢學家小林徹行《明代女性の殉死と文学—薄少君の哭夫詩百首》〔註31〕是最早的一本研究薄少君的專書，作者整理了明代五

〔註31〕小林徹行：《明代女性の殉死と文学—薄少君の哭夫詩百首》（東京：汲古書院，2003 年）。

十四位烈婦的事蹟，並對薄少君的哭夫詩加以分析歸類，對後來從事薄少君研究的學者影響巨大。

美國密西根大學亞洲語言與文化學系教授林順夫（Shuen-Fu Lin，1943～），著有一篇薄少君的生平介紹，並選其中十一首悼亡詩翻譯成英文，此文收錄在孫康宜（Kang-i Sun Chang，，1944～）、蘇源熙（Haun Saussy，1960～）所編輯的 *Women Writers of Imperial China* 當中。

荷蘭漢學家伊維德發表過數篇關於薄少君及其哭夫詩的期刊論文，其中〈薄少君百首哭夫詩中的自傳與傳記性質〉被翻譯成中文，收錄在《重讀中國女性生命故事》一書。此文側重於薄少君詩中的傳記性質，伊維德指出：「薄少君再三地描述與評價其丈夫，讓這些詩具有強烈的傳記性，又因為通常使用相當光耀的詞彙，有時甚至有『行傳』的味道。」〔註32〕這些詩記述了沈承生前的形象、夫妻間的婚姻生活，也為作為節婦的自己留下紀念。此文共分析了薄少君的八首哭夫詩，並論及薄詩對於後代哭夫詩的影響。另外，在 2018 年春季，伊維德於香港大學出版的翻譯期刊 *Renditions (No.89)*，將薄少君的 81 首哭夫詩全數翻譯成英文。

澳洲墨爾本大學亞洲學系教授馬蘭安（Anne E. McLaren），著有〈哀哭──明清時期女性悲情的表演〉一篇被翻譯成中文，收錄在《跨越閨門：明清女性作家論》〔註33〕一書。此文以晚明女詩人沈宜修（1590～1635）與薄少君為例，探討明末女性的悼亡詩在哭喪表演中展現的作用，包含哀悼子女及哀悼丈夫之詩。馬蘭安提到，「哭嫁」和「哭喪」的儀式歌是明清女性特有的哀哭表演，具有禮儀職能作

〔註32〕伊維德：〈薄少君百首哭夫詩中的自傳與傳記性質〉。參見曼素恩、賀蕭等著，游鑑明、胡纓、季家珍主編：《重讀中國女性生命故事》，頁326。

〔註33〕方秀潔（Grace S. F.）、魏愛蓮（Ellen W.）編：《跨越閨門：明清女性作家論》（北京：北京大學），2014 年。

用，〔註34〕她認為明清女性的悼亡詩文與此哭喪儀式有共同之處。與伊維德不同，馬蘭安著眼於薄詩之中的悲哀情感：「薄少君詩中詮釋出更多的是一個寡婦對亡夫的全身心的奉獻。刻骨銘心的期待和刻骨銘心的絕望。」〔註35〕薄詩中描寫的生活艱辛之情狀與遺腹子之憾，皆表達出其喪夫之苦。

二、關於納蘭性德

（一）納蘭詞箋注本

現今學界中較權威的納蘭詞箋注本有三，成書年最早者為張草紉《納蘭詞箋注》〔註36〕，初版發行於 1995 年；次者為張秉戌（1937～2005）《納蘭詞箋注》〔註37〕，初版發行於 1996 年；末者為趙秀亭、馮統一合撰之《飲水詞箋校》〔註38〕，初版發行於 2000 年。三本之中張草紉本較為簡略，而張秉戌本最為詳盡。

在選本方面，張草紉《納蘭詞箋注》以光緒六年（1880）許增（1824～1903）所輯《納蘭詞》作為底本，並增補六闋許增未收錄之詞作為補遺；張秉戌《納蘭詞箋注》以近人馮統於 1984 年校勘出版之《飲水詞》為底本；趙秀亭、馮統一《飲水詞箋校》則以《通志堂集》為底本，修正其中明顯的錯誤，並增補四十八闋《通志堂集》未收錄之詞作為補遺。

在詞作排序方面，張草紉本與趙、馮本皆按原底本之排序，在末卷另作補遺；張秉戌本則以主題重新編序，分為愛情篇、友情篇、塞上篇、江南篇、詠物篇、詠史篇、雜感篇。此外三本皆附有納蘭性德墓誌銘及碑文，兼《飲水詞》詞序；張草紉本、張秉戌本另附清代以來文人學者對納蘭詞及其人之集評，趙、馮本則錄有納蘭性德寄友之

〔註34〕方秀潔、魏愛蓮編：《跨越閨門：明清女性作家論》，頁 49。
〔註35〕方秀潔、魏愛蓮編：《跨越閨門：明清女性作家論》，頁 71～72。
〔註36〕張草紉箋注：《納蘭詞箋注》（上海：上海古籍，2003 年）。
〔註37〕張秉戌箋注：《納蘭詞箋注》（北京：文津，2017 年）。
〔註38〕趙秀亭、馮統一箋校：《飲水詞箋校》（北京：中華書局，2007 年）。

手簡。筆者將在以下對此三種箋注本作簡要評述。

　　張草紉《納蘭詞箋注》作為第一本詳細的納蘭詞箋注本，〔註39〕
耗費工程之鉅可想而知；張草紉著重於注明納蘭詞之事典、名物、俗
語，以及詞中化用前人之作的語詞意境處。〔註40〕此外張草紉撰有一
篇附錄〈納蘭性德早年戀情探索〉，從納蘭愛情詞中，探討性德在婚
前數段無疾而終的戀情，雖然缺乏史料佐證，但仍頗具參考價值。

　　筆者手中的張秉戌箋注本有二種版本，一為初版《納蘭詞箋注》
之再版，二為葉嘉瑩主編「歷代名家詞新釋輯評叢書」之中張秉戌箋
注的《納蘭性德詞新釋輯評》。初版針對每闋詞皆有簡短的評點，而
《新釋輯評》則在舊作的基礎上增加了作者的賞析，並輯錄諸詞的各
家評論附於頁末。以此二版本作比較，《納蘭詞箋注》的附錄較豐富，
涵蓋了納蘭性德的小傳、碑銘、誄詞、祭文、集評、年表與《飲水詞》
序跋彙編；《新釋輯評》則著重於詩詞的評析，附錄未如《箋注》完
整；二版本對於筆者在理解納蘭詞與廣納諸家之言的基礎上都提供了
非常大的幫助。

　　趙秀亭、馮統一《飲水詞箋校》標注出詞中校訂之處，拓寬前人
的箋注的範圍，如性德化用、移用之典故與詞句等。趙氏與馮氏更注
重於考據史實，儘可能地查考出詞作繫年，再從作品的歷史背景去探
索分析，以期貼近詞人創作時真實的語境，並糾正前人未盡考證之失。
此書有別於前人的箋注本，有較多作者個人嶄新的創見，極富研究價
值，然而也因此存在一些附會的弊病，讀者須多方閱讀後再下定論。

　　此外諸家注本尚有蘇纓《納蘭詞全編箋注》〔註41〕、盛冬鈴《納
蘭性德詞選》、施議對《納蘭性德集》〔註42〕、劉淑麗《納蘭性德詞

〔註39〕最早的納蘭詞箋注本為李勗《飲水詞箋》，出版於 1937 年；張草紉提
　　　及《飲水詞箋》有不少錯誤和疏漏，且注釋得較簡略，然而開創之功
　　　不可沒，張草紉繼承李本的基礎，並多加修訂增補。

〔註30〕張草紉箋注：《納蘭詞箋注》，頁 17。

〔註41〕蘇纓箋注：《納蘭詞全編箋注》（湖南：湖南文藝，2011 年）。

〔註42〕施議對編選：《納蘭性德集》（南京：鳳凰，2014 年）。

評注》〔註43〕等。除了蘇纓以外,其餘三本俱為選注本,可惜未能對納蘭詞作更全面性的探討,納蘭詞今存300多闋,此三本皆約選注百闋上下,可作為讀者的入門款。

(二)卓清芬,《納蘭性德文學研究》〔註44〕

此論文分別就納蘭容若的詩、詞、賦三種文類,對作品進行審美與寫作技巧解析,並論及容若的學術主張。

第二章首先簡論清初詞壇的狀況,以了解容若的創作背景。南宋以來,文人大多視詞為小道,次於詩者為「詩餘」。然而容若認為詞可用於抒情言志,須言之有物,不作無病呻吟,詞與詩地位相當,不應作為詩之附庸。作者於第三節論及納蘭詞,共分為五個主題:追憶愛情、悼亡之痛、羈旅愁懷、人生感慨與歷史觀照。

第三章及第四章探討納蘭容若之詩與賦,作者提到,納蘭詩的數量雖多於其詞,但由於納蘭詞在文壇上極負盛名,詩為詞名所掩,近年才漸受重視;而比起納蘭詩,納蘭賦因僅有五篇,更是鮮有學者探論。納蘭詞多抒情,詩則多言志,容若之友張純修(1647～1706)云:「其詩之超逸,詞之雋婉,世所共知。」〔註45〕其詩風格清麗,多言己身的理想抱負與生命之感。

筆者認為,納蘭容若的文學成就之高,在清代文壇中佔了無比重要的地位,單就其詞作就能夠寫出數篇學位論文。此論文作為臺灣學界最早的一篇專論納蘭容若的碩士論文,架構龐大,研究範圍涵蓋容若之詩、詞、賦,欲以更全面的角度探討納蘭文學。可惜也因為如此,文中對於作品本身的分析較少,更多關注於文類的整體表現,類似於文學史的寫作方式,適合初涉納蘭文學研究的讀者。此外,作者博採

〔註43〕劉淑麗編著:《納蘭性德詞評注》(北京:商務印書館,2017年)。
〔註44〕卓清芬:《納蘭性德文學研究》(臺北:國立臺灣大學中國文學研究所碩士論文,1993年)。
〔註45〕轉引自卓清芬:《納蘭性德文學研究》(臺北:國立編譯館,1998年),頁185。

各家對於納蘭詩詞之評述，自清代文學家之言至民國以來學者之評皆有考據，對筆者頗具助益。

（三）陳美娟，《納蘭性德悼亡詞之研究》〔註46〕

此論文整理出納蘭詞中含有悼亡情感的五十九闋悼亡詞，並將其分為四種類型的情感表抒方式：一是初喪愛妻的悲慟，作者提到，納蘭容若的悼亡詞多寫於盧氏新喪的一年內，詞中可見其哀痛之深、追憶之切；〔註47〕二是表達詞人舊地重遊、睹物思人的想念，作者梳理納蘭悼亡詞中曾引起睹物傷神之感的事物，如舊地、飾品彩妝、琴簫樂器、書信文字、空房空床、植物花木，生活環境中無不是妻子曾經存在過的痕跡，處處都容易勾起回憶的傷痛；三是說明「每逢佳節倍寂寥」的冷清思緒，作者整理出納蘭曾賦悼亡詞的節日，如生日、七夕、中秋、重陽、除夕、元宵，當人們歡慶佳節，自己卻只能形影相弔，倍感孤獨；四是妻子亡故多年以後，詞人仍然執著情深，時間兀自推移，但思念之情不曾減卻，一直持續到八年後納蘭容若病逝。

論文的第二章探討納蘭容若之生平及性格特質，成長背景、婚姻生活、仕途際遇無不是影響詩人創作的因素。第三章分析納蘭容若的悼亡詞，納蘭容若與盧氏的婚姻美滿，卻好景不常，盧氏早亡，痛失愛妻的詞人將一腔深情訴諸於悼亡詞，作者根據納蘭悼亡詞的情感種類，於第三章將其分類為四種類型，並進行深入探討。

第四章從納蘭悼亡詞中的生命關照作為主題，探究其中呈現的情感觀、人生觀以及死亡觀。納蘭容若多以夢寄託思念之情，並且相信夫妻二人終有一日能泉下相知，或來生再續前緣，作者提到：「性德對情感的執著是不容置疑的，因為現實中的想念太多煎熬，因此雖然明知夢是虛幻的，還是癡心的想藉由虛幻的夢境，寄託神幻的未

〔註46〕陳美娟：《納蘭性德悼亡詞之研究》（嘉義：南華大學文學系碩士論文，2010 年）。
〔註47〕陳美娟：《納蘭性德悼亡詞之研究》，頁 80。

知，得到情感的安慰。」〔註48〕自盧氏亡後，納蘭容若的餘生沉溺於長久的悲傷，唯有寄夢、寄來生，才能讓他在漫漫的人生中，得到支撐下去的希望。

第五章透過修辭、典故、化用、借景寓情之技巧，分析納蘭悼亡詞的藝術審美特色。容若善用疊字，其文集《通志堂集》中收錄的 352 首詩作，使用疊字的有 158 首；348 闋詞作，使用疊字的有 169 闋，〔註49〕疊字運用得靈巧，能使詩詞更富有音韻美。容若還擅長用典，作者統計，納蘭悼亡詞中化用典故之處，數量高達四十，整體比例佔了 68%，〔註50〕巧妙化用典故及前人詩詞，正是納蘭詞的一大特色，顯現出詞人本身的學識博通古今。

此論文對納蘭悼亡詞有較全面的探討，包含內容分析、生命觀照及藝術手法，並依情感特質分類 59 闋悼亡詞；但作者對納蘭悼亡詞的定義也較廣，包含描寫盧氏生前病中的詞作，以及部分難以斷定為悼亡或愛情之作，作者俱以悼亡詞視之，這是筆者認為有待商榷之處。

（四）陳嘉慧，《納蘭性德感情詞研究》〔註51〕

此論文從納蘭容若所處的時代背景切入，分析清初詞壇的風氣與走向，分別就納蘭容若的友情詞、邊塞詞、愛情詞、悼亡詞四種類型進行探討。

論文的第三章討論納蘭的友情詞及邊塞詞，納蘭容若雖身為滿族貴冑，卻與眾多漢族文人密切交游來往，無論對方身份或顯達或落拓，容若皆真誠相待，因此容若之友也都對他讚譽有加。作者整理出納蘭友情詞共 42 闋，對象多為顧貞觀（1637～1714）、姜宸英（1628～1699）、嚴繩孫（1623～1702）、張純修，其中寫給顧貞觀的更多達

〔註48〕陳美娟：《納蘭性德悼亡詞之研究》，頁 112。
〔註49〕李曉明、王喜伶：〈論納蘭性德詩詞中的疊字現象〉，《雲夢學刊》第 29 卷第 1 期（2008 年 1 月），頁 133。
〔註50〕陳美娟：《納蘭性德悼亡詞之研究》，頁 152。
〔註51〕陳嘉慧：《納蘭性德感情詞研究》（嘉義：南華大學文學系碩士論文，2012 年）。

13 闋。而關於納蘭的邊塞詞，作者提到，因容若身處於太平盛世，相較於前朝的邊塞詩詞，容若的邊塞詞並無展現立功邊塞之事，而多描寫異域的風俗景觀或抒發個人感懷，少見慷慨激昂之勢，多了納蘭獨有的憂鬱氣質。〔註52〕

　　第四章探討納蘭的愛情詞及悼亡詞，納蘭的愛情詞共計 141 闋，篇幅極多，可說是納蘭詞中最重要的主題。容若寫愛情詞的對象有三，一為眾說紛紜的婚前戀人，相傳兩人曾有過婚約，然而最後以女子入宮為妃嬪告終；二為髮妻盧氏，容若與盧氏情深愛篤，可惜盧氏早亡，帶給容若無限悲痛；三為姜室沈宛，容若納沈宛於盧氏歿後，然而因滿漢身份有別，兩人的婚姻始終得不到一個名正言順的承認。容若為盧氏作了多闋悼亡詞，作者形容此舉「是對逝去愛情的哀悼、是失去摯愛的自我療癒的過程」，〔註53〕納蘭的悼亡詞，正顯現出其詞風「哀感頑豔」的情調。

　　此論文包含較深入的詞人生平溯源，並涉及納蘭的詞學觀，且綜各家論說，以較宏觀的角度探析納蘭詞作：從友情詞可看出容若對於朋友皆誠摯相交；從邊塞詞可看出仕途上壯志難酬的感嘆；愛情詞可看出容若的多愁善感；悼亡詞可看出夫妻之情生死不渝，有助於筆者從不同面向認識納蘭詞。

三、關於悼亡詩詞

（一）胡旭著，《悼亡詩史》

　　胡旭的《悼亡詩史》是少有的一本以悼亡詩發展歷史為主題的專書，此書詳述了中國古代悼亡詩的發展脈絡，從先秦兩漢談至至清代，分為九章，將歷代有名的悼亡詩人進行梳理，共包含了九十四位悼亡詩人的生平與詩作，對代表性人物進行重點探討，如晉之潘岳（274～300）、江淹（444～505）、唐之元稹（779～831）、李商隱（812

〔註52〕陳嘉慧：《納蘭性德感情詞研究》，頁 76。
〔註53〕陳嘉慧：《納蘭性德感情詞研究》，頁 136。

～858）、宋之梅堯臣（1002～1060）、蘇軾（1036～1101）、明之沈德
符（1578～1642）、王彥泓（1593～1642）、清之王士禎（1634～1711）、
納蘭性德等。

　　胡旭提到，在悼亡詩出現的兩千餘年來，其發展是不平衡的：先
秦兩漢時期，悼亡詩的發展極為緩慢，除了《詩經》及漢武帝之外，
未能發現其他悼亡詩創作。魏晉南北朝時期，悼亡詩的定義始得確
立，並出現了幾位標誌性的悼亡詩人。初盛唐時受時代精神風貌影
響，國家富強、人民生活穩定，因此氣象雄渾、生氣蓬勃是此時期的
詩歌主調，悼亡詩的淒苦低回於此時格格不入，初盛唐的悼亡詩發展
幾乎完全消歇；安史之亂後，唐代由盛轉衰，初盛唐時積極進取的精
神在中晚唐開始慢慢消退，詩歌風格也跟著有了劇烈的轉變，這時悼
亡詩的風格與中晚唐詩人的心境契合，取得了長足的發展。兩宋是悼
亡創作的繁盛時期，悼亡詩人三十餘人，悼亡詩詞兩百多闋詞，數量
遠遠超過前代，史學上有「強唐弱宋」的說法，宋朝因為重文輕武，
導致國力積弱，宋代文人將視線從國家大事的關懷，轉而投入日常生
活與社會意識，王國瓔對此現象提出：

> 自《詩》、《騷》以來，經漢儒的說詩影響，中國詩人往往站
> 在與政教倫理相關的立場發言，乃至詩人在官場仕途「公生
> 活」方面的政治態度或道德理想，通常成為詩篇表現的焦
> 點，很少涉及個人日常家居的「私生活」層面。……惟爰及
> 宋詩，詩人對日常生活瑣屑細節的關懷與興趣，已是相當普
> 遍的現象，無論家居生活之狀、友朋往來之跡，乃至閒暇之
> 際賞書法、觀畫卷之趣，甚至生活中發生的詼諧戲謔情境，
> 均可以成為宋詩關懷的焦點。〔註54〕

宋代文人內斂幽微的心態、對於個人生活的關懷，正符合悼亡詩抒發
一己愁苦心緒的旨趣，並且宋人擅以詞寫情，悼亡詩詞在宋代蓬勃發
展。金元時期由於受到少數民族統治，朝廷對漢族文人的箝制，使得

〔註54〕王國瓔：《中國文學史新講（上）》，頁514。

中國文學進入蕭條時期，雖仍有悼亡詩作的出現，然而成就並不高。
到了明代，悼亡詩呈現了復甦之勢，作品數量相當於過去歷代的總
和；明代的悼亡詩人當中，人數最多的是官員，官員間的來往唱酬，
帶動了悼亡詩在文壇的流行。在清代，統治者的認可和上層文人的崇
尚，使得悼亡文學到達了巔峰時期，無論是詩人、作品的數量或是藝
術成就，都大大超越了前朝，納蘭容若正是其中的佼佼者。

此書在每章起始先探析各代悼亡詩或興盛或蕭條的原因，政治
局面、社會生活、文壇風氣皆可能是影響因素。並且作者深入考證了
所探討詩人的婚姻生活，從史料中可排列出某詩人的悼亡作品年份
順序，或反面從詩人的悼亡作品當中推溯出其妻亡故的大約時間，許
多章節皆附有詩人的詳細悼亡年份表，有助於讀者了解其作品的創作
背景。作者對於每位悼亡詩人的生平、婚姻皆嚴謹地考據，並對各悼
亡作品進行分析，除了從字面上解釋外，更能結合時代背景、文壇風
氣，對其藝術手法及文學成就加以評論，對筆者的助益甚大。雖有學
者認為，此書以悼亡文學史作為專題，卻偏廢女性的悼夫詩詞，不夠
全面，實乃白璧之瑕，但《悼亡詩史》所貢獻的學術價值仍然毋庸置
疑。〔註55〕

（二）王立，〈古代悼亡文學的艱難歷程——兼談古代 的悼夫詩詞〉〔註56〕

本文主要聚焦於中國古代悼亡詩在發展過程中的種種困境，並
在最後談及女性的悼夫詩詞。學界一般將開拓悼亡詩先河之舉歸功
於潘岳，王立認為這是有失公允的，若是先前未有周穆王、漢武帝、
宋文帝、齊武帝為傷悼文學鋪了先路，潘岳也未必能以悼亡詩名貫古
今。〔註57〕漢代以後禮教興盛，對於居喪有許多嚴苛的規定，悼亡作

〔註55〕智曉靜、周芳：〈愛與痛的糾結——評胡旭先生的《悼亡詩史》〉，《龍
　　　　岩學院學報》第29卷第1期（2011年2月），頁28。
〔註56〕王立：〈古代悼亡文學的艱難歷程——兼談古代的悼夫詩詞〉，《社會
　　　　科學研究》第2期，（1997年2月），頁128～133。
〔註57〕王立：〈古代悼亡文學的艱難歷程——兼談古代的悼夫詩詞〉，頁129。

品多作於喪期一年後,「居喪不賦詩」、「居喪不言樂」的禮制約束著詩人;然而擁有至上權力的君王可以超脫禮教的束縛,王立認為這對悼亡詩的發展有一定的影響,他大力宣揚先唐帝王對於悼亡詩的垂範之功:「君權強化後皇帝悼亡對正統禮教的沖擊、突破方面,起到了某些良性作用,這一點向來為論者所忽視。」〔註58〕且帝王的作品容易保存流傳,更能影響後代文學家。

由詩入詞則是悼亡主題另一個另一個重要歷程,古人云「詩莊詞媚」,文人寫詩,多用於寄託理想抱負、反映政治與民生,是比較嚴謹莊重的;詞多用於寫男女之情、風花雪月,則較婉約柔媚。王國維曾言:「詞之為體,要眇宜修。能言詩之所不能言,而不能盡言詩之所能言。詩之境闊,詞之言長。」〔註59〕詞具有精巧的美,長於言情,而悼妻對於古人來說,是典正嚴肅的題材,多數悼妻之作著重於揭示亡妻的賢德;不同於正妻須擔負治家的責任,姬妾能夠較純粹地專注在風花雪月的情愛當中,王立說:

> 悼妓姬的特定情感取向極為鮮明,其悲嘆的就是昔日歡樂、情愛的無可挽回的缺失,較為單純地痛惜美的毀滅,死亡對生命之美的摧殘,而沒有悼妻、悼友、悼兄弟姐妹時那些相關的倫理情感。〔註60〕

因此詩多用於悼妻,詞更適合用於悼姬妾。悼亡詩與詞的界限,直到北宋蘇軾悼念元配的〈江城子〉後打破。王立認為:

> 悼祭主題因某一特定角色的某些共在情感特徵,可以在類化思維的支配下,成功地借鑒前人之作,從而超越了詩詞文體之限。事實上,母體要素的移置還可以沖破詩與文的界域。〔註61〕

即便在不同文人的筆下,悼祭文學都擁有相似的情感,共同的母題可

〔註58〕王立:〈古代悼亡文學的艱難歷程——兼談古代的悼夫詩詞〉,頁129。
〔註59〕馬自毅注譯立:《新譯人間詞話》,頁172。
〔註60〕王立著:《永恆的眷戀——悼祭文學的主題史研究》(上海:學林,1999年),頁212。
〔註61〕王立:〈古代悼亡文學的艱難歷程——兼談古代的悼夫詩詞〉,頁131。

以在不同文類下得到相同的體現，悼亡妻的共同情感價值在於夫妻間的同甘共苦，這種類似的情感意脈可以不受文體的限制。〔註62〕

悼夫詩詞也屬廣義的悼亡文學，王立提到，悼夫詩詞之所以較為罕見，除了因古代女性能夠作詩填詞者較少外，還與《禮記》中「寡婦不夜哭」之規定有關。男性悼妻重在稱頌妻子的婦德與婦功，女性悼夫也多描寫丈夫的才德。〔註63〕文中舉出數位代表性的悼夫詩人為例，筆者即是在本文首次見到薄少君之名，進而燃起深入研究的興趣。

（三）蔣寅，〈悼亡詩寫作範式的演進〉〔註64〕

本文以悼亡詩的藝術表現形式演進歷程為探討重點，將其分為三個階段。第一階段為悼亡詩發展初期，從《詩經》至潘岳，悼亡詩的寫作方向著重在喪妻帶給詩人的痛苦，詩人日思夜想，為此憔悴不已，極力描寫一個鰥夫的慘狀，亡妻的形象反而被淡化了；以潘岳悼亡詩為例，蔣寅稱之為「刻意塑造一個篤於夫妻情誼的丈夫形象」。〔註65〕第二階段是悼亡詩的內容拓展，韋應物將夫妻的日常生活瑣事帶入悼亡詩之中，自此書寫個人化的生活內容成為悼亡詩慣例，詩歌表現的重心由悼亡主體轉移至悼亡對象。第三階段是悼亡詩藝術表現的完成，元稹繼承了韋詩的筆法並深化，其悼亡詩具有「高度典型化的細節選擇和概括力極強的抒情力量」。〔註66〕元妻原是望門千金，嫁給元稹後百般吃苦卻無怨尤，元稹選擇描寫夫妻共患難的場景，表達未能回報妻子付出的遺憾，進而產生自傷的情緒。至此悼亡詩的藝術表現得以完成，唐代以後的悼亡詩人在體式上雖有開拓，但在藝術表現上少有創新。

〔註62〕王立：〈古代悼亡文學的艱難歷程——兼談古代的悼夫詩詞〉，頁132。
〔註63〕王立：〈古代悼亡文學的艱難歷程——兼談古代的悼夫詩詞〉，頁132。
〔註64〕蔣寅：〈悼亡詩寫作範式的演進〉，《安徽大學學報·哲學社會科學版》第3期（2011年2月），頁1～10。
〔註65〕蔣寅：〈悼亡詩寫作範式的演進〉，頁4。
〔註66〕蔣寅：〈悼亡詩寫作範式的演進〉，頁9。

　　自潘岳悼亡詩開始，「妻子」一角色始在詩歌中登場，並日益走向道德化的趨向。本文為悼亡詩的寫作模式遞嬗進行了重點性歸納，並對演變歷程中具標誌意義的悼亡詩有鞭辟入裡的分析見解，有助於筆者對悼亡詩的嬗變過程有更深刻的了解。

第四節　「悼亡」的義界

　　廣義上的悼亡，悼念對象可以是任何亡者，不限定作者與對象的關係，可以是夫妻、父子、朋友、師生；狹義上的悼亡，則是專指丈夫寫來悼念亡妻的詩詞，此定義在西晉潘岳以後才確立。學界所指「悼亡」多為狹義之義，許多學者認為「悼亡」只能限定在悼妻妾，各版本辭典中也多解作「晉潘岳因妻死，作〈悼亡〉詩三首，後因稱喪妻為悼亡」。但周明初提出「悼亡並非悼妻的專稱」來反駁這個定義，周明初舉出六位明代女詩人為例，分別是孟淑卿（生卒年不詳）、薄少君、顧若璞（1592～1681）、商景蘭（1605～1676）、倪仁吉（1607～1685）、夏淑吉（1618～1661），這六位女詩人皆曾以「悼亡」為題作悼夫詩，可見明清之際並沒有將「悼亡」視為悼妻專稱的觀念。因此周明初認為，「悼亡」既可用於悼妻，亦可用於悼夫，但他也明確指出了「悼亡」之義不可無限上綱：「這並不等於說我們可以無限擴大，把悼念死者都稱為『悼亡』。『悼亡』還是應當有特定的含義的，指夫妻之間的互悼。」〔註67〕也有研究者發現，有古人將「悼亡」用於悼友、悼親人等，如鄭明選（生卒年不詳）曾作〈黃山人既沒，孤子煢煢在疚，為捐俸買田助之，作悼亡詩，因寄朱太復〉二首悼念友人，〔註68〕可見「悼亡」亦不受限於夫妻互悼。故本文採用廣義的定義，將妻悼夫納入「悼亡」的範疇，分析薄少君悼念亡夫之詩作及納蘭性德悼念亡妻之詞作。

〔註67〕周明初著：《明清文學考論》（杭州：浙江大學，2018年），頁294。
〔註68〕石曉鈴：〈「悼亡」及「悼亡詩」涵義考辨〉，《辭書研究》第2期（2014年3月），頁87。

第二章　悼亡詩詞的發展脈絡

第一節　唐代以前

　　中國的悼亡作品起源於《詩經》，屬於廣義的悼亡，悼亡詩的雛型從這裡可以窺見一二，狹義的悼亡概念則至西晉潘岳之後才正式確立。一般認為，〈邶風・綠衣〉和〈唐風・葛生〉是最早的悼亡詩，先看〈綠衣〉：

　　　　綠兮衣兮，綠衣黃裏。心之憂矣，曷維其已！
　　　　綠兮衣兮，綠衣黃裳。心之憂矣，曷維其亡！
　　　　綠兮綠兮，女所治兮。我思故人，俾無訧兮！
　　　　絺兮綌兮，淒其以風。我思故人，實獲我心！〔註1〕

此詩描述一名男子看見妻子生前親手縫製的衣裳，在秋日的寒風中穿著單薄的夏衣，對亡妻的思念不禁更深。「綠兮衣兮，綠衣黃裡。」、「綠兮衣兮，綠衣黃裳。」是《詩經》慣用的重章疊句手法，指綠色的外衣與黃色的裡衣、綠色的上衣與黃色的下裳，〔註2〕這些衣物皆

〔註1〕陳致、黎漢傑譯注：《詩經》（香港：中華書局，2016年），頁62。
〔註2〕古有制曰：「上衣下裳」，此制度於殷商以後確立，唐杜佑《通典》卷六十一記載：「上處穴處、衣毛，未有制度，後代以毛易之，先知為上以製其衣，後知為下復製其裳，衣裳完備。」朱睿根提到：「上衣、下裳寬博，貴族衣用正色，裳用間色，……所謂正色，即青、赤、黃、白、黑等五種原色，間色即以正色相調配而成的顏色，如綠、赭、

是妻子過去親手縫成，看著它們，心中的憂傷不知何時能止。「訧」意為過失，衣服上的一針一線，像是妻子對他無微不至的關懷，使自己在日常生活中少有過失；而如今秋風瑟瑟，男子卻還穿著夏天的葛衣，已經沒有人會叮囑自己換上秋衣，喪妻的哀慟與思念驟然湧上。

〈邶風‧綠衣〉一詩正是悼亡詩中典型的「睹物思人」之作，開啟了後世悼亡詩的先河，更影響了眾多詩人對於悼亡的創作。「睹物思人」是歷來悼亡詩詞中最常見的類型，尤其多發生於喪偶前期，此階段詩人的心理最為脆弱，不經意見到妻子或丈夫生前穿過的衣裳、使用的器具，便難以自拔地又陷入深深的悲慟之中。再看〈葛生〉：

> 葛生蒙楚，蘞蔓于野。予美亡此，誰與？獨處。
>
> 葛生蒙棘，蘞蔓于域。予美亡此，誰與？獨息。
>
> 角枕粲兮，錦衾爛兮。予美亡此，誰與？獨旦。
>
> 夏之日，冬之夜。百歲之後，歸于其居。
>
> 冬之夜，夏之日。百歲之後，歸于其室。〔註3〕

關於此詩的釋義，歷來說法不一：《毛詩序》認為此詩是為諷諫晉獻公而作：「〈葛生〉，刺晉獻公也，好攻戰，則國人多喪矣。」〔註4〕《鄭箋》亦解釋：「喪，棄亡也。夫從征役，棄亡不反，則妻居家而

紫等色。」（朱睿根著：《古代服飾——穿戴風華》（臺北：萬卷樓，2000 年），頁 4～6。）上述可以看出〈綠衣〉中的綠衣黃裳是不合禮制、有違常理的，因此有一派提出，黃為正色，比喻正室夫人；綠為間色，比喻嬪妾，「綠衣黃裳」這種不合理之事，比喻為正室失寵、嬪妾僭越之意：〈綠衣〉應為衛莊公夫人莊姜自傷之作。《毛詩序》解釋為：「〈綠衣〉，衛莊姜傷己也。妾上僭，夫人失位，而作是詩也。」鄭玄《毛詩箋》亦言：「女，女妾上僭者。先染絲，後製衣，皆女之所治為也，而女反亂之，亦喻亂嫡妾之禮，責以本末之行。禮，大夫以上衣織，故本於絲也。」莊姜無子，衛莊公寵妾滅妻，莊姜作〈綠衣〉暗指嬪妾應該謹守本分，不可恃寵而驕，並抒發自己失寵的幽怨之情。（張曉華：《《詩經‧國風‧邶鄘衛》研究》（新竹：玄奘大學中國語文學系碩士論文，2009 年），頁 64～65。）

〔註3〕陳致、黎漢傑譯注：《詩經》，頁 187～188。

〔註4〕李學勤主編：《毛詩正義：風‧下》（新北：臺灣古籍，2001 年），頁 469。

怨思。」〔註5〕晉獻公好戰，多次戰爭使得許多已婚女子變成寡婦，孔穎達（574～648）《毛詩正義》注疏道：「數攻他國，數與敵戰，其國人或死行陳，或見囚虜，是以國人多喪，其妻獨處於室，故陳妻怨之辭以刺君也。」〔註6〕然而李辰冬（1907～1983）在《詩經通釋》反駁了這種說法，他認為〈葛生〉詩中看不出「好攻戰而國人多喪」的意味，是因為這首詩排在〈唐風〉之中，晉獻公又剛好攻伐，因而產生的附會。〔註7〕一說解釋為思婦之詩，征夫久役於外，生死未卜，清初方玉潤（1811～1883）在《詩經原始》如是說：

> 征婦思夫久役於外，或存或亡，均不可知，其歸與否，更不能必，於是日夜悲思，冬夏難已。暇則展其衾枕，物猶粲爛，人是孤棲，不禁傷心，發為浩嘆。以為此生無復見理，惟有百歲後返其遺骸，或與吾同歸一穴而已，他何望耶？〔註8〕

此說認為女子所思念之丈夫，應是未亡。另一說則認為，這是一首悼亡詩，根據記載，「角枕」〔註9〕、「錦衾」〔註10〕皆作為收斂亡者用的器具，「其居」、「其室」指亡者之墓地，據《禮記》記載之「君錦衾」來看，筆者認為，〈葛生〉可能是某國君夫人悼念亡夫之作。

　　詩的前兩章是《詩經》中常見的起興手法，野地裡的葛藤蔓蔓，蘞草叢生，塑造出一種荒涼的氛圍，而這裡正是亡夫長眠之地。第三章角枕、錦衾之顏色鮮明，可看出丈夫亡故的時間還不長。末兩章的「夏之日，冬之夜」、「冬之夜、夏之日」代指四季流轉，聯想到守寡

〔註5〕李學勤主編：《毛詩正義：風‧下》，頁469。
〔註6〕李學勤主編：《毛詩正義：風‧下》，頁469。
〔註7〕李辰冬著：《詩經通釋（合訂本）》（臺北：水牛，1980年），頁964。
〔註8〕新文豐編輯部主編：《叢書集成續編（一○八）》（臺北：新文豐，1989年），頁176。
〔註9〕《周禮‧天官冢宰‧王府》：「大喪，共含玉、復衣裳、角枕、角柶。」；元馬端臨《文獻通考‧王禮考十五》：「王府：『大喪，共角枕、角柶角枕以枕屍。』」
〔註10〕《禮記‧喪大記》：「君錦衾，大夫縞衾，士緇衾。」

的日子遙遙無絕期，最後女子更堅定表示，待自己去世之後，要與丈夫同葬一處。

〈綠衣〉和〈葛生〉是否為悼亡詩，歷來多有爭議，但多數研究悼亡詩的學者仍將兩者視為悼亡詩始祖，在悼亡詩發展史當中扮演著承先啟後的重要地位，〈綠衣〉開啟了悼亡創作中「睹物思人」的先河，〈葛生〉開創了「觸景傷情」的先例。然而在《詩經》之後，悼亡詩的發展進入了漫長的停滯期，〈綠衣〉與〈葛生〉創作於商周時代，此後的六七百年間，未曾見過其他悼亡創作的出現，胡旭（1969～）對此現象表示：

> 可以說，悼亡詩在我國一出現，就非常成熟，顯示了不同一般的成就。儘管如此，我們依然把《詩經》時代看作悼亡詩的孕育階段。原因之一是在這樣漫長的時代裡，區區兩首悼亡詩不唯不成規模，甚至難以成為類型。原因之二是這兩首悼亡詩儘管感人至深，但就表現手法等方面而言，與同時代的其他詩歌一樣，還顯得非常稚拙。原因之三是這兩首悼亡詩在隨後並沒有很快出現追隨之作，在相當長的時間裡，悼亡詩創作是個空白，可見其在當時的影響非常有限。〔註11〕

悼亡詩的空白期，直到西漢才再度有悼亡詩問世，漢武帝（前156～前87）作〈李夫人歌〉表達了他對李夫人的思念。據《漢書‧外戚傳》記載，李夫人的兄長李延年（前150～前82）因擅歌舞而頗得漢武帝喜愛，藉由一次機會向漢武帝推薦自己的妹妹：

> 延年侍上起舞，歌曰：「北方有佳人，絕世而獨立，一顧傾人城，再顧傾人國。寧不知傾城與傾國，佳人難再得！」上嘆息曰：「善！世豈有此人乎？」平陽主因言延年有女弟，上乃召見之，實妙麗善舞。〔註12〕

〔註11〕胡旭著：《悼亡詩史》，頁13～14。
〔註12〕楊家駱主編：《新校本漢書并附編二種（五）》（臺北：鼎文，1979年），頁3951。

李夫人開始十分受寵，然而好景不常，李夫人後來因為重病而早亡，〔註13〕漢武帝為此悲傷不已、思念甚深，甚至聽信方士的話而行招魂之術：〔註14〕

> 上思李夫人不已，方士齊人少翁言能致其神。乃夜張燈燭，設帷帳，陳酒肉，而令上居他帳，遙望見好女如李夫人之貌，還幄坐而步。又不得就視，上愈益相思悲感，為作詩曰：「是邪，非邪？立而望之，偏何姍姍其來遲！」令樂府諸音家絃歌之。〔註15〕

短短十五個字，表現出了漢武帝的思念心切，依稀看見了李夫人的身影，卻分不清是真實抑或是幻覺的淒切之感。

除了〈李夫人歌〉以外，漢武帝還留有〈李夫人賦〉及〈落葉哀蟬曲〉〔註16〕，皆為悼亡之作，《漢書・外戚傳》：

> 上又自為作賦，以傷悼夫人，其辭曰：
>
> 美連娟以脩嫭兮，命樔絕而不長，飾新宮以延貯兮，泯不歸乎故鄉。慘鬱鬱其蕪穢兮，隱處幽而懷傷，釋輿馬於山椒兮，奄修夜之不陽。秋氣憯以淒涙兮，桂枝落而銷亡，神煢煢以遙思兮，精浮游而出畺。託沈陰以壙久兮，惜蕃華之未央，念窮極之不還兮，惟幼眇之相羊。函荾萐以俟風兮，芳

〔註13〕《漢書・外戚傳》：「李夫人少而蚤卒，上憐閔焉，圖畫其刑於甘泉宮。」

〔註14〕據後世考證，方士少翁所行的招魂之術，其實只是使用皮影戲的手法矇騙漢武帝，《漢書》記載之「張燈燭」、「設帷帳」、「令上居他帳」可以看出，漢武帝只能從遠處遙望帷帳上投射出的李夫人影子，真假難辨，因此也有人將少翁視為皮影戲之祖。

〔註15〕楊家駱主編：《新校本漢書并附編二種（五）》，頁3952。

〔註16〕相傳〈落葉哀蟬曲〉作於李夫人去世一年後，《漢書》中並無相關記載，此說見於東晉王嘉《拾遺記・前漢上》：「漢武帝思懷往者李夫人，不可復得。時始穿昆靈之池，泛翔禽之舟。帝自造歌曲，使女伶歌之。時日已西傾，涼風激水，女伶歌聲甚道，因賦〈落葉哀蟬〉之曲曰：『羅袂兮無聲，玉墀兮塵生。虛房冷而寂寞，落葉依於重扃。望彼美之女兮，安得感余心之未寧？』。」然《拾遺記》成書年代距漢武帝時期已有三四百年之久，此曲真偽無從考辨，因此有人認為：〈落葉哀蟬曲〉可能是後人偽託漢武帝之作。

離襲以彌章，的容與以猗靡兮，縹飄姚虖愈莊。燕淫衍而撫
楹兮，連流視而娥揚，既激感而心逐兮，包紅顏而弗明。驩
接狎以離別兮，宵寤夢之芒芒，忽遷化而不反兮，魄放逸以
飛揚。何靈魂之紛紛兮，哀裴回以躊躇，勢路日以遠兮，遂
荒忽而辭去。超兮西征，屑兮不見。寢淫敽荄，寂兮無音，
思若流波，怛兮在心。

亂曰：佳俠函光，隕朱榮兮，嫉妒闐茸，將安程兮！方時隆
盛，年夭傷兮，澤沬悵兮。悲愁於邑，喧不可止兮。嚮不虛
應，亦云已兮。媄妍太息，歎慄不言，倚所恃兮。仁者不誓，
豈約親兮？既往不來，申以信兮。去彼昭昭，就冥冥兮，既
下新宮，不復故庭兮。嗚呼哀哉，想魂靈兮！〔註17〕

〈李夫人賦〉為文學史上的第一首悼亡賦，透過回憶與想像，抒發對
於李夫人亡故的傷痛。除了正文表現出因睹物思人的無盡思念，末段
亂辭還提及「弟子增欷」、「嘆稚子兮」，因李夫人在病重之際，曾向漢
武帝託付照顧自己的兄弟，漢武帝在賦中表示自己將不負所託。這也
是悼亡作品中首次出現失恃幼子的形象，後代男性文人亦常使用這
種手法，在悼亡詩中提及因失去母親而缺乏照顧的稚兒，看著此番景
象，不禁悲從中來，更顯悲涼。

　　自從漢代確立儒家思想的統治地位以後，文學的演進一直受到
儒家思想的制約，文學成為教化的工具，宣揚修身治世、積極進取的
精神，吟詠性情之作——尤其是男女之情者，鮮少有文人著墨，悼亡
之作更是幾乎絕跡：

兩漢文學思潮很少超越經學的藩籬，文學思潮很大程度上
是經學的延伸和具體化，許多作家兼有經師和文人的雙重
身份。《毛詩序》闡述的基本觀點，成為漢代文學思潮的靈
魂和主調。《毛詩序》主張詩歌要「發乎情，止乎禮義」，用
儒家的倫理道德來規範情感的表現。它強調詩歌的諷諫教
化作用，將其功能歸結為「經夫婦，成孝敬，厚人倫，美教

〔註17〕楊家駱主編：《新校本漢書并附編二種（五）》，頁3952~3953。

化，移風俗」，有很濃的「工具論」色彩。〔註18〕

　　漢武帝之後，悼亡詩的發展再度進入歇停狀態，直到西晉才又有悼亡詩作的出現。孫楚（220？～293），字子荊，西晉文學家，《世說新語‧文學》記載：「孫子荊除婦服，作詩以示王武子。王曰：『未知文生於情？情生於文？覽之悽然，增伉儷之重。』」〔註19〕其中「作詩以示王武子」指的是〈除婦服詩〉：

　　時邁不停，日月電流；神爽登遐，忽已一周。

　　禮制有敘，告除靈丘；臨祠感痛，中心若抽。〔註20〕

詩中的「一周」指的是一周年，日月消逝如電，距離妻子胡母氏亡故後忽覺已過了一年。「禮制有敘，告除靈丘」說明孫楚在妻亡後遵循禮制祭祀她，在祠堂前備感哀痛。此詩寫於孫楚悼念其妻胡母氏逝世一周年，開創了在妻喪的周年作悼亡詩的先例，〔註21〕胡旭提到：

　　　孫楚的〈除婦服詩〉首開妻子去詩周年寫詩悼亡的先例，經
　　　過潘岳的繼承與發展，逐漸形成一種規範。後代不少詩人喪
　　　妻後，都會在週年時賦悼亡之詩，表明他們認同並遵守了這
　　　種規範。〔註22〕

孫楚開啟的周年悼亡為潘岳所繼承，潘岳是悼亡詩史上最重要的標誌性人物，他確立了悼亡詩的定義及體制，帶領悼亡詩正式成為中國詩歌創作中的一個類別。

　　潘岳是歷史上著名的美男子，除了揚名古今的出眾外貌以外，潘岳的文才也同樣受到推崇，《晉書‧卷五十五》記載：「岳少以才穎

〔註18〕袁行霈主編：《中國文學史（上冊）》，頁140。
〔註19〕饒宗頤箋注：《世說新語校箋》（臺灣時代書局，1975年），頁196。
〔註20〕饒宗頤箋注：《世說新語校箋》，頁196。
〔註21〕黃強提到六朝以來，有「居喪不賦詩」的習俗，指居喪期間不作一切詩歌，包含悼念逝者的詩歌，其中「為妻服喪期年內不作悼亡之詩，除服後始可恢復常態」，〈除婦服詩〉之詩名源自於此。（黃強：〈中國古代詩歌史上的千年約定——「居喪不賦詩」習俗探析〉，《文學遺產》第1期（2015年1月），頁170～181。）
〔註22〕胡旭著：《悼亡詩史》，頁35。

見稱，鄉邑號為奇童，謂終賈之儔也。」〔註23〕「岳美姿儀，詞藻絕
麗，尤善為哀誄之文。」〔註24〕潘岳的哀誄作品尤受人稱道。由於古
書並無記載潘岳與妻子楊氏（249～298）究竟何時結婚，因此在兩人
的婚姻時長方面有爭議性，胡旭在《悼亡詩史》中對此有詳細的考
據，〔註25〕綜合兩派說法，楊氏在婚後二十四至三十六年後病逝。潘
岳與楊氏感情甚篤，楊氏的死對他打擊格外之深。楊氏病故一年後，
潘岳創作了〈悼亡詩〉三首與〈悼亡賦〉，這時候才有了「悼亡」一詞
的產生，潘岳是第一個明目張膽在主題點明悼亡的詩人，打破了傳統
儒家「制重而哀輕」的觀念，〔註26〕對悼亡詩的後續發展產生了深遠
的影響，試看〈悼亡詩〉三首其一：

> 荏苒冬春謝，寒暑忽流易。之子歸窮泉，重壤永幽隔。
> 私懷誰克從，淹留亦何益。僶俛恭朝命，迴心反初役。
> 望廬思其人，入室想所歷。幃屏無彷彿，翰墨有餘迹。
> 流芳未及歇，遺掛猶在壁。悵恍如或存，周惶忡驚惕。
> 如彼翰林鳥，雙棲一朝隻。如彼游川魚，比目中路析。
> 春風緣隙來，晨霤承檐滴。寢息何時忘，沉憂日盈積。
> 庶幾有時衰，莊缶猶可擊。〔註27〕

詩的開頭寫道，冬去春歸、寒來暑往，一年又過去了，妻子歸於黃泉，
陰陽相隔，自己的思念能夠與誰傾訴？回到過去兩人一起生活的住
所，妻子遺留下來的掛飾還掛在牆上，衣服也還殘留著餘香，這一切
給人一種故人尚在世的錯覺，這種錯覺使人感到驚惶而憂傷。接著提
出比喻，夫妻就如翰林雙棲鳥、游川比目魚，本是成雙成對，但如今

〔註23〕楊家駱主編：《新校本晉書并附編六種》（臺北：鼎文，1979 年），頁
　　　　1500。
〔註24〕楊家駱主編：《新校本晉書并附編六種》，頁 1507。
〔註25〕胡旭著：《悼亡詩史》，頁 20～22。
〔註26〕蕭羽芳：《潘岳哀傷賦作研究——兼論哀傷文類》（桃園：國立中央大
　　　　學中國文學系碩士論文，2018 年），頁 65。潘岳〈哀傷賦〉也有相關
　　　　的句子：「吾聞喪禮之在妻，謂制重而哀輕。」
〔註27〕周啟成等注譯：《新譯昭明文選》（臺北：三民，2001 年），頁 1000。

剩下自己一人形單影隻。最後以莊子鼓盆而歌的典故來自我勉勵，希望自己也能如莊子一般達觀生死。〈悼亡詩〉其二：

> 皎皎窗中月，照我室南端。清商應秋至，溽暑隨節闌。
> 凜凜涼風升，始覺夏衾單。豈曰無重纊，誰與同歲寒？
> 歲寒無與同，朗月何朧朧。展轉眄枕席，長簟竟牀空。
> 牀空委清塵，室虛來悲風。獨無李氏靈，髣髴覩爾容。
> 撫衿長歎息，不覺涕霑胸。霑胸安能已？悲懷從中起。
> 寢興目存形，遺音猶在耳。上慙東門吳，下愧蒙莊子。
> 賦詩欲言志，此志難具紀。命也可奈何！長戚自令鄙。〔註28〕

開頭以景象切入，月光照著寢室南端，秋天已經到了，暑氣隨著消失，寒涼的秋風吹進，才覺得夏天的被子過於單薄了，但其實哪是沒有冬被的問題呢？是過往陪自己度過寒冷冬季的枕邊人已經不在了，空床使得人更覺淒涼。接著詩人舉了漢武帝見李夫人幻影的意象，希望妻子能如同李夫人一般顯靈，讓自己一解相思之苦。但也因為自己的悲傷久久不能停止，實在愧對於東門吳〔註29〕和莊子面對生死的豁達，命本由天不由我，這樣長久的哀戚使自己都厭棄。〈悼亡詩〉其三：

> 曤靈運天機，四節代遷逝。淒淒朝露凝，烈烈夕風厲。
> 奈何悼淑儷，儀容永潛翳。念此如昨日，誰知已卒歲。
> 改服從朝政，哀心寄私制。茵幬張故房，朔望臨爾祭。
> 爾祭詎幾時，朔望忽復盡。衾裳一毀撤，千載不復引。
> 曡曡期月周，戚戚彌相愍。悲懷感物來，泣涕應情隕。
> 駕言陟東阜，望墳思紆軫。徘徊墟墓間，欲去復不忍。
> 徘徊不忍去，徙倚步踟躕。落葉委埏側，枯荄帶墳隅。
> 孤魂獨煢煢，安知靈與無？投心遵朝命，揮涕強就車。

〔註28〕周啟成等注譯：《新譯昭明文選》，頁1002。

〔註29〕《戰國策·秦三》：「梁人有東門吳者，其子死而不憂，其相室曰：『公之愛子也，天下無有，今子死不憂，何也？』東門吳曰：『吾嘗無子，無子之時不憂；今子死，乃即與無子時同也。臣奚憂焉？』臣亦嘗為子，為子時不憂；今亡汝南，乃與即為梁餘子同也。臣何憂？」（張清常、王廷棟：《戰國策箋注》（天津：南開大學，1993年），頁144。）

> 誰謂帝宮遠？路極悲有餘。〔註30〕

同第一首一樣，以四季的流轉作為開頭，時間從不停歇，妻子的姿容還鮮明地留在自己心裡，過往種種恍若昨日，但其實業已一年。守制一年，必須換上官服回到朝廷了，哀思只能收於心底。回朝之前駕車前往祭弔妻子，卻徘徊在墳前久久不忍離去，自己彷彿一縷孤魂煢煢獨立，不知歸往何處，誰說皇宮的路途遙遠呢？天人兩隔的相思更加遙遠。潘岳極擅長由景入情，這三首悼亡詩皆是睹物思人、觸景傷情的寫法，由星移斗轉、白駒過隙之意象帶入，運用各種自然、人文的意象，對應出人生無常之感、孤獨寂寞之哀，這種「傷逝之嗟」，王立如此解釋：

> 面對流逝過去的人、事、物、時間等等，聯想到人生時促運蹇、主體自身在無法抗衡的宇宙規律規定下的必然歸宿，從而形成一種物我之間同質同構的對應性解悟。〔註31〕

時光流逝的無情更對照出人的有情，但也凸顯了人類面對宇宙規律的渺小無力。

蔣寅（1959～）認為潘岳這三首悼亡詩章法大致相同，皆緣於歲月流逝引發天人永隔之悲，再藉由亡妻的遺物抒發物在而人亡的傷感，並因思念而產生幻覺，回到現實之後更覺悲傷，只能以老莊之說來開解自己，三首詩皆在「刻意塑造一個篤於夫妻情誼的丈夫形象」。〔註32〕潘岳的此種悼亡手法影響了後世的悼亡詩，蔣寅提出：

> 對已經物化的對象來說，丈夫的任何言說都已沒有意義，思念的表達可以是一種情感宣洩行為，同時也可以成為一種表演行為，就像孝子的悲哭。潘詩書寫的重心明顯落在悼亡主體，而不是對象身上，這後來成為悼亡詩約定俗成的基本範式，也即悼亡詩主要表現的是丈夫在悼亡中的情感狀態

〔註30〕周啟成等注譯：《新譯昭明文選》，頁1003。
〔註31〕王立著：《中國古代文學十大主題——原型與流變》（遼寧：遼寧教育，1990年），頁262。
〔註32〕蔣寅：〈悼亡詩寫作範式的演進〉，頁4。

　　和生活狀況，而不是對妻子的愛和歌頌。〔註33〕

但馬蘭安對於此種寫作方式則有不同的見解，她認為因中國傳統習俗一向忌諱丈夫公開對妻子表達愛情，潘岳此舉已然違背禮制，因此後世文人才會側重於寫妻子之德：

> 潘岳的悼亡詩只抒發對於妻子的情感而忽略了父母，他還引《禮記》的詞語用來稱呼他的妻子，由此被當代人視為悖禮。潘岳以後文人為妻子寫悼亡詩成為時尚。為了避免悖禮的言語，詩人經常頌揚妻子含辛茹苦、共同甘苦等婦德。〔註34〕

有關於男性文人在悼亡詩中悼念妻子的表現手法，筆者將於本文的第五章進行較深入的探討。除了〈悼亡詩〉三首，潘岳為楊氏所寫的悼亡之作尚有〈悼亡賦〉及〈楊氏七哀詩〉，這裡不進行討論。潘岳的悼亡詩成就之高無庸置疑，對後代的悼亡詩人影響深遠，韋應物（737～791）、元稹（779～831）、白居易（772～846）、溫庭筠（812？～866？）、韋莊（836～910）等人在創作悼亡詩時，都受到潘岳的影響。〔註35〕

　　潘岳以後，在悼亡詩創作上有所成就的尚有江淹。江淹，字文通，南朝文學家。江淹最廣為人知的軼聞便是「江郎才盡」的典故，《梁書・卷十四・列傳第八》記載：「淹少以文章顯，晚節才思微退，時人皆謂之才盡。」〔註36〕江淹與妻子劉氏之婚姻狀況不詳，劉氏逝世後，江淹作有〈悼室人〉十首，是秦漢至隋唐以來最大篇幅的一組悼亡之作。劉氏去世時，正逢江淹因得罪太守而受貶謫之際，仕途上的困境加上妻子離去的雙重打擊，書寫創作成為了江淹抒發抑鬱之情的出口。胡旭指出：「〈悼室人〉十首大致可分為五個方面的內容，第

〔註33〕蔣寅：〈悼亡詩寫作範式的演進〉，頁4。
〔註34〕方秀潔、魏愛蓮編：《跨越閨門：明清女性作家論》，頁55。
〔註35〕于麗：〈悼亡詩研究——以潘岳為中心〉（上海：上海師範大學中國古代文學系碩士論文，2012年），頁72～75。
〔註36〕楊家駱主編：《新校本梁書附索引》（臺北：鼎文，1979年），頁251。

一、二首寫春日之思，第三、四首寫夏日之思，第五、六首寫秋日之思，第七、八首寫冬日之思，第九、十首寫期望與祝願。」〔註37〕以下舉三首例子，試看〈悼室人〉其一：

> 佳人永暮矣，隱憂歲歷茲。寶燭夜無華，金鏡晝恆微。
> 桐葉生綠水，霧天流碧滋。蕙弱芳未空，蘭深鳥思時。
> 湘醽徒有酌，意塞不能持。

首句直指妻子已然永眠，傷懷夫妻兩人不得再相見。白日的銅鏡幽微暗淡，夜晚的蠟燭也失去了光華，事實上這是情感外化的表現，燭光其實一如既往，銅鏡也未必真的暗淡，然而詩人心中情緒低落，面對外物時也加上了自己的主觀意識，才會覺得蠟燭、銅鏡同自己一般了無生氣，這是一種情感與外物的異質同構。〔註38〕「蕙」指香草，香草雖然凋落，但香氣依舊存在；就好像妻子雖然離去，但是美好的記憶仍留了下來。最後詩人寫道，自己欲藉酒消愁，卻因愁緒滿盈、堵塞胸口，導致舉不起酒杯了。〈悼室人〉其五：

> 秋至搗羅紈，淚滿未能開。風光蕭入戶，月華為誰來？
> 結眉向蛛網，瀝思視青苔。鬢局將成葆，帶減不須摧。
> 我心若涵煙，葐蒀滿中懷。

秋日已至，到了添置新衣的時節，過往的此時，妻子應該正忙著搗衣以裁製冬裝，然而那個忙碌的身影已經不在了，想起這個事實，不禁淚如雨下。房屋內蛛網滿結，屋外院落也爬滿青苔，妻子死後無人灑掃庭除，自己也無心整理；「葆」指叢生的草，自己的鬢髮如野草般雜亂，衣帶也因為日漸消瘦而漸寬，妻亡後無論是居所或是外表都無心打理，更顯現出獨剩一人的淒清意味。「葐蒀」，煙靄氤氳之意，心裡像是籠罩著一股煙霧，形容哀思愁鬱盈滿心懷。〈悼室人〉其十：

> 二妃麗瀟湘，一有一作無。佳人承雲氣，無下此幽都。
> 當追女帝跡，出入泛靈輿。掩映金淵側，游豫碧山隅。
> 曖然時將罷，臨風返故居。

〔註37〕胡旭著：《悼亡詩史》，頁29。
〔註38〕王立著：《中國古代文學十大主題——原型與流變》，頁62。

首句先提出娥皇、女英的典故，希望妻子能夠如同湘水女神般，莫入地府，成為神女，追隨著兩位女神的足跡，駕著靈輿進入仙境。若妻子升入仙境，應當能過上逍遙無憂的生活，在金淵、碧山間遊覽；當昏暗的夜晚到來時，妻子就能隨風返回故居，來到自己的夢中相聚。這種對於妻子故後之蹤的幻想，除了是對妻子魂靈的期望與祝願，也在一定程度上給了詩人本身心靈上的慰藉。論者指出：

> 江淹除了承襲前人常見的描寫墳地哀淒荒涼、室內外物是人非之景外，還能跳脫此模式，分別描寫春夏秋冬四時盛衰之景物來襯托哀悼之情，表現無時或已的長年哀思，凡此皆可見江淹的悼亡詩不落前人窠臼之處。〔註39〕

江淹既繼承了《詩經》流傳下來的悼亡傳統，又別具一格地開創了自己的悼亡模式，將哀悼之情融入四時之景，念茲在茲，對於妻子的思念長久持續，不因時間流逝而有所消減。

第二節　唐代至金元

一、唐代

　　唐代是中國古典文學發展最昌盛的時代，文學史上許多著名的詩人皆出自此時，詩歌創作的發展來到巔峰。唐代文學的繁榮，與唐代社會的發展密切相關，唐朝建立後，隋末因戰爭凋敝的經濟開始復甦，並走向昌盛，國力的強大、經濟的繁榮、思想的兼容，為文化的發展提供了有利的環境。

　　初盛唐由於國力強盛，人民思想積極昂揚，文壇風貌大氣磅礴，悼亡詩的風格與此大相逕庭，「在視野開闊、胸襟博大的初盛唐文人看來，悼亡是一種氣局狹小、感情低沉的情感抒發，完全不符合他們的審美趣味」，〔註40〕因此「悼亡詩備受初盛唐詩人的冷落，實為自

〔註39〕范玉君：《江淹詩歌研究》（臺北：國立臺灣大學中國文學研究所碩士論文，2004 年），頁 64。

〔註40〕胡旭著：《悼亡詩史》，頁 44。

然而然的事」。〔註41〕歷經了安史之亂的戰火洗禮，唐代逐漸走向衰
敗，國家的頹落影響了文人的情緒，初盛唐時期詩歌的理想主義與
浪漫色彩消失，大量作品表現出孤獨寂寞的冷落心境，氣骨頓衰。
〔註42〕另外，由於唐代是一個民族、文化多元融合的時代，兼容百
家，儒家的影響力不若從前，陳寅恪稱唐代社會風氣「重詞賦而不重
經學，尚才華而不尚禮法」。〔註43〕尤其在中晚唐，政治混亂而民生
凋蔽，道家、佛家應運而興，道家的超然物外與佛家的寄託來世，成
為人們擺脫苦悶心緒的出路，文人衝破儒家禮教的束縛，減少關注於
經世致用的文學，也不再避諱提及男女之愛。基於此番時代風貌，悼
亡詩在中晚唐迎來了新的一波高峰。以下以韋應物、元稹及李商隱作
為唐代悼亡詩探討中心。

　　韋應物，字義博，大曆年間人。根據〈元蘋墓誌〉記載，韋應物
與元氏成婚於天寶十五年（756），後元氏病逝於大曆十一年（776），年
僅三十六，夫妻共度二十載光陰。今存韋應物之詩，含有悼亡意味的
有 33 首，其中以悼亡作為主題的有 27 首，時間幅度橫跨十年。〔註44〕
韋應物與元氏的婚姻門當戶對，夫妻之間感情深厚，在韋應物仕途不
順而辭官歸隱的日子，皆有元氏相陪，因此喪妻的打擊對他來說無疑
是巨大的，這些難以消解的悲傷表現在悼亡詩中，如〈傷逝〉：

> 染白一為黑，焚木盡成灰。念我室中人，逝去亦不迴。
> 結髮二十載，賓敬如始來。提攜屬時屯，契闊憂患災。
> 柔素亮為表，禮章夙所該。仕公不及私，百事委令才。
> 一旦入閨門，四屋滿塵埃。斯人既已矣，觸物但傷摧。
> 單居移時節，泣涕撫嬰孩。知妄謂當遣，臨感要難裁。
> 夢想忽如睹，驚起復徘徊。此心良無已，遶屋生蒿萊。〔註45〕

〔註41〕胡旭著：《悼亡詩史》，頁 43。
〔註42〕袁行霈主編：《中國文學史（上冊）》，頁 492。
〔註43〕陳寅恪：《元白詩箋證稿》（上海：上海古籍，1978 年），頁 86。
〔註44〕胡旭著：《悼亡詩史》，頁 46～50。
〔註45〕〔清〕清聖祖御製：《全唐詩（三）》（臺北：明倫，1971 年），頁 1963。

此詩作於妻喪後一年。詩中寫道「結髮二十載，賓敬如始來」，夫妻結婚二十年，始終如最初一般相敬如賓。「提攜屬時屯，契闊憂患災」指在時局艱難時，夫妻二人仍互相扶持，無論憂患皆禍福相倚。後寫妻子德禮兼備，自己忙於公務之時，妻子總能將家務打理得井井有條，使自己無後顧之憂。而如今妻子亡故，無人打理屋舍，幼兒也只能由自己獨自撫養，事事皆令人觸景傷情。最後詩人表示，明知這些空虛的懷想無用，卻還是排遣不了心緒，只能任由思念蔓延。蔣寅認為此詩相比潘岳之作，結構已明顯不同，可清楚地分為傷逝、憶舊、撫今、託夢四個段落。〔註46〕

　　韋應物之悼亡詩常以敘寫稚兒失恃的情景，表達喪妻的哀傷，如「單居移時節，泣涕撫嬰孩。」（〈傷逝〉）、「今者掩筠扉，但聞童稚悲。」（〈往富平傷懷〉）、「幼女復何知，時來庭下戲。」（〈出還〉）、「童稚知所失，啼號捉我裳。」（〈送終〉），沈德潛（1673～1769）主張韋詩之情比潘岳更真：「因幼女之戲，而己之疼倍深，比安仁悼亡較真。」〔註47〕韋應物的悼亡詩以平實淺白的語言，描寫日常生活，從這些生活瑣事的變化對照，可看出喪妻對詩人造成的影響。傅璇琮（1933～2016）對韋氏悼亡詩評價道：「唐人詩篇中，悼亡詩有十餘首之多，且感情誠摯感人者，韋詩不在元稹之下。」〔註48〕蔣寅也認為韋應物對於悼亡詩的演變有很大的影響：「改變了悼亡詩的寫作範式，使詩歌表現的重心由悼亡主體向悼亡對象轉移。」〔註49〕自此悼亡詩中敘寫夫妻日常瑣事成為一種慣例。

　　繼韋應物之後，作為另一中唐悼亡大家的詩人為元稹。元稹，字微之，大曆至大和年間人。元稹共有三妻妾，一為元配韋叢（783～809），二為妾室安仙嬪（？～814），三為繼室裴淑（805～？），除此

〔註46〕蔣寅：〈悼亡詩寫作範式的演進〉，頁6。
〔註47〕〔清〕沈德潛選，王雲五主編：《唐詩別裁（上冊）》（臺北：臺灣商務，1978年），頁71。
〔註48〕傅璇琮：《唐代詩人從考》（北京：中華書局，1980年），頁301。
〔註49〕蔣寅：〈悼亡詩寫作範式的演進〉，頁5。

之外，元稹另有一著名的初戀情人崔雙文，即是崔鶯鶯的原型。元稹
共有三十五首悼亡詩，皆為韋叢所作，最著名為〈遣悲懷三首〉：

> 謝公最小偏憐女，自嫁黔婁百事乖。
> 顧我無衣搜藎篋，泥他沽酒拔金釵。
> 野蔬充膳甘長藿，落葉添薪仰古槐。
> 今日俸錢過十萬，與君營奠復營齋。

> 昔日戲言身後事，今朝都到眼前來。
> 衣裳已施行看盡，針線猶存未忍開。
> 尚想舊情憐婢僕，也曾因夢送錢財。
> 誠知此恨人人有，貧賤夫妻百事哀。

> 閑坐悲君亦自悲，百年都是幾多時。
> 鄧攸無子尋知命，潘岳悼亡猶費詞。
> 同穴窅冥何所望，他生緣會更難期。
> 惟將終夜長開眼，報答平生未展眉。〔註50〕

韋叢身為望族之女，出身高貴，卻嫁給一介寒士元稹，隨著丈夫過上
清貧如洗的生活，卻毫無怨言，勤儉地維持家計。在元稹無酒可喝
時，韋叢典賣頭上金釵為元稹沽酒；平時韋叢以野菜充飢，以落葉作
柴薪，皆甘之如飴。第一首寫妻子賢慧體貼的美德，最後感嘆夫妻曾
經共苦，如今卻不能同甘；第二首寫詩人自身的傷懷遺憾，妻子在世
時未能過上好日子，只能在身後為她焚燒紙錢；第三首表明悼念之詞
對於亡者來說並無意義，寄託來生也只是虛無縹緲的念想，今生能做
的也只有「終夜長開眼」，以報答妻子終生憂慮的眉眼了。

　　元稹一生情債無數，他的多情素來為人詬病。韋叢歿後二年，元
稹即納安仙嬪為妾，在婚姻之外，元稹與當代著名歌妓薛濤、劉采春
皆有過一段感情軼事，陳寅恪以為元稹與韋叢之情「決不似其自言
之永久摯篤」，〔註51〕蔣寅則認為古人納妾乃常事，以此評斷元稹感
清之深淺並無道理，「但陳先生論斷〈三遣悲懷〉之動人魅力，不是

〔註50〕元稹撰：《元氏長慶集》（京都：中文，1972年），頁104。
〔註51〕陳寅恪〈元微之悼亡詩及艷詩箋證〉，頁6。

強調其情感的真誠深厚，而是著眼於藝術表現的成功，卻是很有眼光的」，〔註52〕不論元稹的情史爭議如何，元稹的悼亡詩的確取得了巨大的成功，眾多學者認同其悼亡詩之成就可與潘岳比肩，蔣寅更是高度讚賞：「元稹是真正意義上將悼亡提升到一個新境界的詩人，也許應該說，要到元稹《三遣悲懷》，悼亡詩的藝術表現才最終完成」，〔註53〕元稹擅以白描手法、平俗的用語來描寫夫妻生活瑣事，「藉由形象化、日常化、敘事化等書寫手段，實踐詩歌作為生活的反映」，〔註54〕較少直接言情，但詩人所描寫的這些生活片段中卻無處不有情。

　　李商隱為晚唐悼亡大家，共作有悼亡詩二十六首。李商隱，字義山，號玉溪生、樊南生，元和至大中年間人。李商隱共有二妻室，元配姓名不詳，繼室王晏媄。李商隱與王氏成婚於開成三年（838），王氏病逝於大中五年（851），結縭十二載。李商隱因為娶了王氏，陷入了牛李黨爭的漩渦之中，從此影響了他的仕途之路，但李商隱未因此怪罪於王氏，夫妻之間十分恩愛。在王氏歿後，李商隱不再續弦，並於七年後病故，期間不曾間斷地創作悼亡詩，足見用情之深，試看〈正月崇讓宅〉：

> 密鎖重關掩綠苔，廊深閣迴此徘徊。
> 先知風起月含暈，尚自露寒花未開。
> 蝙拂簾旌終展轉，鼠翻窗網小驚猜。
> 背燈獨共餘香語，不覺猶歌起夜來。〔註55〕

崇讓宅為王氏之故居，此詩描寫重回舊地，見到荒涼破敗的屋宅，聯想到如今人事已非之情景，不禁心生無限淒涼感慨。與元稹不同的是，李商隱的悼亡詩中幾乎未見夫妻生活情貌，而是營造出一幅幅幽

〔註52〕蔣寅：〈悼亡詩寫作範式的演進〉，頁9～10。
〔註53〕蔣寅：〈悼亡詩寫作範式的演進〉，頁10。
〔註54〕陳英木：〈元稹悼亡詩中呈現的自我意識〉，《問學》第21期（2017年6月），頁300。
〔註55〕〔清〕清聖祖御製：《全唐詩（八）》，頁6222。

豔迷離的場景,如「薔薇泣幽素,翠帶花錢小。」(〈房中曲〉)、「露如微霰下前池,風過回塘萬竹悲。」(〈七月二十九日崇讓宅宴作〉)、「西亭翠被餘香薄,一夜將愁向敗荷。」(〈夜冷〉)、「一樹濃姿獨看來,秋庭暮雨類輕埃。」(〈臨發崇讓宅紫薇〉),透過意象的變化來寫自身的思念與悲傷。施紅梅(1969～)對元稹與李商隱的悼亡詩之差異提出了一個很有趣的比喻:

> 元稹的悼亡詩如雪中探梅,追憶艱難歲月中夫妻的患難之情,他以細節刻畫貫穿全詩,有較強的敘事性和寫實性;李商隱的悼亡詩則似霧裡看花,在朦朧的幻境中,尋覓失落的浪漫愛情,他以情感波動統挽全詩,有較強的抒情性和寫意性。[註56]

除上述三位詩人以外,唐代其他著名詩人如孟郊(751～814)、劉禹錫(772～842)、韋莊等,皆曾創作悼亡詩,只是數量較少,韋莊共有10首,孟郊、劉禹錫各有2首。

二、兩宋

宋代由於崇文抑武,文學在此時高度發展,但也因為兵力孱弱而外患不斷,使得宋代文人具有深沉的憂患意識。在唐詩已發展至巔峰的情況下,宋人必須另闢蹊徑,因此宋詩開始往世俗化發展,日常生活的薄物細故皆可作為題材。靖康之變後,宋室南渡,遭受國破打擊的文人,時常在詩詞中表現出憂國傷己的情感,文壇瀰漫著愁苦低迷的情調。在這種文學特質與時代哀音之下,悼亡詩的風格正與宋代風氣相符,因此在宋代方興未艾。此外,由於宋人更擅長以詞寫情,自蘇軾大量創作悼亡詞以後,賦詞遂成為新的悼亡方式。以下以梅堯臣及蘇軾作為兩宋悼亡詩探討中心。

梅堯臣,字聖俞,世稱宛陵先生,北宋咸平至嘉祐年間人。梅堯臣共有二妻室,元配謝氏與繼室刁氏。梅堯臣與謝氏成婚於天聖五

〔註56〕施紅梅:〈雪中探梅,霧裡看花——元稹、李商隱悼亡詩比較〉,《江南社會學院學報》第 4 卷第 4 期(2002 年 12 月),頁 64。

年（1027），謝氏病歿於慶曆四年（1044），年僅三十七。謝氏十分賢慧，梅堯臣在官途上碌碌無為時，謝氏安貧樂道從無怨言，〈南陽縣君謝氏墓誌銘〉記載：「謝氏生於盛族，年二十以歸吾，凡十七年而卒。卒之夕，斂以嫁時之衣，甚矣，吾貧可知也！然謝氏怡然處之，治其家，有常法。」可見梅堯臣對妻子的賢德讚譽有加。在妻歿的同個月，次子也早夭，短時間內經歷了喪妻和喪子的劇變，哀慟之情不在話下，〈書哀〉曰：「天既喪我妻，又復喪我子。兩眼雖未枯，片心將欲死。」可見一斑。從數量上來說，梅堯臣的悼亡詩在兩宋獨占鰲頭，試看〈悼亡三首〉其一：

結髮為夫婦，至今十七年。相看猶不足，何況是長捐。

我鬢多已白，此身寧久全。終當與同穴，未死淚漣漣。〔註57〕

結為夫婦十七年，仍宛如新婚般相看不足，何況是陰陽兩隔。此時梅堯臣年已過不惑，想到自己也是鬢邊霜白、來日苦短，因此許下誓言願與亡妻同穴而葬。梅堯臣的悼亡詩感情濃烈，詩中常寫自己激動哀哭的情緒，如「平生眼中血，日夜自涓涓。」（〈淚〉）、「天乎余困甚，失偶淚滂沱。」（〈秋日舟中有感〉）、「邇來朝哭妻，淚落襟袖濕。」（〈悼子〉）、「當時誰與同，涕憶泉下婦。」（〈夢睹〉）；另外還常有死當同穴之言：「終當與同穴，未死淚漣漣。」（〈悼亡〉其一）、「此身今雖存，竟當共為土。」（〈懷悲〉）、「吾身行將衰，同穴詩可誦。」（〈悲書〉），胡旭稱：「在此前的悼亡詩人中，丈夫為亡妻哭泣的不乏其人，但幾乎沒有人像梅堯臣這樣大量寫到自己的眼淚。」〔註58〕梅堯臣被譽為宋詩的開山祖師，〔註59〕在悼亡詩方面同樣擁有重要的地位。

〔註57〕〔宋〕梅堯臣撰：《宛陵集（卷二）》（上海：中華書局，1936年），頁31。

〔註58〕胡旭著：《悼亡詩史》，頁120～121。

〔註59〕劉克莊（1187～1269）《後村先生大全集》：「本朝詩惟宛陵為開山祖師。宛陵出，然後桑濮之哇淫稍息，風雅之氣脈復續，其功不在歐、尹下。」

　　宋代最有名的悼亡詩人莫過於蘇軾，一句「十年生死兩茫茫」響徹千古。蘇軾，字子瞻，號東坡居士、鐵冠道人，北宋景祐至建中靖國年間人。蘇軾共有三妻妾，一為元配王弗（1039～1065），二為繼室王閏之（1048～1093），三為妾室王昭雲（1063～1096）。著名的〈江城子〉是悼念元配王弗的，但其實讓蘇軾寫過最多悼亡詩詞的卻是王昭雲。根據胡旭《悼亡詩史》考據，蘇軾對三位妻子都用情至深，但在王弗過世的數年內，蘇軾經歷了喪父和政途迫害等事，並沒有太多時間沉浸在悲傷，在十年後一個深夜的夢裡，對亡妻的深切懷念才突然一口氣湧了上來，這才寫下了〈江城子〉。繼室王閏之為王弗的堂妹，二人結縭二十六載，感情深厚，蘇軾在〈祭亡妻同安郡君文〉表達了願與王閏之同葬：「惟有同穴，尚蹈此言。」但與王弗一樣，蘇軾為她作的悼亡詩並不多。而朝雲病故之際，蘇軾已年近花甲，送走了只有三十四歲的朝雲，在晚年喪偶的打擊下，蘇軾作了許多至情的悼亡詩詞，如〈雨中花慢〉：

> 嫩臉羞蛾，因甚化作行雲，卻返巫陽。但有寒燈孤枕，皓月空床。長記當初，乍諧雲雨，便學鸞凰。又豈料、正好三春桃李，一夜風霜。
>
> 丹青如畫，無言無笑，看了漫結愁腸。襟袖上，猶存殘黛，漸減餘香。一自醉中忘了，奈何酒後思量。算應負你，枕前珠淚，萬點千行。〔註60〕

朝雲陪伴了蘇軾二十三年，「一生辛勤，萬里隨從」，〔註61〕在蘇軾遭貶惠州時患時疫而亡。〔註62〕朝雲的死帶給蘇軾空床孤枕的孤寂感，這些愁思只有在醉後才得已忘卻片刻，奈何酒醒後又復萬般思量。蘇軾的悼亡作品感情直接，並且大量以詞來寫悼亡，開啟了後代悼亡入

〔註60〕曹樹銘校編：《蘇東坡詞》（臺北：臺灣商務，1983年），頁453。

〔註61〕蘇軾〈惠州薦朝雲疏〉：「有侍妾朝雲，一生辛勤，萬里隨從。遭時之疫，遘病而亡。」

〔註62〕亦有一說認為朝雲乃誤食蛇肉而亡，詳見彭文良、楊基瑜：〈蘇軾侍妾王昭雲死因考〉，《黃岡職業技術學院學報》（第19卷第6期，2017年12月），頁8～12。

詞的傳統。

　　除梅堯臣與蘇軾之外，北宋著名的悼亡作家尚有張耒（1054～1114）、賀鑄（1052～1125）等人，賀鑄的「梧桐半死清霜後，頭白鴛鴦失伴飛。」〔註63〕之句，使他成為一流的悼亡詞人；南宋也有王十朋（1112～1171）、陸游（1125～1210）、吳文英（1200～1260）等人，陸游的「傷心橋下春波綠，曾是驚鴻照影來。」、「夢斷香消四十年，沈園柳老不吹綿。」〔註64〕同為悼亡史上名句。

三、金元

　　遼金元是文學史上公認的文學蕭條時期，元代是其中文學成就較高的朝代，但以白話文學為重。元代的商業發達，市民階層擴大，為了滿足商人、市民的娛樂需求，雜劇、話本小說等通俗文學蔚為創作主流，詩詞等雅文學則淪為附庸。蒙古統治政權對漢文化的壓制與詩詞本身的式微，皆是導致悼亡詩發展低迷的因素，悼亡詩與詩人的數列皆稀少。根據胡旭考據，元代的悼亡詩人成就最高者當屬傅若金（1303～1343）：

> 　　就現存文獻來看，整個遼金元三朝，遼代找不到任何一個悼亡詩人，自然也沒有悼亡詩。金代有三位悼亡詩人，每人不過一二首作品而已。元代的悼亡詩人數量很多，達十餘位，但除了傅若金、鄧雅、虞集所做悼亡詩數量較多而外，其他詩人所作數量非常有限，以一二首居多。其中傅若金的悼亡詩數量最多，藝術成就亦頗高，是元代悼亡詩人中最出色的一位。〔註65〕

　　傅若金，字與礪，大德至至正年間人。傅若金共有二妻室，元配

〔註63〕賀鑄〈鷓鴣天〉：「重過閶門萬事非，同來何事不同歸？梧桐半死清霜後，頭白鴛鴦失伴飛。原上草，露初晞，舊棲新壟兩依依。空床臥聽南窗雨，誰復挑燈夜補衣！」

〔註64〕陸游〈沈園二首〉：「城上斜陽畫角哀，沈園非復舊池臺。傷心橋下春波綠，曾是驚鴻照影來。」、「夢斷香消四十年，沈園柳老不吹綿。此身行作稽山土，猶吊遺蹤一泫然。」

〔註65〕胡旭著：《悼亡詩史》，頁205。

為元朝女詩人孫淑（1304？～1328），繼室也姓孫，但名字不詳。孫淑嫁給傅若金後僅五個月便病逝，新婚燕爾即永別，令傅若金悲痛難當。傅若金共為孫淑作了十首悼亡詩，其中〈悼亡四首〉應是在初喪妻時所作，試看其四：

> 人生貴有別，室家各有宜。貧賤遠結婚，中心兩不移。
>
> 前日良宴會，今為死別離。親戚各在前，臨訣不成辭。
>
> 傍人拭我淚，令我更裁悲。共盡固人理，誰能心勿思。〔註66〕

詩中寫道，兩人喜慶的婚宴彷彿還在昨日，今天卻已經面臨死別。妻子臨終前，還讓身旁的親人扶起自己，為丈夫拭去淚水，囑咐丈夫不要悲傷，詩人將此場景刻劃得令人身歷其境，不勝唏噓。〈悼亡四首〉各有不同主題，第一首寫喪妻的憂思，第二首寫送葬之事，第三首寫悼亡之悲，第四首寫妻子臨終的情景。傅若金擅於塑造出淒迷低迴的景致，再帶入回憶或悼念之意，胡旭提到，能為僅結婚五個月的妻子寫下這麼多悼亡詩，實為千古罕見之事。〔註67〕傅若金的悼亡詩在元代可說是首屈一指，但胡旭評道：「如果將其置於此前的唐、宋和此後的明、清，傅若金亦不引人注目，最多算得二三流的悼亡詩人而已。」〔註68〕

第三節　明清兩代

一、明代

悼亡詩的創作在明代得以復甦，明代文人重情，「性靈說」得到主流文壇的認可，認為詩歌即是詩人情感的自然流露，因此旨在抒情的悼亡詩，在此時也受到重視。明代的悼亡詩人群體中，人數最多的是官員，主流社會的積極參與，對文壇造成了很大的影響，文人之間

〔註66〕〔清〕陳夢雷編：《欽定古今圖書集成・明倫彙編・家範典》（臺北：鼎文，1977 年），頁 880。
〔註67〕胡旭著：《悼亡詩史》，頁 215。
〔註68〕胡旭著：《悼亡詩史》，頁 205。

也會以悼亡詩來往交遊，代人悼亡與和人悼亡蔚為風潮，可見當時悼
亡風氣的興盛。〔註69〕以下以沈德符及王彥泓作為明代悼亡詩探討
中心。

　　沈德符，字景倩，又字虎臣，萬曆至崇禎年間人。沈德符的婚姻
狀況不詳，根據其悼亡詩〈艷夢二十首〉其十七云：

　　空將十斛納明珠，稚齒韶顏委路隅。
　　急淚下時卿想妾，妾魂離處女尋夫。
　　鳳孤翻羨于飛燕，鵠寡何殊獨泛鳧。
　　薄命文君消渴死，可憐犢鼻代當壚。

可知沈詩的悼亡對象為一位重金買來的妾，〔註70〕此妾年幼且天真爛
漫，沈德符十分寵愛她，但愛妾年紀輕輕便死於消渴症（即糖尿病）。
而這時沈德符年已不惑，妾亡的變故使他感到萬念俱灰，在後來很長
一段時間裡，沈德符流連夢中，在幻想之間重溫與愛妾過往的歡樂時
光，寫下了〈過亡姬殯宮集唐五十首〉〔註71〕與〈艷夢二十首〉兩組
悼亡詩。在詩中沈德符屢次將自己與亡妾擬作司馬相如與卓文君：
「自嘆馬卿長帶病，何曾宋玉解招魂。」（〈過亡姬殯宮集唐〉其六）、
「薄命文君消渴死，可憐犢鼻代當壚。」（〈艷夢〉其七），根據記載司
馬相如同樣死於消渴症，卓文君與司馬相如幾經磨難，卻終難逃過死
別，因此沈德符將情感投射在司馬夫妻身上。〔註72〕

　　除此之外，沈德符也在詩中使用荀粲（210～238）和崔徽的典
故：「荀粲上知稱色是，崔徽應悔寄容非。」（〈艷夢〉其一）。荀粲字
奉倩，三國時期魏國人，荀粲對妻子曹氏呵護備至，據《世說新語·

〔註69〕胡旭著：《悼亡詩史》，頁234～235。
〔註70〕李東龍在〈集句、艷情的死亡絮語——論晚明沈德符之悼亡詩〉一文
　　　　中，稱此妾名為錢三娘，然而胡旭並未提及此妾姓名，筆者考察其他
　　　　資料也未見「錢三娘」之出處。（詳見李東龍：〈集句、艷情的死亡絮
　　　　語——論晚明沈德符之悼亡詩〉，《中極學刊》第九輯（2015年6月），
　　　　頁118。）
〔註71〕五十首皆為集句詩，以唐人詩句組合而成。
〔註72〕李東龍：〈集句、艷情的死亡絮語——論晚明沈德符之悼亡詩〉，頁124。

惑溺》記載:「荀奉倩與婦至篤,冬月婦病熱,乃出中庭自取冷還,以身熨之。」﹝註73﹞曹氏患熱病發燒時,荀粲出中庭臥冰,再回屋以己身為妻子降溫,然而最後曹氏仍舊病逝,荀粲為此傷心欲絕,一年多後也隨妻而去;崔徽是唐代歌妓,與當朝監察御史裴敬中相戀,但裴敬中視察結束後回朝,與崔徽斷了音訊,最後崔徽相思成疾,抑鬱而亡。沈德符喪妾的心境與兩者相似,相愛之人被迫分離,深沉的悲傷使人難以自拔。沈德符在詩中也仙化愛妾,詩中常出現神女的意象,想像愛妾死後列入仙籍,前來夢中與自己相會:「草碧未能忘帝女,水生猶似哭襄王。」(〈過亡姬殯宮集唐〉其三十六)、「地下若逢陳後主,人間因識董雙成。」(〈艷夢〉其十七)、「巫女欲來臺毀廢,牽郎不渡鵲淒涼。」(〈艷夢〉其二十),然而好夢終須醒,夢醒後的落差感使人更覺悲切:「日暮酒醒人已遠,覺來仙夢慎分明。」(〈艷夢〉其十七)。

　　沈德符的悼亡詩尚有另一對象劉娘,悼亡時間約莫在前文中的十年後,沈德符為她寫了兩組悼亡詩,分別為〈秋恨〉四首與〈汶上道中逢清明是亡姬攢後第一番上冢也感愴口占〉四首。﹝註74﹞沈德符所作悼亡詩的數量繁多,共有七十九首,然而題材與形式單一,胡旭指出沈詩「就像製造某種器物,同由一個模子出來的一組產品」,﹝註75﹞是沈詩較為可惜的缺點。

　　王彥泓,字次回,萬曆至崇禎年間人。王彥泓與妻子賀氏約成婚於萬曆四十年(1612),賀氏病卒於崇禎元年(1628)。賀氏受病痛纏身而死,在纏綿病榻之際,王彥泓長伴妻子身側,因此對妻子的病容特別有感觸,寫下許多相關的詩,如〈婦病憂絕〉二首、〈呈外父時婦病方苦〉、〈述婦病懷〉十二首等,﹝註76﹞對賀氏的病徵加以著墨,如

﹝註73﹞楊勇著:《世說新語校箋》(臺北:正文,1999年),頁824。
﹝註74﹞胡旭著:《悼亡詩史》,頁299。
﹝註75﹞胡旭著:《悼亡詩史》,頁302。
﹝註76﹞胡旭著:《悼亡詩史》,頁303。

〈婦病憂絕〉其一：「藥餌無徵怪夢頻，漫將牲玉禱明神。巉巖骨出
饎眠坐，細碎心煩易喜嗔。爭奈睡眸清徹夜，可堪肝病苦逢春。繁華
白日重門掩，遶榻啼痕滿六親。」〔註77〕描述賀氏因服藥而怪夢頻
頻，徹夜難眠，導致心緒不穩，在身體與精神的雙重折磨下，賀氏已
是形銷骨立。

　　賀氏過世後，王彥泓創作大量悼亡詩，明確以悼亡為主題的便有
七十首，還有一些悼亡意味較為隱晦的不計在內。在賀氏亡故後，王
彥泓尚有續娶，可知對象至少有阿姚、阿瑣兩位女子，阿姚亡於丈夫
之前，王彥泓也為她賦過悼亡詩。王彥泓悼亡詩的一大特點，在於細
微地摹寫妻子臨終前的枯槁病貌，與記錄下妻子的遺願與遺言，如
「青瞳枯澀漸無光，猶自嘗騰覓阿娘」〔註78〕（〈悲遣十三章〉其二）
描寫彌留之際瞳孔黯淡無光，半夢半醒間呼喚尋找娘親；〈記永訣時
語四首〉寫妻子的遺言：

> 病眠常自斷炊煙，曠廢蘋蘩十二年。
> 侍奉姑嫜多闕略，敢勞捐賜飯含錢。
> 白苧秋衫自紡成，十年笄髻嫁時荊。
> 媿因買藥金珠盡，浪負人間俠女名。〔註79〕

前兩首寫賀氏的自責愧悔，因久病不癒，不僅侍奉公婆不力，還為了
買藥將錢財都花費殆盡，如今即將先行離去，還要勞煩公婆幫忙出錢
安葬，實在辜負自己未出閣時的俠女之名。

> 爹娘茶食福難消，只剩靈筵一椀澆。
> 心性自甘貧薄慣，不煩頻送紙錢燒。
> 三年侍疾不辭勤，藥碗爐熏仗阿雲。
> 訣別贈言唯自愛，開箱留賜一拖裙。〔註80〕

〔註77〕新文豐編輯部主編：《叢書集成續編（一七二）》（臺北：新文豐，1989
　　　年），頁303。
〔註78〕新文豐編輯部主編：《叢書集成續編（一七二）》，頁305。
〔註79〕新文豐編輯部主編：《叢書集成續編（一七二）》，頁306。
〔註80〕新文豐編輯部主編：《叢書集成續編（一七二）》，頁306。

後兩首寫賀氏的遺囑，賀氏自言已甘於貧薄，身後不須多焚燒紙錢，另外感謝侍妾阿雲，在自己纏綿病榻的三年裡細心照顧、從無怨言，希望阿雲往後多加珍重，並將一件拖裙留贈給她。

　　王彥泓是著名的豔情詩人，擅長描寫男女情愛，刻劃男性眼中的理想女性之形貌舉止。本文所探討之對象納蘭性德深受其影響，納蘭詞多次引用王彥泓詩集《疑雨集》之句，將於後文中探討。然而王彥泓的悼亡詩與他穠麗的豔情詩大相逕庭，詩中多寫到妻子病重時的孱弱，與喪妻後的困頓生活，以回憶和自身孤獨心境的描摹，抒發思念之情。其悼亡詩中的女性也不再只以一種理想的形態出現：「自妻子死後轉而淒涼哀傷的女性描寫，將原慵懶安適、脫世般存活著的女性，帶回真實世界當中，脫去附於身外的薄膜後，女性開始遭受現實世界的摧折。」〔註81〕女性脫離了遺世獨立的模式，會受到病痛的折磨，甚至最後衰弱死去。胡旭評論王詩：「與此前悼亡詩中一味寫夫妻恩愛頗不相同，別有一番感動人心的魅力。」〔註82〕

二、清代

　　悼亡詩的發展在清代臻至最高峰，由於明清朝代更迭，滿族入主中原，國破的傷痛與新朝政府的民族壓迫，造就了大批的遺民詩人，如顧炎武（1613～1682）、吳嘉紀（1618～1684）、王夫之等詩人，都作過悼亡詩。除了遺民詩人外，上層文人也熱衷於寫作悼亡詩，如王士禛、趙翼（1727～1814）、洪亮吉（1746～1809）與納蘭性德等文人。這些具有影響力的文人投入悼亡詩創作，對於推進清代文壇的悼亡風氣有一定的作用。以下以王夫之及王士禛作為清代悼亡詩探討中心。

　　王夫之（1619～1692），字而農，世稱船山先生，明萬曆至清康

〔註81〕曹育愷：〈豔情・嗜癖與末世書寫──論被遺忘的詩人王次回〉，《中極學刊》第十輯（2016年7月），頁108。
〔註82〕胡旭著：《悼亡詩史》，頁313。

熙年間人。王夫之共有三妻室，一為元配陶氏，二為繼室鄭氏，三為
再繼室張氏。王夫之與陶氏約成婚於崇禎十年（1637），陶氏卒於順
治三年（1646）；與鄭氏成婚於順治七年（1650），鄭氏卒於順治十八
年（1661）。

　　陶氏的墓誌銘〔註83〕裡提到，陶氏的娘家富甲一方，然而出身顯
貴的陶氏毫無驕奢之氣，嫁予王夫之後，殷勤侍奉丈夫，十分端莊嫻
淑。夫妻育有二子，名曰勿藥、邠，陶氏逝世時二子俱尚年幼。王夫
之為陶氏作有〈悼亡四首〉，試看其一：

　　　　十年前此曉霜天，驚破晨鐘夢亦仙。
　　　　一斷藕絲無續處，寒風落葉灑新阡。〔註84〕

首句提到，此詩作於陶氏亡故後的十週年。詩人在夢中與亡妻相會，
被晨鐘驚醒好夢，不禁想起十年前，陶氏也是死於一個嚴寒的清晨，
令人備感悽惶。蓮藕折斷，藕絲尚且相連，但人死不能復生，妻子離
世，自己與她的緣份不知該如何延續；寒風吹落落葉，灑在妻子新修
的墓道上，不勝淒清悲涼。〈悼亡四首〉第二首描寫詩人過去在夜裡
寒窗苦讀時，妻子總烹茶相伴，但自己當時不知惜福，如今皆成為遺
憾；第三、第四首寫自己為了買書不惜典當家財，雖不以貧賤為恥，
但確實導致夫妻二人的生活困窘、而妻子病故後，詩人成了一個四海
無家的無用儒生，心裡對妻子生出的歉疚，只有待自己撒手塵寰時方
可解脫。

　　除了陶氏外，王夫之也為繼室鄭氏作了十四首悼亡詩。〔註85〕
王夫之與鄭氏曾共度一段艱辛的落難歷程，作為明朝遺民，王夫之
積極地反清復明，曾因抗清活動，與鄭氏逃亡多時、斷食四日，因此
與鄭氏培養出患難夫妻的真情，王夫之更在臨終前交代要與鄭氏合
葬。鄭氏的死對王夫之來說，顯然更加難以承受，試看〈續哀雨詩四

〔註83〕劉明遇作，收錄於王之春（1842～1906）《王夫之年譜》。
〔註84〕〔清〕王夫之：《王船山詩文集》（北京：中華書局，1962 年），頁 402。
〔註85〕全華凌：〈論王船山詩歌的生死主題──以悼挽詩和游仙詩為例〉，
　　　　《南華大學學報‧社會科學版》第 10 卷第 2 期（2009 年 4 月），頁 6。

首〉其一：

> 寒煙撲地溼雲飛，猶記餘生雪窖歸。
> 泥濁水深天險道，北羅南鳥地危機。
> 同心雙骨埋荒草，有約三春就夕暉。
> 簷溜漸疏難唱急，殘燈炷落損征衣。〔註86〕

首四聯回憶當年與鄭氏的逃難日子，夫妻二人「幽困永福水砦，不得南奔，臥而絕食四日」，〔註87〕當時天雨連綿，四處都是追捕兩人的清廷官兵，八方受敵，甚至已作好共同赴死的準備。夫妻歷經劫難，愈加情深意篤，鄭氏除了是他的妻子，更是他在抗清行動上的知己，可惜鄭氏早亡，沒能與丈夫白首偕老，王夫之為此悲愴不已。

王士禛，字貽上，號阮亭，世稱王漁洋，明崇禎至清康熙年間人。王士禛共有三妻妾，一為元配張氏，二為繼室陳氏，三為側室張氏，三位妻子皆先亡。王士禛與張氏成婚於順治七年（1650），張氏卒於康熙十五年（1676）；與陳氏成婚於康熙十六年（1677），陳氏卒於康熙三十二年（1693）；何時納側室張氏的時間不詳，張氏卒於康熙三十八年（1699）。

王士禛與元配張氏結縭二十六載，他在〈誥封宜人先室張氏行述〉裡道：「念結髮以來，二十有六載，甘苦患難，無一不與婦共之。」可見夫妻同甘共苦，感情深厚，然而張氏病逝時，王士禛因官職在身，未能伴在妻子身邊，他對此悔恨不已。王士禛共為張氏作有三十七首悼亡詩，前三十六首為七絕組詩，現存三十五首，另有一首七律〈閏中秋夜不寐悼亡〉。〔註88〕其中多首稱頌張氏的婦德，如「君

〔註86〕〔清〕王夫之：《王船山詩文集》，頁168。
〔註87〕〈續哀雨詩〉之詩序：「庚寅冬，余作《桂山哀雨》四詩。其時幽困永福水砦，不得南奔，臥而絕食者四日。亡室乃與予謀間道歸楚，顧自桂城潰陷，霪雨六十日，不能取道，已旦夕作同死計矣。因苦吟以將南枝之戀諭示，亡室破涕相勉。今茲病中，搜讀舊稿，又值秋杪，寒雨無極，益增感悼，重賦四章。余之所為悼亡者，十九以此，子荊奉倩之悲，余不任為，亡者亦不任受也。」
〔註88〕蔣寅：〈論王漁洋悼亡詩〉，《蘇州大學學報・哲學社會科學版》第4期（2010年7月），頁101～102。

如德曜齊眉目，我愧樊英答拜時。」（第二首）將張氏比作舉案齊眉的
孟光、「一官長物吾何有，卻損規中纏臂金。」（第七首）寫張氏除下
臂上金飾以解丈夫之困、「廿載無衣搜盡篋，不曾悔卻嫁黔婁。」（第
八首）言張氏甘於貧困不曾有怨。除了讚揚張氏以外，組詩中最多的
還是敘寫自己的懷念之情，如第二十四首：

> 年年辛苦寄冬衣，刀尺聲中玉漏稀。
> 今日歲殘衣不到，斷腸方羨雉朝飛。〔註89〕

此詩回想過去夫妻分隔兩地時，每年冬季，張氏總會為自己寄來親手
裁製的冬衣，而今年已至歲末，本該收到的衣裳卻不會再寄來了。「斷
腸方羨雉朝飛」，取自古琴曲典故，〔註90〕失去伴侶之後，才格外羨
慕雙宿雙飛的雉鳥。

　　張氏亡後一年，王士禛的父親為他續娶了繼室，即是年方二八
的陳氏。然而命運多蹇，十七年後陳氏病故，王士禛二度喪妻，悲
痛難抑，作了〈悼亡詩〉十二首，同樣讚譽陳氏的體貼賢淑，如第
六首：

> 銀箭金壺聽麗譙，年年空負可憐宵。
> 拋殘頭帳紅氍枕，手點茶湯候早朝。

詩中寫道陳氏夜裡總是不敢安寢，時時注意著計時工具，就為了能夠
及時侍候須上早朝的丈夫。陳氏在王士禛心目中是蕙質蘭心的典範，
她賢慧且不慕虛榮，平日荊釵布裙，不追求打扮，這些美好的品德令
他念念不忘。

　　王士禛第三次的悼亡對象是側室張氏（以下稱張孺人），據〈亡
室張孺人行述〉記載，張孺人本姓周，但因「張夫人愛之，俾從己姓」，
而隨元配張氏改姓張。張孺人自幼便進入王家為婢，病逝時年四十
三，伴王士禛的時間最長，王士禛為其作有〈悼亡詩哭張孺人十二

〔註89〕〔清〕王士禛撰，林佶編：《漁洋山人精華錄（下）》（上海：商務印
　　　　書館，1937年），頁185。
〔註90〕戰國時期齊國琴家牧犢子，年五十而無妻，於野外見雄雉與雌雉相隨
　　　　而飛，不禁感嘆自己仍是孤身一人，作琴曲〈雉朝飛〉以自傷。

首〉。與前兩位妻子格外不同的是，王士禎在詩中不是頌揚其婦德，而是盛讚了張孺人的美貌，如第七首：

> 曼睩橫波一顧時，素妝不屑浣胭脂。
>
> 成都畫手丹青筆，難寫天然卻月眉。〔註91〕

此詩描寫張孺人目若秋水，清眸流盼，又寫道她天生麗質，不施粉黛便是風姿綽約，即便是妙手丹青也難以描繪她明媚的眉眼。此組詩中較少回憶兩人過往的生活情景，而是直抒自己的悲傷。清人楊子畢《芳菲菲堂詩話》評論：

> 阮亭三咏悼亡，一哭張宜人，再哭陳孺人，又哭張孺人，此老不幸亦云甚矣！然詩以哭張宜人者為最淒惋，如「門第河東雙戟閭」云云……諸語與不必絮絮言情，而情思自覺愴絕，讀之腸結，固不在唐人之「衣裳已施行看盡，針線猶存未忍開」下也。〔註92〕

第四節　結語

　　中國古代悼亡詩的發展歷程，從《詩經》萌芽，歷經漫長的停滯期，直至西晉逐漸成熟並確立定義，在唐宋時期生機蓬勃，金元時期消歇，於明代復甦，而在清代臻至鼎盛。受到儒家的禮制觀念影響，唐代以前的文人認為文學應重經世致用而薄死生，也避談男女之情，因此悼亡詩在早期的發展十分緩慢，直至唐代因文化多元融合，道家、佛家的影響力提升，才打破了傳統儒教的樊籬，言情之作日益繁盛。

　　悼亡詩在發展過程當中，形成一些代代相傳的共同特徵，一是抒寫自身的悲苦，哀慟失落是喪偶後最直觀的感受，是歷代悼亡文學主要表現的內容；二是承襲《詩經》的悼亡傳統，由故地、遺物引發思念之情，產生物是人非的感喟；三是描寫幼子失孤或失怙的場景，自

〔註91〕〔清〕王士禎著：《王士禎全集（二）》（山東：齊魯書社，2007年），頁1303。

〔註92〕轉引自蔣寅：〈論王漁洋悼亡詩〉，頁99～100。

韋應物開了這個先例，後代詩人常在悼亡詩中提及童稚之悲，幼子喪母（父）、鰥夫喪妻、寡婦喪夫，層層疊加的淒涼更令人唏噓不已；四是頌揚德行，男詩人側重妻子含辛茹苦的賢德，女詩人關注丈夫的才華或功績；五是記夢，夢境是睡眠時的心理活動，以心理學角度來說更是一種心理補償機制，〔註93〕清醒時求而不得的願望，在夢境中皆有可能得到滿足，因此「夢」亦是詩歌關鍵的一大主題。

　　值得探究的是，歷代男性文人在悼亡詩中塑造妻子形象的方面幾乎都有一個共同點——這些被哀悼懷念的女子，大多數都是溫良恭儉讓，她們不求榮華，甘願與丈夫作一對貧賤夫妻，殷勤侍奉丈夫、公婆，研究者指出：

> 綜合起來倒是一個十分有趣的現象，即中國古代悼亡詩中的大部分亡妻生前幾乎都沒有過過多少好日子，永遠都是在貧困線上掙扎，沒有幾個能做得成官太太的——這大概也是中國古代男性文人共同的命運，所謂「文章憎命達」、「寧為百夫長，勝作一書生」的確是真理。〔註94〕

這顯現出即便文學脫離了儒教範疇，但女性仍舊受到三從四德的束縛，女性的價值體現在溫婉柔順的性格與勤儉賢慧的品德，她們在悼亡詩中以某人賢良淑德的妻子角色活著，僅存一個個面貌模糊的相似輪廓。

〔註93〕見本文頁 135～136。

〔註94〕馬碧心：《何以悼亡方費詞？——中國古代文人創作心理解讀兼論「傷逝」主題》（吉林：東北師範大學中國古代文學系碩士論文，2011年），頁 22。

第三章　晚明哭夫詩人薄少君

第一節　明清女性文學與哭夫詩的發展

一、女性文學

「女子無才便是德」向來是中國傳統社會中的口號，在封建社會的年代，無論東方或者西方，女性即便擁有創作的才能，也不敢過分張揚。對於這個觀念，陳東原（1902～1978）直言：「這所謂才，並不是才智之才，不過是狹義的知書識字之謂。所以『女子無才便是德』的謎底，就是『婦人識字多誨淫』。」〔註1〕男性擔心長久以來受限於家庭之中的女性，一旦能夠讀書識字、學會獨立思考，便無法安於柴米油鹽的生活中。清代李漁（1611～1680）便已反駁這句口號：

> 「女子無才便是德。」言雖近理，卻非無故而云然。因聰明女子失節者多，不若無才之為貴。蓋前人憤激之詞，與男子因官得禍，遂以讀書作宦為畏途，遺言戒子孫，使之勿讀書勿作宦者等也。此皆見噎廢食之說，究竟書可竟棄，仕可盡廢乎？吾謂才德二字，原不相妨，有才之女，未必人人敗行；貪淫之婦，何嘗歷歷知書？但須為之夫者，既有憐才之心，兼有馭才之術耳。〔註2〕

〔註1〕陳東原著：《中國婦女生活史》，（臺北：臺灣商務，1994年），頁13。
〔註2〕〔清〕李漁著：《李漁全集（第三卷）閒情偶寄》（杭州：浙江古籍，2014年），頁141～142。

李漁認為，因有少數有才之女失節，便排斥所有女性學習詩書，實乃因噎廢食之舉；才德兩者本可並存，卻被誤導成才德相害、才思非婦人之事。

　　孫康宜提到，在十九世紀的英國，婦女文學達到空前的繁榮，女性小說家十分活躍。然而女性文學的興起，換來男性作家的大力反彈，認為女性作家「侵犯」了他們的領域；而女性作家亦抱持著抵抗父權的心態進行創作，男女作家互相仇視，掀起了一場寫作的性別戰爭。〔註3〕周慶華（1957～）指出「恃強凌弱」在文學批評界是種常見的事：

> 在文學批評界，「歧見」本就是一種常態，只不過很少有人願意「放下身段」為別人保留競爭權，以至種種「強凌弱」、「眾暴寡」的現象也就不能免俗的會跟著發生。好比諾貝爾文學獎所主導的對文學的詮釋以「理想傾向」為宗旨，就形成了一種文學霸權，年年「壓抑」著不隸屬這個範圍的文學作品，也讓相對弱勢的文學社群在競爭環境中難以發聲。〔註4〕

這種「歧見」與「眾暴寡」、「強凌弱」的現象，正是女性作家面臨的困境。值得一提的是，不只有挺身對抗父權主義的女作家，也有「自我設限」（self-censorship）者——有些女作家以家中男性遭逢意外，導致失去經濟支柱為由，必須從事寫作維生，又或是打著慈善家的旗幟捐贈稿費——彷彿這樣她們才擁有寫作的正當理由。〔註5〕孫康宜形容這些女作家：

> 她們多半不敢把自己的才華視為一個獨立人格所具有的創造能力。在某些程度上，她們是藉「德」來掩飾自己的「才」。她們總要求先做個有德的女人，其次才要求是個有才的作家。〔註6〕

〔註3〕孫康宜著：《文學的聲音》，頁33～34。
〔註4〕周慶華著：《文學詮釋學》（臺北：里仁，2009年），頁180。
〔註5〕孫康宜著：《文學的聲音》，頁36。
〔註6〕孫康宜著：《文學的聲音》，頁36。

此番現象在東方亦同。明清時期湧現了大量的女性詩人，出版過詩集的女詩人高達三千多位。根據統計，胡文楷（1899～1988）所編《歷代婦女著作考》一書中所收錄之女作家，共有漢魏六朝 33 人、唐代及五代 22 人、宋代及遼代 46 人、元代 16 人、明代約 250 人、清代3660 餘人。〔註7〕孫康宜亦表示：

> 據我近年來研究中西文學的心得，我認為有史以來最奇特的文學現象之一，就是中國明清時代才女的大量湧現。在那段三、四百年的期間中，就有三千多位女詩人出版過專集。至於沒出版過專集、或將自己的詩文焚毀的才女更不知有多少了。〔註8〕

明代著名的女詩人如方維儀（1585～1668）、沈宜修、商景蘭、柳如是（1618～1664）等人，沈宜修的三個女兒葉紈紈（1610～1632）、葉小紈（1613～1657）、葉小鸞（1616～1632）皆工詩文，是當時馳名的才女；本文所探討之薄少君，在明清時期亦頗負盛名；清代也有席佩蘭（1760～1829）、梁得繩（1771～1847）、吳藻（1799～1862）、沈善寶（1808～1862）等人。此階段也出現了很多女性詩歌的選集，如鍾惺《名媛詩歸》、王端淑《名媛詩緯初編》、惲珠《國朝閨秀正始集》〔註9〕、沈善寶《名媛詩話》〔註10〕，其他還有徐樹敏、錢岳《眾香詞》〔註11〕、汪啟淑《擷芳集》〔註12〕、徐乃昌《閨秀詞鈔》〔註13〕等。

〔註7〕胡文楷編著：《歷代婦女著作考》（上海：上海古籍，2008 年），頁 1206。
〔註8〕孫康宜著：《古典與現代的女性闡釋》，頁 72。
〔註9〕清惲珠（1771～1833）所編的清代女性詩歌選集，選錄清代共 900 餘位女詩人、1700 餘首詩作，共二十卷。後續又編《國朝閨秀正始續集》，選錄清代共 500 餘位女詩人、1200 餘首詩作，共十卷。
〔註10〕清沈善寶所編的清代女性詩歌選集，選錄明末清初至道光咸豐年間共 800 餘位女詩人，共十二卷，又續集三卷。
〔註11〕清徐樹敏、錢岳與九十多位名士所編的明末清初女性詞選，選錄明末清初共 382 位女詩人、1493 首詩作，共六集。
〔註12〕清汪啟淑（1728～1799）所編的女性詩歌選集，選錄順治至乾隆年間之作，共八十卷。
〔註13〕清徐乃昌（1869～1946）所編的明清女性詞選，收錄明末至清共 521 位女詩人、1591 闋詞作，共十六卷。

　　即便女性文學如此昌盛，世人對婦德的要求仍舊緊緊箍著兩代女作家。女詩人們將自己的詩稿命名為「繡餘」、「紅餘」、「織餘」等，把文學活動作為社會賦予女子之職的點綴，以免招致非難。王鸝玉（1980～）在《明清女性的文學批評》一書提到，清代女詩人劉蔭（1806～1831）留有《夢蟬樓遺稿》一卷，卷前他人題辭道：「只愁身後才名著，掩卻從前孝婦名。」〔註14〕可見女性自身也深受大時代的觀念影響，擔心才名蓋過德名。因顧慮名譽而將詩稿盡數焚毀的例子大有人在——唐代進士孟昌期之妻孫氏善為詩，一日忽感才思非婦人之事，盡燬其詩集，從此一心操持家務；〔註15〕宋代著名女詩人朱淑真（1135～1180）生前作詩不知幾凡，詩集卻在身後遭父母付之一炬，以致今日朱詩百不一存。〔註16〕王鸝玉說道：

> 雖然隨著晚明文學解放思潮的傳播，女子的文學才華已逐漸被認可，但在社會觀念中，「才」對女子的重要性，並未超過「德」。評判一個才女的一生，首先還是要肯定她的「德」。〔註17〕

少數能以才名躋身史冊的女子，排序仍在貞女烈婦之後，康正果（1944～）也說：

> 很多閨中才女把貶抑自己的詩名作為自尊自愛的姿態，而幫助她們保守作詩的秘密，似乎也成為成人之美的事情。有時在她們死後，她們的家屬還替死者做最後的清洗：舉火焚之。不知有多少閨秀的詩作就在這種無從推測的封閉狀態中自生自滅，最終湮沒無聞。〔註18〕

在中國歷史上已發現一個奇怪的現象，大部分流傳廣泛、影響深遠的

〔註14〕王鸝玉著：《明清女性的文學批評》（上海：華東師範大學，2017年），頁127。

〔註15〕康正果著：《風騷與豔情：中國古典詩詞的女性研究》（新北：雲龍，1991年），頁370。

〔註16〕孫康宜著：《古典與現代的女性闡釋》，頁69～70。

〔註17〕王鸝玉著：《明清女性的文學批評》，頁126。

〔註18〕康正果著：《風騷與豔情：中國古典詩詞的女性研究》，頁370。

婦道之書，如《女誡》、《女孝經》、《女論語》等，皆是出自於女作家，一旦接受了父權社會對婦女要求的準繩，女性的自我規範往往比男性更為嚴格。如同前文所提，古代棄婦是「自覺地走向隱忍」，〔註19〕許多才女也是親手為自己套上了婦德的枷鎖，內言不出於閫、以才情自晦已被內化為她們自身的思想認識。

　　但與十九世紀的西方女性文學界相比，明清時代的女作家約莫還是幸運得多。明代以後，「才女」的地位在文壇中水漲船高，明代文人對於「才子佳人」配對的嚮往，促使女性文學臻至空前的繁榮，理想的佳人除了美貌以外，還必須兼具詩才，明代文學家葉紹袁（1589～1648）主張女子的德、才、色應並立：「丈夫有三不朽，立德、立功、立言；而婦人亦有三焉，德也，才與色也。幾昭昭乎鼎千古矣。」〔註20〕眾多的女詩人選集因而得以在此時廣為流行。女性文學之所以可以在明清兩代獲得主流文人的認同，是因為明清文人重視文學中的「清」與「真」，孫康宜解釋：

> 女性作家作詩總是「發乎情，根乎性」，去擁抱人的本初狀態與大自然之生氣。同時，由於她們不必在意實際的考慮與詩歌的派別觀念，她們的作品反而保持了詩的感性；由於社會經驗的局限性，反而促使她們有更豐富的想像和專注力。這使她們更加接近「清」的純淨氣質，更能發會真、善、美的藝術境界。至此，女性詩詞無形中已成為男性文人的理想詩歌楷模了。〔註21〕

合山究（1942～）提出，在明末後的文壇流行一句話：「天地秀麗之氣，不鍾於男子，鍾於婦人」，這反映出女性崇拜思想的抬頭。〔註22〕合山究說：「這句話的流行，象徵明末以後對女性的認識與評價急速

〔註19〕見本文頁9。
〔註20〕〔明〕葉紹袁編，冀勤輯校：《午夢堂集（上）》（北京：中華書局，1998年），頁1。
〔註21〕孫康宜著：《文學的聲音》，頁29。
〔註22〕合山究（Goyama Kiwamu）著，蕭燕婉譯註：《明清時代的女性與文學》（臺北：聯經，2016年），頁284～291。

上升，以致於塑造了一股女性在學問、資質等方面皆勝過男子的社會思潮。」〔註23〕事實上，古代女性很難有機會受到專門的文學訓練，在惡劣的環境下，女作家們能夠無師自通，全仰賴天資，故康正果直言：「才子的詩才多得自苦學，才女的詩才多由於天賦。」〔註24〕明清盛行性靈說，主張作詩應「直抒胸臆，辭貴自然」，文人們認為女性更能貼近美與真的本質，肯定才女進行文學創作，正如譚正璧（1901～1991）所說：「女性所以能在文學上留下偉大的成績，其理由還因為文學是屬於情感的，而女子的心理，情感又是特別的豐富於理知。」〔註25〕雖然大多數女性缺乏嚴格的文學訓練，在另一方面反而因此保持了詩歌的純真與感性。

可惜的是，即便明清的婦女文學如此繁榮，在後代的中國文學史裡，婦女文學仍是缺少關注的一塊，女性詩人必須名揚如薛濤（768～831）、魚玄機（844～871）、李清照（1084～1155）之輩，才有機會被提及一二，孫康宜稱明清女詩人是「被遺忘而沉默的一群」。〔註26〕此現象很大的程度是由於比起詩詞，明清文學在文學史上更受重視的是戲曲與小說，孫康宜說：

> 這是因為一般研究中國文學的學者普遍地忽視了明清兩朝的詩詞（認為它們再好也不如唐宋詩詞高明），而中國女詩人卻偏偏在明清兩朝表現了空前的文學成就。既然明清詩詞被整體地忽視了，大部分的女詩人也就自然地被排除於「歷史」之外了。〔註27〕

亦有學者認為，明清女作家的群體雖然人數龐大，但作品卻毫無文學價值，胡適曾說：

> 這三百年中女作家的人數雖多，但她們的成績實在可憐得

〔註23〕合山究著，蕭燕婉譯註：《明清時代的女性與文學》，頁295。
〔註24〕康正果著：《風騷與艷情：中國古典詩詞的女性研究》，頁392。
〔註25〕譚正璧著：《中國女性的文學生活》（臺北：莊嚴，1991年），頁18。
〔註26〕孫康宜著：《文學的聲音》，頁38。
〔註27〕孫康宜著：《古典與現代的女性闡釋》，頁68。

很。她們的作品絕大多數是毫無價值的。……這近三千種女
子作品之中，至少有百分之九十九是詩詞，是「繡餘」、「釁
餘」、「紡餘」、「嗣餘」的詩詞。〔註28〕

這些女詩人之所以能出版詩集、被稱作才女，也僅是緣於父權體制下
的寬容：

在一個不肯教育女子的國家裡，居然有女子會做詩填詞，自
然令人驚異，所謂「閨閣而工吟詠，事之韻者也。」物希為
貴，故讀者對於女子的作品也往往不作嚴格的批評，正如科
舉時代考官對於「北卷」另用一種寬大標準一樣。〔註29〕

許多評論家責備女詩人們的詩作多有閨閣習氣，內容無非在記錄生活
瑣事或描寫景物，題材單調而無深意、或不雕飾詞藻、講究用典，故
而批評婦女詩詞無甚價值。但也有學者不認同這種說法，他們認為這
仍是以男性本位去評判婦女詩詞，對古代婦女來說，「繡餘」、「釁餘」、
「紡餘」真真切切就是她們的生活寫照，她們終日與炊爨紡織為伍，
要求這些困於閨閣家庭的女性們，能夠寫出憂國憂民或寄託遠大抱負
之作，委實是強人所難。康正果即言：

這種評價的根據是男性中心的批評標準，它只強調女詩人
不應該那樣作詩，而沒有解釋她們何以那樣作詩。如果男性
的模式和套語不適合她們抒寫自己的閨中感受，一味模仿
男性風格，對閨中的才女有什麼好處？如果她們並不了解
「廣闊的社會生活」，也不可能思考「深刻的社會意義」，她
們何必去寫自己並不了解的領域呢？〔註30〕

按周慶華所言：「關鍵就在強勢文學團體從來就沒有『設身處地』為
弱勢文學團體的需求設想過；導致一部世界文學史始終有著『不宜消
失』的缺席者。」〔註31〕筆者以為胡適之言實在是站在雄性本位的制
高點，去指謫閨秀作家的作品一無是處；因為文學界是由男性「建構」

〔註28〕胡適：《三百年中的女作家》（臺北：遠流，1986 年），頁 163～164。
〔註29〕胡適：《三百年中的女作家》，頁 166。
〔註30〕康正果著：《風騷與豔情：中國古典詩詞的女性研究》，頁 371。
〔註31〕周慶華著：《文學詮釋學》，頁 181。

出來的，自然要以男性的標準去評判文學作品的價值或優劣。夏洛特・吉爾曼（Charlotte Perkins Gilman，1860～1935）嚴厲地指責雄性霸權正是遏抑女性文學的首要因素：

> 男人對文學情有獨鍾，壟斷了這種藝術，對文學的影響遠比特殊體例更深遠。文學比其他所有形式的藝術都更適合男性強勢的自我表達欲望，如同我們看到的，他們主要表達的一直都是「這個性別」。他們將性別的印記無所不在的烙印在這門藝術中，他們給了這個世界男性化的文學。〔註32〕

夏洛特認為若是由女性掌握文學，那文學自然也會變成女性化的標準。總而言之，女性文學的發展，與時代風氣、社會價值觀等息息相關，女性的創作更能反映她們真實的生活，這些受到種種外在限制的古代婦女們，終於在文學中擁有自我的聲音。

二、哭夫詩

女性開始創作哭夫詩的真正時間不明，但根據文獻記載，大抵始於明代初期。〔註33〕清代女性詩歌選集《擷芳集》卷一至卷十一收錄節婦之詩，其中多有以「哭夫」、「悼夫」、「悼亡」為題者，可見撰寫哭夫詩在明清兩代為普遍之舉。歷來男性文人便會寫代言體寡婦詩、棄婦詩，他們專注於描寫女子的愁苦心情，如王粲（177～217）與曹丕（187～226）皆為阮瑀之妻寫過〈寡婦賦〉。王粲〈寡婦賦〉：

> 闔門兮卻掃，幽處兮高堂。提孤孩兮出戶，與之步兮東廂。顧左右兮相憐，意淒愴兮摧傷。觀草木兮敷榮，感傾葉兮落時。人皆懷兮歡豫，我獨感兮不怡。日掩曖兮不昏，明月皎兮揚暉。坐幽室兮無為，登空床兮下幃。涕流連兮交頸，心慘結兮增悲。

〔註32〕夏洛特・吉爾曼（Charlotte Perkins Gilman）著，邵愛倫譯：《男性建構的世界》（臺北：暖暖書屋文化，2020年），頁95。

〔註33〕合山究著，蕭燕婉譯註：《明清時代的女性與文學》，頁205。合山究說明胡文楷《歷代婦女著作考》卷六錄有明初謝氏〈哭夫詩〉三十首，到了明末哭夫詩逐漸增加；祭夫文也是明代以後開始增多。

曹丕〈寡婦賦〉：

> 霜露紛兮交下，木葉落兮淒淒。候雁叫兮雲中，歸燕翩兮徘
> 徊。妾心感兮惆悵，白日急兮西頹。守長夜兮思君，魂一夕
> 兮九乖。悵延佇兮仰視，星月隨兮天迴。徒引領兮入房，竊
> 自憐兮孤棲。願從君兮終沒，愁何可兮久懷。

兩賦皆極言寡婦孤苦伶仃之心境。王粲寫道「顧左右兮相憐，意淒愴
兮摧傷。」、「人皆懷兮歡豫，我獨感兮不怡。」、「涕流連兮交頸，心
憯結兮增悲。」反覆強調阮妻的愁苦心緒，喪夫後她頓時失去了依
靠，舉目皆傷，一草一木皆會引起她的幽淒之情，不禁潸然淚下；曹
丕寫道「守長夜兮思君，魂一夕兮九乖。」、「徒引領兮入房，竊自憐
兮孤棲。」、「願從君兮終沒，愁何可兮久懷。」描寫阮妻在漫漫長夜
裡獨守空房，輾轉難眠暗自神傷，她願隨丈夫而去，以免於受相思之
苦。男性文人筆下的寡婦、棄婦向來如此，她們以夫為天且忠貞不
二，失去丈夫帶給她們沉重的打擊，她們因此茶飯不思、為伊消得人
憔悴。葉嘉瑩說道：

> 男子所寫的傷春怨別的思婦之詞，一則既因其所寫者本非
> 現實婦女真正的生活和感受，因此其所敘寫之情事遂顯得
> 空靈而不實實。再則更因其以男性而寫為女性之口吻，於是
> 遂產生了一種所謂「雙重性別」的微妙的作用，三則更因為
> 作為士人的男子，經常懷抱有一種志意和理想，遂使得他們
> 所寫的那些傷春怨別的思婦之情，往往會在表面所寫的女
> 性情事以外，更流露一種超乎其所寫之情事以外的深微高
> 遠的意趣。〔註34〕

婦女詩歌保有最純粹的抒情意向，不似男性代言體經常隱含託寓，康
正果即言：「她們未必想成為詩人，但由於她們首先是有情人，所以
她們的即興之作比文人的代言體更能傳達思婦的心聲。」〔註35〕有別
於男性作者代言發聲的寡婦詩，明清女性自己所寫的哭夫詩顯然展現

〔註34〕葉嘉瑩著：《性別與文化：女性詞作美感特質之演進》，頁50。
〔註35〕康正果著：《風騷與豔情：中國古典詩詞的女性研究》，頁191。

了更多面向，不再侷限於相思之苦：

> 一般來說，明清女詩人突破了傳統女性詩詞的閨怨和棄婦
> 的狹隘內容。她們把注意力移到日常生活中的種種親身體
> 驗，而且十分真切地寫出了個人得自觀察的情景與靈感。從
> 刺繡、紡織、縫紉到烹飪，直到養花、撫育，所有一切有關
> 家務的詩作都構成了明清婦女詩詞的新現象。〔註36〕

此外，這些源自於寡婦切身體驗的哭夫詩詞，也更能真實地反映出古
代女性在喪夫後遇到的種種生活困境，孫康宜提出：

> 與歷代文人所寫的代言體寡婦詩不同，明清寡婦自己寫的
> 詩常常傳達了男人想像以外的很多信息。例如，傳統男性文
> 人所寫的寡婦詩幾乎千篇一律專注於獨守空閨的苦楚。但
> 事實上，對許多寡婦來說，寂寞固然痛苦，更難捱的還是生
> 計的艱難和日常生活的負擔。在婦女經濟上不能自立自主
> 的傳統社會中，生活上的無依無靠顯然比情感的空缺對一
> 個女人更為可怕。〔註37〕

在中國傳統社會，男性作為經濟主體，在家庭中佔著舉足輕重的地
位，失去丈夫的女性彷彿進入悲劇的開端——家庭喪失經濟支柱，
若還有幼子需要扶養，生活更是難上加難。尤其過去社會反對女性
再婚，明清更是特別流行守節與殉夫的觀念，合山究說：「當時已婚
女性視再婚為恥辱，因此，女性喪夫後被迫面臨的生活方式只有兩
種。一是貫徹未亡人的身分，成為『節婦』；另一就是殉夫，成為『烈
婦』。」〔註38〕明代對於婦女守節的要求，甚至到了建立貞節旌表制
度的程度，〔註39〕守節的方式包含守寡或殉節，有錢或是娘家有所依

〔註36〕孫康宜著：《古典與現代的女性闡釋》，頁79～80。

〔註37〕孫康宜著：《古典與現代的女性闡釋》，頁90。

〔註38〕合山究著，蕭燕婉譯註：《明清時代的女性與文學》，頁206。

〔註39〕安碧蓮在〈明代婦女貞節觀的強化與實踐〉一文中提到，明太祖在開
　　　國時制定有關節婦受旌表的資格：「民間寡婦三十以前，夫亡守制，
　　　五十後不改節者，旌表門閭，免除本家差役。」可見朝廷極力推廣婦
　　　女守節之風氣。明代旌表制度詳見安碧蓮：〈明代婦女貞節觀的強化

靠的女性多半選擇守寡，沒有孩子或家累須撫養、且自身無謀生能力的寡婦，往往也只有殉夫一條路可走。有家累而選擇成為節婦的女性，只能一肩扛起生活重擔，勢必得面臨生活上的困苦與情感上的無依。研究者指出：

> 寡婦守節之艱辛是可想而知的，在生活上柴米油鹽醬醋茶全靠自給，在倫理上要上事舅姑、下撫遺孤，在情感上要清心寡欲以全禮教之名節，……在這種情形下，如果沒有一種宗教式的倫理道德作為精神支柱，撇開物質上的匱乏不談，這種在精神上終生苦悶孤獨的生活是很難長時間忍耐的。〔註40〕

因此，創作哭夫詩成為寡婦抒發抑鬱心情的重要渠道，透過哭夫詩，我們能更加了解寡婦真實的生活境況。

第二節　薄少君的生平記述

　　關於薄少君的生平記載，可以在明清兩代及民國初年的史料中看見，現今中文文獻尚缺少相關統整，故筆者將其按照作者姓氏筆劃臚列於下表：

表 3-2-1　薄少君的生平記載（筆者整理）

作者	書　名	篇　目	記載內容
王士祿	《燃脂集》	宮閨氏籍藝文考略	薄少君，婁東人，沈承妻。承早歿，少君作悼亡詩百首，不食而卒，詩附承集後。《玉鏡陽秋》云：「少君以奇情奇筆，暢寫奇痛，時作達語，實為諧言，莊騷之外，別闢異境。世何以豆目相繩，苟較聲格，將無為此奇女子所笑。」〔註41〕

　　　　與實踐〉（臺北：中國文化大學史學研究所博士論文，1995 年），頁 71～100。

〔註40〕安碧蓮：〈明代婦女貞節觀的強化與實踐〉，頁 150。

〔註41〕胡文楷編著：《歷代婦女著作考》，頁 204。

王初桐	《奩史》	卷四	薄少君，婁東沈承妻也。承夭，薄為詩一百首哭之，踰年值夫忌辰，醉酒一慟而卒。〔註42〕
王昶	《直隸太倉州志》	卷四十二	薄氏少君，沈承妻。承有雋才而夭，少君為詩百首哭之。逾年值承忌日，醉酒一慟而絕。〔註43〕
王祖畬	《太倉州鎮洋縣志》	卷二十五·藝文	薄氏《嫠泣集》，字少君，沈承室。張采云：「承卒，妻薄少君痛之，作悼亡詩一百首，未幾亦卒。」〔註44〕
王端淑	《名媛詩緯初編》	卷七	薄少君，太倉人，文學沈承妻。能詩工楷，琴瑟唱和，籍籍一時。沈以雋才而卒，少君哀之，作悼亡詩百首。踰年值承忌辰，醉酒一慟而絕。
朱彝尊	《明詩綜》	卷八十四	少君，太倉州人，秀才沈承妻。〔註45〕
李銘皖 馮桂芬	《蘇州府志》	卷一百一十八·列女傳六	薄少君，長洲人。婉孌有節操，歸於沈文學承。沈名噪海內，而不得售以卒。少君哭以詩百首，辭韻愴烈。明歲忌辰，醉酒一慟而絕。本朝道光十七年追旌。〔註46〕
汪學金	《婁東詩派》	卷二十八	少君，字西真，沈承室。夫死賦悼亡詩百首，逾年值承忌，一慟而卒。〔註47〕
姚之駰	《元明事類鈔》	卷十三	明詩小傳：薄少君為沈君烈妻。君烈有才而夭，薄為詩百首弔之。踰年值忌辰，醉酒一痛而絕。〔註48〕

〔註42〕 〔清〕王初桐輯：《奩史·卷四》（清嘉慶伊江阿刻本，1797年），頁12。

〔註43〕 〔清〕王昶等纂修：《〔嘉慶〕直隸太倉州志》（上海：上海古籍，2002年），頁641。

〔註44〕 王祖畬纂修：《〔宣統〕太倉州鎮洋縣志·卷二十五》（民國八年刻本，1919年），頁51。

〔註45〕 朱彝尊編：《明詩綜》，《欽定四庫全書·明詩綜·卷八十四》，頁20。

〔註46〕 〔清〕李銘皖修，〔清〕馮桂芬纂：《〔同志〕蘇州府志·卷一百一十八》（清光緒九年刊本，1883年），頁10。

〔註47〕 〔清〕汪學金輯：《婁東詩派·卷二十八》（清嘉慶詩志齋刻本，1804年），頁3。

〔註48〕 〔清〕姚之駰撰：《元明事類鈔》，《欽定四庫全書·元明事類鈔·卷十三》，頁28。

胡文楷	《歷代婦女著作考》		少君，長洲人，太倉沈承妻。案《眾香詞》：薄少君字西真，太倉人，沈君烈妻。明刊本，附於沈承《即山先生集》後。同治九年（1870）重刊本，有顧師軾跋。〔註49〕
范端昂	《奩詩泐補》	卷二	薄少君，婁東人，秀士沈君烈妻。列有雋才而殀，薄吟悼亡詩百首弔之，未幾而卒。
徐樹敏錢岳	《眾香詞》	御集	薄少君，江蘇太倉人，沈君烈室。早寡，作悼凶詩百首，旋以身殉。見列朝詩閨集，而詞不多，見二闋，練水徐汝言手授。〔註50〕
屠粹忠	《三才藻異》	卷十七	薄少君，婁東沈承妻也。承有才而夭，薄為悼亡詩百首以弔之，未幾亦卒。〔註51〕
張采	《知畏堂詩文存》	文卷八	州諸生沈承，字君烈，負才而夭，妻薄少君相繼。遺孤僅生五月斷乳且斃，公抱歸，撫為子，名張忱。余字以第三女，後余女死臨上，忱隨公死京師。公與君烈交不厚，第憐才，自急義耳。〔註52〕
曹允源李根源	《吳縣志》	卷七十二上・列女四	薄少君，長洲人。婉孌有節操，歸於沈文學承。沈名噪海內，而不得售以卒。少君哭以詩百首，詞韻愴烈。明歲忌辰，酹酒一慟而絕。清道光十七年追旌。〔註53〕
盛於斯	《休庵影語》		君烈死，薄少君以詩哭之，百篇有，奇傳者僅八十餘首。君烈有遺腹，驚姜數月，而薄少君亦死，張天如撫其孤。〔註54〕

〔註49〕胡文楷編著：《歷代婦女著作考》，頁 204。
〔註50〕徐樹敏、錢岳選：《眾香詞・御集》（臺北：富之江，1997 年），頁 31。
〔註51〕〔清〕屠粹忠輯：《三才藻異・卷十七》（清康熙栩園刻本，1689 年），頁 6。
〔註52〕〔明〕張采撰：《知畏堂詩文存》（清康熙年間刻本），頁 6。
〔註53〕曹允源、李根源纂：《吳縣志・卷七十二上》（民國二十二年鉛印本，1933 年），頁 4。
〔註54〕胡寄塵編：《文藝叢說》（上海：商務印書館，1928 年），頁 64。

陳夢雷	《欽定古今圖書集成‧明倫彙編‧閨媛典》	卷三百三十六‧閨藻部列傳四	按列朝詩集,薄少君,婁東秀才沈承妻也。承字君烈,有雋才而夭,薄為詩百首悼之。踰年,值君烈忌,醉酒一慟而絕。〔註55〕
陸應陽 蔡方炳	《廣輿記》	卷三	薄少君,太倉諸生沈承妻。承死,作哀辭百章,擲筆而絕。〔註56〕
惲珠	《蘭閨寶錄》	卷四	薄少君,太倉人,適沈承。承有雋才而夭,氏為詩百首弔之,詞極酸楚。踰年,值承之忌辰,醉酒一慟而絕。
馮夢龍	《情史類略》	卷十三	薄少君,婁東秀士沈承妻也。承字君烈,有雋才,而夭。薄為詩百首悼之。及期,少君亦逝。〔註57〕
趙世杰 江之淮	《古今女史》	卷二	薄少君,吳江秀士沈承妻也,夫死作悼亡詩以吊之。
趙宏恩	《江南通志》	卷一百七十六	沈承妻薄少君,太倉人。承有雋才而夭,薄為詩百首弔之。踰年,值承忌,醉酒一慟而絕。〔註58〕
談遷	《棗林雜俎》	義集	太倉薄少君,庠生沈承妻。承有雋才而夭,少君哭詩百首。踰年值忌辰,醉酒一慟而絕。
鄭仲夔	《耳新》	卷二	薄少君,長洲人。婉孌有節操,歸於沈文學承。沈名噪海內,而不得售以卒。少君哭以詩百首,辭韻愴烈。明歲忌辰,方醉酒,遂一慟而絕。〔註59〕
錢尚濠	《哀恨集》		沈君烈,諱承,玄心傲骨,淡性飛才,七困科場,不雋而逝。少君薄氏,做挽詩百首,詩成,一身全殉。〔註60〕

〔註55〕〔清〕陳夢雷編:《欽定古今圖書集成‧明倫彙編‧閨媛典》(清雍正銅活字本),頁42。

〔註56〕〔明〕陸應陽撰,〔清〕蔡方炳增輯:《廣輿記‧卷三》(清康熙聚錦堂刻本,1717年),頁27。

〔註57〕魏同賢主編:《馮夢龍全集(七)》(江蘇:鳳凰,2007年),頁447。

〔註58〕〔清〕趙宏恩撰:《江南通志》,《欽定四庫全書‧江南通志‧卷一百七十六》,頁19。

〔註59〕〔明〕鄭仲夔:《耳新‧卷二》。收錄於〔明〕鄭仲夔撰:《玉塵新譚》(明刻本),頁8。

〔註60〕胡寄塵編:《文藝叢說》,頁63~64。

錢謙益	《列朝詩集》	閏集第四	少君，婁東人，秀才沈承妻也。承字君烈，有雋才而夭，薄為詩百首以弔之。踰年值君烈忌辰，酹酒一慟而絕。〔註61〕
儲大文	《存硯樓二集》	卷十五·碑誌	明沈君烈，七試不遇卒，無子。妻薄少君，賦截句數十悼之，亦旋卒。〔註62〕
鍾惺	《名媛詩歸》	卷三十四	薄少君，婁東人，秀士沈承妻也。承字君烈，有雋才而夭。薄為悼亡詩百首以弔之。未幾亦卒，今存詩八十一首。〔註63〕

　　薄少君，字西真，婁東（今江蘇省太倉市）人，生於明萬曆至天啟年間，為秀才沈承的妻子，能詩擅書，性格柔順嫻靜，好佛法且茹素。沈承，字君烈，身負雋才，也曾名噪一時，可惜年未四十，便因患痢疾而早逝。天啟四年（1624）八月時逢鄉試，沈承在參加秋試時感染痢疾（即現今的腸炎），只好提早離開考場，同年十月秋闈報罷，沈承病逝。

　　按《蘇州府志》、《耳新》記載薄少君為長洲人，其他史料均做太倉人；長洲為今江蘇省蘇州市，與婁東距離八十餘公里。造成此種地域差距的原因，可能因為薄少君的娘家位於長洲，薄少君出嫁前為長洲人，而嫁給籍貫太倉的沈承之後，按照傳統以夫家為主，便視作太倉人。薄少君實為沈承續弦，沈承曾有一任妻子顧氏，顧氏亡故後才續娶薄少君，沈承的文集中有兩首悼亡詩為顧氏而作，〈悼亡〉二首：

　　　去日雙花語，歸時月獨啼。寒衣燈焰下，誰復剪窗西。

　　脩然一弱裾，造物何相穽。地下不相憐，殷勤道夫姓。〔註64〕

〔註61〕〔清〕錢謙益輯：《列朝詩集·閏四》（清順治毛氏汲古閣刻本，1652年），頁14。

〔註62〕〔清〕儲大文撰：《存硯樓二集·卷十五》（清乾隆京江張氏刻本，1754年），頁15。

〔註63〕〔明〕鍾惺編：《名媛詩歸·卷三十四》（明末景陵鍾氏刊本，1621～1644年），頁1。

〔註64〕〔明〕沈承撰，毛孺初輯評：《毛孺初先生評選即山集六卷附附刻一卷》（北京：北京出版社，2000年），頁669。

　　根據沈承與薄少君留下的文字記載，夫妻二人初識於萬曆四十一年（1613），育有一兒二女。長女阿震出生於萬曆四十四年（1616）、次女阿巽出生於萬曆四十六年（1618），然而根據沈承〈祭震女文〉云：「萬曆己未年冬下浣之三日，沈承之長女阿震以痘不發而殤，藁葬北邙之次。其母薄氏，日稱念梵書資其冥福，復促作一疏詞，筆不忍下也。」、「先汝十日，汝妹阿巽，少汝二歲，與汝同病，同三日亡。」〔註65〕可知二女皆在萬曆四十六年（1619）夭折。

　　沈承病故之際正逢薄少君懷胎七月，在沈承逝世百日後，薄少君產下一子，她在哭夫詩中也多次提到遺腹子無緣見到父親的遺憾。在沈承離世的一年中，薄少君創作了百首哭夫詩，一年後薄少君亦於沈承的忌日逝世。沈氏夫妻的遺孤最後由二人的共同好友張溥（1602～1641）收養，改名為張忱。周鍾（？～1645）在〈沈君烈遺集序〉寫道：「君烈有遺腹子，方笑笑在襁褓中，吾友天如為之撫而育之。」〔註66〕天如為張溥之字；然而張忱也不幸在八歲時（1632）便夭殤，〔註67〕張溥有一首〈哀薄少君兼感忱兒賦痛〉作於崇禎七年（1634）薄氏忌日，悼念先後離去的薄命母子：

> 百律鵑紅燭已灰，貞心夜夜變風雷。
> 靈歸何處看兒死，詩到於今似古哀。
> 此日碧鏤知斷絕，十年繡袆幸招來。
> 橫悲祇逐東流水，梁孟壙邊思子臺。〔註68〕

薄少君亡故後，友人們將他們的詩作遺稿整理出版，沈承留有《即山集》，薄少君留有《嫠泣集》；《即山集》後來被收錄在《四庫禁燬書叢

〔註65〕〔明〕沈承撰，毛孺初輯評：《毛孺初先生評選即山集六卷附附刻一卷》，頁613～614。〈祭震女文〉全文詳見附錄一。

〔註66〕〔明〕沈承撰，毛孺初輯評：《毛孺初先生評選即山集六卷附附刻一卷》，頁553。

〔註67〕張余：〈《張溥年譜》補正〉，《江蘇教育學院學報‧社會科學版》第25卷第3期，2009年，頁103。

〔註68〕〔明〕張溥撰：《七錄齋詩文合集》（上海：上海古籍，2002年），頁629。

刊》〔註69〕第 41 集，並附《嫠泣集》中 81 首哭夫詩於卷末。沈承的
著述頗豐，包含敘、記、墓誌銘、祭文、雜文、論，策、表、書、啟、
募疏、賦、古詩、律詩、絕句，〔註70〕可謂包羅萬象。

　　關於薄少君的死因眾說紛紜，史料多記載薄少君為「醉酒一慟
而絕」，然而二人的好友對此事的描寫皆有所出入。周鍾描述：「君烈
死越碁年，而孺人以哀痛之迫，亦遂不食而亡。則至性所感，其可傳
者，又不獨以文矣。」〔註71〕周鍾稱薄少君因哀痛過度，絕食而亡；
張溥則說薄少君憂思成疾，最後病亡，〈即山集序〉描寫：「至君烈中
棄，孺人晝夜擗摽，甘心灰沒。賦悼亡詩百首，愁怨悲慄，痛逾柳下
之誄。〔註72〕侵染成疾，殞其身。躬計去君烈之亡裁餘一年有一日
耳。」〔註73〕同樣認為薄少君是絕食而亡的還有林順夫：「Exactly one
year after Shen Cheng's death, Bo Shaojun was so overcome by grief that
she starved herself to death.」〔註74〕亦有學者認為薄少君是殉夫，小林
徹行將薄少君歸為烈婦（薄少君在逝世後 212 年被朝廷追封為烈婦），
他認為殉夫乃是當時社會認同的習尚，薄詩作中流露出的哀迫也顯示
出她願隨夫而去的心情。〔註75〕然而根據研究統計，有幼子需要照顧

〔註69〕《四庫禁燬書叢刊》編纂委員會編成，收錄了《四庫全書》編修期間
　　　　被列為禁燬的叢書，1997 年由北京出版社出版。

〔註70〕〔明〕沈承撰，毛孺初輯評：《毛孺初先生評選即山集六卷附附刻一
　　　　卷》，頁 560～566。

〔註71〕〔明〕沈承撰，毛孺初輯評：《毛孺初先生評選即山集六卷附附刻一
　　　　卷》，頁 553。

〔註72〕柳下惠之妻作〈柳下惠誄〉：「夫子之不伐兮，夫子之不竭兮，夫子之
　　　　信誠而與人無害兮，屈柔從俗，不強察兮，蒙恥救民，德彌大兮，雖
　　　　遇三黜，終不蔽兮，愷悌君子，永能厲兮，嗟乎惜哉，乃下世兮，庶
　　　　幾遐年，今遂逝兮，嗚呼哀哉，魂神泄兮，夫子之謚，宜為惠兮。」

〔註73〕〔明〕沈承撰，毛孺初輯評：《毛孺初先生評選即山集六卷附附刻一
　　　　卷》，頁 556。

〔註74〕Shuen-Fu Lin, 薄少君 *Bo Shaojun*, was included in Kang-i Sun Chang,
　　　　Huan Saussy, eds, *Women Writers of Imperial China*, Redwood City:
　　　　Stanford University Press, 1999, p.218.

〔註75〕小林徹行：《明代女性の殉死と文学──薄少君の哭夫詩百首》，頁 16。

的寡婦，為母則強，多半不會選擇殉夫，《即山集》的編者張三光（生卒年不詳）也難免在〈題辭〉中責備：「百詩既成，一身旋逝。鐵板之歌痛於閨怨矣。獨地下急殉，何以不顧遺孩。倘責在後死，定有起而撫孤，少君殆能先見耶。」唐文治（1865～1954）則對薄少君書寫悼亡詩的過程有生動的描寫：「文治幼年，聞先妣胡太夫人述少君，當先生歿後，每挽一絕，哭暈一次。無所得食，取書嚼之。」〔註76〕薄少君每寫成一首詩，就痛哭暈厥一次，沒有東西吃的時候，便拿書來嚼食。依筆者之拙見，薄少君或許存有去意，但兒子尚在襁褓之中，薄少君應當不會棄幼子不顧，詩中也曾提到將來要讓兒子閱讀沈承遺作（哭夫詩其十五）。因此筆者認為，薄少君的死因較可能是產後身體虛弱，又長期處於喪夫的哀痛之中，導致身體快速衰弱，連進食都有困難，最終病亡。筆者將薄少君與沈承的生平梳理簡化為下表，以便讀者理解：

表 3-2-2　薄少君生平簡表

萬曆四十一年（1613）	沈承、薄少君初識於虹橋
萬曆四十四年（1616）	長女阿震出生
萬曆四十六年（1618）	次女阿巽出生
萬曆四十七年（1619）	阿震、阿巽染病夭折
天啟五年（1625）	沈承於秋試途中患痢疾，兩個月後病故 遺腹子忱出生
天啟六年（1626）	百首哭夫詩成，薄少君病故

根據記載，薄少君原有百首悼亡詩，然而現存 81 首，張三光在輯錄時有所說明：

> 稿凡三紙，每紙三十餘首，似撰完總書，蓋已自分必死，豫為必傳地矣。向所作領甚楷，此則稍帶行體，相聞，少君書酷肖君烈信然。謄本多誤，余既索取是正，仍歸天如，令遺

孤他日捧閱。故知球璧非珍，悉當杯棬之感也。原詩一百首，
錄八十一首，刪十六首，闕三首。

百首悼亡詩在整理時便遺失 3 首，張三光在餘下的 97 首中，挑選 81
首集結成冊，[註77] 以便沈承與薄少君的遺孤長大後能夠閱讀。本文
所引用之薄氏哭夫詩，皆以《名媛詩歸》的版本作為依據。筆者參考
小林徹行的分類，[註78] 根據詩中的主旨及意象，將 81 首悼亡詩按
照《名媛詩歸》的編序，重新歸類為五種類型，分別為「少言閨怨」、
「天妒英才」、「清苦生活」、「相思之苦」、「佛教意象」，以便進一步
分析討論，茲列為下表：

表 3-2-3　薄氏哭夫詩分類（筆者整理）

類　型	哭夫詩	
少言閨怨	其一（海內風流一瞬傾）	其八十一（君聽哀詞意勿悲）
天妒英才	其二（上帝徵賢相紫宸）	其四（英雄七尺豈烟消）
	其五（藿食蕉衣道氣癯）	其八（筆成精祟墨成神）
	其十（場中無命莫論文）	其十二（果然天道忌才名）
	其十八（男兒結局賤浮名）	其二十（鐵骨支貧意獨深）
	其二十五（不爐不扇幾更霜）	其二十七（七戰金陵氣不降）
	其二十八（廿載徒然六息功）	其二十九（鶴程冠佩漸高寒）
	其三十三（手運風斤闢混淪）	其三十四（濁世何爭頃刻光）
	其三十五（末劫灰中一卷心）	其三十六（絕壁無緣困五丁）
	其四十三（英雄回首即長眠）	其五十七（甕裡醯雞世界寬）
	其五十九（馬遷作史徧游觀）	其七十四（長門賦買甕頭香）
	其七十六（方君與古漢留侯）	

[註77] 伊維德提到張三光並未說明以什麼標準刪去其中十六首。（伊維德：
〈薄少君百首哭夫詩中的自傳與傳記性質〉，《重讀中國女性生命故
事》，頁339。）

[註78] 小林徹行：《明代女性の殉死と文学—薄少君の哭夫詩百首》，頁216
～218。

清苦生活	其九（環堵蕭然風雪紛）	其五十一（家計如君未是貧）
	其六十一（何人參透舌根禪）	其六十四（君作文人項骨強）
	其六十五（饑腸寒骨儒非易）	其六十六（掃水烹茶新水優）
相思之情	其三（憶昔逢君癸丑冬）	其六（簡君笥篋理殘書）
	其七（苦吟時弄數莖鬚）	其十一（獨上荒樓落日曛）
	其十三（悲來結想十分癡）	其十四（三十無兒君惝然）
	其十五（兒幼應知未識予）	其十六（昔有懷嬰齒未齔）
	其十七（閒同孩幼話天真）	其十九（梧下寒窗護幽籬）
	其二十二（長吉遺文遭溷劫）	其二十三（餘生何以答良朋）
	其二十四（墨改朱塗紙未黃）	其二十六（半世心精苦繡成）
	其三十（遺孤向若叩生平）	其三十一（黃鶴悠悠去不歸）
	其三十二（痛飲高譚讀異文）	其三十七（片石支扉啟閉慵）
	其四十（碧落黃泉兩未知）	其四十二（酒盃陶洗性情真）
	其四十四（帶夢思君形影疑）	其四十六（淮雲梵剎古城邊）
	其四十七（也混衣冠與世群）	其四十八（孤館秋聲踈雨過）
	其五十二（半世交游半陸沉）	其五十三（玄語涼心不可思）
	其五十四（水次鱗居接葦蕭）	其五十五（不如烟草竟消沉）
	其五十八（他人哭我我無知）	其六十（半間塵鎖舊時闉）
	其六十二（既醒方知夢是迷）	其六十三（英骨沉沙夜吐光）
	其六十七（清宵一夢駭重逢）	其六十八（北邙幽恨結寒雲）
	其六十九（沉沉夜壑燃幽炬）	其七十（衡命無權可奈何）
	其七十一（莫向塵埃問一時）	其七十二（舌碎常山血濺泥）
	其七十三（跡遍名山苦未能）	其七十五（何人不是夢中人）
	其七十七（黃卷縹緗擁一身）	其七十八（寧為才鬼詠天花）
	其七十九（知名未肯為人忙）	其八十（幕掩幽缸半幅陰）
佛教意象	其二十一（錢神墨吏鬼無訶）	其三十八（惜福持齋器不盈）
	其三十九（實學能從性地研）	其四十一（苦節如君始合天）
	其四十五（一片冰心白日寒）	其四十九（冥鞫惟愁慧業深）
	其五十（君無殺業何至此）	其五十六（神識今朝隔冥陽）

註：薄氏哭夫詩全文請見附錄二。

第三節　薄少君的哭夫詩

一、「薤露須歌鐵板聲」——少言閨怨

　　薄少君在首篇哭夫詩中即說明了她將以剛毅明朗的風格，而非一般女性哭夫詩幽婉哀怨的方式來抒寫心中所念，哭夫詩其一：

　　　　海內風流一瞬傾，彼蒼難問古今爭。

　　　　哭君莫作秋閨怨，薤露須歌鐵板聲。

　　薄少君讚沈承為「海內風流」，「一瞬傾」點出沈承早逝，可嘆人命終究爭不過上天。〈薤露〉〔註79〕是中國古代著名的輓歌，作於西漢時期。相傳楚漢之爭結束後，漢高祖劉邦一統天下，齊王田橫不肯受劉邦的徵召入京為臣，在前往洛陽的途中自盡。田橫的兩名門客作此歌哀弔他，在厚葬田橫後隨之殉主。薄少君直接點明了「莫作秋閨怨」，她的哭夫詩不從女子閨怨的角度出發，反其道而行，要以鐵板的錚錚之聲來寫沈承的弔唁之歌。

　　其八十一：

　　　　君聽哀詞意勿悲，傷蜉弔槿亦何為。

　　　　仙人一局滄桑變，百歲原同幾著碁。

薄少君在首句向讀者寬慰，在讀了她的哭夫詩後請勿感到悲傷，鍾惺評此句：「更慰得妙。」蜉蝣與木槿都是朝生暮死之物，好比人的壽命之於天地，也是短暫如一瞬。碁，同「棋」，仙人下一局棋，人世間已是滄海桑田，百年光陰對仙人來說，不過只是幾步棋的事。

　　薄少君選擇此種寫作風格，導致後人對於她的評價褒貶不一，伊維德提出：

　　　　薄少君選用男性化風格使她容易招致批評。作為女性作者，
　　　　她多少處於一種兩難的境地。傳統的文學評論者通常容忍
　　　　女性以女性化的風格寫作，視之無關緊要，而譴責以男性化
　　　　模式寫作的女性為粗俗。〔註80〕

〔註79〕〈薤露〉：「薤上露，何易晞。露晞明朝更復落，人死一去何時歸。」
〔註80〕伊維德：〈薄少君百首哭夫詩中的自傳與傳記性質〉，《重讀中國女性生命故事》，頁325。

在中國傳統社會中，男性佔據主導地位，文壇同樣如此，女性詩人的
作品容易被當作是「小打小鬧」，薄少君以男性化風格作詩，被當代
人視為一種「僭越」，嚴明（1956～）、樊琪（1956～）指出：

> 封建時代絕大多數的文人，還是視女子為弱者、為附庸、為
> 玩物，他們雖然允許甚至鼓勵女子參與詩詞書畫等文藝活
> 動，但並不以平等和尊敬的態度來對待她們，而往往把她們
> 的參與作為文人創作過程中的調味品和刺激物。他們為女
> 子的文學創作劃定了一個範圍，在此範圍內的文學活動就
> 是「合法」的，做得好還會受到喝采和奉迎。但女子文學一
> 旦越出了這一範圍，就會受到指責和批評，如果堅持不改還
> 會受到男性社會的一致攻擊和壓制。〔註81〕

即使同為晚明女作家的王端淑，在選集《名媛詩緯初編》中收錄了薄
少君的二十一首悼亡詩，卻也難逃這種認知：「端淑曰：讀少君悼亡
詩，須存其一段高視闊步氣岸，其粗豪處當耐之。吾尤喜其胸中浩然
無宿物。」〔註82〕王端淑認為，讀薄少君的悼亡詩，須抱持著大器的
心態，才能忍受薄詩中的粗豪之處。但推崇薄詩風格的評論家則如
是說：「少君以奇情奇筆，暢寫奇痛，時作達語，實為謔言，莊騷之
外，別闢異境。世何以豆目相繩，苛較聲格，將無為此奇女子所笑。」
〔註83〕薄少君以其獨特的文筆，暢寫喪夫的哀痛，時作達語謔言，在
言情詩中別具一格、另闢蹊徑；然而世人卻以文藻、聲韻等方面來挑
剔苛責薄少君的悼亡詩，這是短視淺見。胡寄塵（1886～1938）便給
予薄少君的詩風很高的評價：

> 獨是明末薄少君的哭夫詩，才氣縱橫、意態雄傑，絕像清人

〔註81〕嚴明、樊琪著：《中國女性文學的傳統》（臺北：洪葉文化，1999 年），
　　　　頁 21。
〔註82〕王端淑編：《名媛詩緯初編・卷七》（清康熙間清音堂刊本，1662 年）。
〔註83〕胡文楷編著：《歷代婦女著作考》，頁 204。胡文楷記載此段評論出自
　　　　於《玉鏡陽秋》，然而此書已佚。伊維德認為《玉鏡陽秋》應該是一
　　　　本評論十七世紀女詩人的評論集。（伊維德：〈薄少君百首哭夫詩中的
　　　　自傳與傳記性質〉，《重讀中國女性生命故事》，頁 340。）

　　冀定盒。不但是在女子中不多見，就是在男子中也少
　　見。……我以為其他的女詩人，不過是女詩人，若薄少君，
　　可以「當得女詩豪之稱而無愧」了。〔註84〕

薄詩的宏放詩境，除了源自於詩人本身的堅毅性格，也可能是薄少君
刻意作豪放語，「少言閨怨」以提醒自己人生於天地如蜉蝣、人之生
死如滄海一粟，勿著眼於短瞬之事。

二、「果然天道忌才名」──天妒英才

　　周鍾描述：「君烈家徒壁立，而室人薄少君以美才懿行左右贊
襄。每相與評詩詞之工拙，究內典之精微。唱和之樂，雖古人所稱梁
孟相對，恐未能有此也。」〔註85〕梁鴻與孟光是東漢著名的恩愛夫
妻，舉案齊眉的典故從此而來；周鍾認為，薄少君有懿德也有詩才，
既不嫌貧愛富，又能與沈承相知相惜、詩詞唱和，二人之間深厚的感
情甚至超過了梁鴻夫妻。在 81 首哭夫詩中，可看見薄少君對沈承的
才學、品性多有推崇，為沈承塑造出正直且博學的形象。薄少君認
為，丈夫的早逝是才高命薄的結果，哭夫詩其二：

　　上帝徵賢相紫宸，賦樓何足屈君身。
　　仙才天上原來少，故取凡間學道人。

此詩化用李賀（790～816）「白玉樓」之典故，李賀體弱多病，年未而
立便早早病逝，此典代指文人才子英年早逝。傳說在李賀臨終之前，
見到一位身著紅衣、駕赤色虯龍的仙人，李賀自知命不久矣，向仙人
表明尚不願離開人世，仙人笑曰：「帝成白玉樓，立召君為記。天上差
樂，不苦也。」李賀聽聞後悲泣不已，不久後氣絕。〔註86〕天帝徵賢
才為相，然而天上的仙才卻太稀缺，只能向凡間徵求學子，沈承的才
學如此之高，薄少君相信丈夫定是被天帝帶去做仙官了。另外兩首詩

〔註84〕胡寄塵編：《文藝叢說》，頁 62。
〔註85〕〔明〕沈承撰，毛孺初輯評：《毛孺初先生評選即山集六卷附附刻一
　　　　卷》，頁 553。
〔註86〕〔清〕仁宗敕編：《欽定全唐文（十六）》（臺北：國家圖書館，2011
　　　　年），頁 10289。

則用不同的面向來看待此事，哭夫詩其十：

> 場中無命莫論文，有鬼能遮秉鑑人。
> 卻怪君文遮不住，故將奇疾殺君身。

開篇為沈承長年在考場上的不得志辯解，薄少君稱沈承始終無法順
利考取功名，不是他的文章作得不好，而是因為有惡鬼在干擾考官。
然而沈承的文采高妙，終究是無法遮掩，因此惡鬼只好以奇疾纏君
身，讓他死於疾病。再看其十二：

> 果然天道忌才名，一刻難留欲去程。
> 贏得篋中奇字在，據將千古與天爭。

此詩更直白地說出「天道忌才名」，透露出對留住丈夫性命的無力與
不甘。唯丈夫留下的遺稿，可以使他名垂千古，這也開啟了薄少君之
後一系列關於整理丈夫遺稿的詩作。薄少君認為，沈承的文才可以使
他的名字流芳百世，同此詩抱持相同看法的還有其五：

> 藿食蕉衣道氣癯，天翁毒手亦何須。
> 雖然奪得文人算，能奪文章半句無？

「藿食」指以豆葉為食，「蕉衣」指以芭蕉布製成的衣裳。布衣粗食的
生活已經使得沈承身體清瘦，上天又何須再伸出毒手迫害他？縱使上
天能奪去沈承的性命，卻奪不走他留下的文章。再看其三十四：

> 濁世何爭頃刻光，人間真壽有文章。
> 君文自可垂天壤，翻笑彭翁是夭亡。

此詩極具意趣，薄少君直言，何必在塵世之中爭搶這些短暫的虛名
呢？文章才是人間能夠留存最久的東西。沈承的文章自然可以長久
地流傳，到時反而能笑稱八百高壽的彭祖是早亡了。

薄少君也常以男性文人感嘆壯志難酬的筆法，惋惜丈夫的早逝，
例如哭夫詩其十八：

> 男兒結局賤浮名，回首空嗟一未成。
> 遺得八旬垂白父，淚枯老眼欲無聲。

人在生命的最後時，已視功名如浮雲，可惜回望這一生，卻是一事無
成。徒留沈承年已八旬的老父親，為兒子的早逝哭到雙眼乾澀，幾近

失聲。再看其二十五：

> 不爐不扇幾更霜，銳意應同百鍊鋼。
>
> 鐵硯未穿身已死，九泉何處用文章。

冬日沒有暖爐，夏日沒有扇子，沈承就在這樣艱苦的環境下，一心一意地苦讀了多年，他堅忍不拔的意志已如同百煉鋼。然而鐵硯尚未磨穿，人卻已先身死，九泉之下又哪裡用得到他的文才呢？

　　沈承的才學之高，薄少君在多首詩中皆有提及，如：「筆成精崇墨成神」（其八）、「君文幻似桃源路」（其三十六）言沈承的文章彷彿具有生命力；「手運風斤闢混淪，墨花開處剪鋒新。」（其三十三）稱頌其筆力遒勁；「君御長風游八極，文章眼界海天寬。」（其五十九）讚揚其眼界如海、如天般寬闊；「文字漫傳當世口」（其八）更是顯現出沈承的文章在當時可能極為風行；薄少君更堅信，沈承的文才氣骨能使他「骨作山陵氣作潮」（其四）、「江山岳色把神傳」（其四十三）。然而沈承雖然身負雋才，卻一生止步於秀才，此後多年未能順利考上舉人。薄少君一直在丈夫的背後，默默地支持他的功名之路，但內心未嘗沒有不甘，其二十七：

> 七戰金陵氣不降，可憐傑士殉寒窗。
>
> 科名誤我今如此，踢倒金山瀉大江。

沈承於天啟四年（1624）赴金陵（明代稱應天府，今南京市）參加鄉試，卻在考試中病倒，同年病亡。明朝的科舉制度，各地童生須先一步步通過縣試、府試、院試，才能成為生員（秀才）；各地生員參加當地科試，名列第一、二等者，才可參加本省鄉試；通過鄉試且錄取正榜者，稱為舉人；舉人參加會試登科者，稱為貢士；貢士須再參加殿試後才成為進士。七戰指沈承參加七次鄉試皆未能及第，二十年苦讀，他未曾言棄，卻在鄉試途中染病，最終以身殉寒窗。科場連年不售，沈承長年空有抱負但無處施展，即使如薄少君這等賢內助，也不免寫出「科名誤我今如此」之語，並且要踢倒金山、瀉盡大江，才能一解其怨氣。鍾惺贊同道：「若不踢倒金山、瀉盡大江，恨氣怨氣，哪

得快暢。」

除了頌揚沈承的才華，薄少君也描寫了沈承的外在氣度，如其二十九最為直接：

鶴程冠佩漸高寒，想見丰儀欲画難。

心似蓮花腸似雪，神如秋水氣如蘭。

薄少君每每想起了丈夫的儀表風度，想付諸紙上，卻難以畫出其精髓。沈承的心腸似蓮花、似雪般聖潔，神韻氣質如秋水、如蘭花般出塵。「方君與古漢留侯，意氣魁梧韻度柔。」（其七十六）將沈承比擬為西漢留侯張良，沈承擁有凌雲意氣但氣度柔和，此二首詩為沈承描繪出一個善良溫和的形象。

三、「環堵蕭然風雪紛」——清苦生活

一個長年寒窗苦讀，卻遲遲無法考取功名、登上廟堂的書生，他的家庭經濟狀況顯然不會太寬裕。沈承與薄少君夫婦正是如此，他們過著一貧如洗的生活，終日以葉菜為食，使得二人皆面黃肌瘦。薄少君在詩中多有提起夫妻間的清苦生活，如哭夫詩其九：

環堵蕭然風雪紛，一盂久矣絕諸葷。

生平消福緣何事，惟有雄文遏采雲。

首句點出了「環堵蕭然」，二人的住所約莫與家徒四壁相差不遠；次句則寫平日的飲食已經許久未曾沾染葷腥，這或許與薄少君信奉佛教有關，但肯定也跟家計清寒、買不起肉食脫不了關係。最後薄少君感嘆道，這一生似乎都與福運無緣，只有丈夫的文章，氣勢能夠響徹雲霄。「遏采雲」典故出自《列子·湯問》，秦國有一人名薛譚，好謳歌；有一人名秦青，擅謳歌。薛譚向秦青學習唱歌，尚未習得全部技巧，便自以為已瞭若指掌，向秦青辭別。秦青為他餞別於郊外，唱起悲傷的曲子，其歌「聲振林木，響遏行雲」，薛譚自愧不如，向秦青認錯並請求留下，此後再不敢提起學成歸鄉之事。薄少君以秦青之歌喻沈承之文，對丈夫的文才多有推崇，鍾惺言：「如此說文字業，亦甚雄快。」再看其六十四：

　　君作文人項骨強，知名不屑落名場。
　　床頭壁破無須鑿，倚枕看書就月光。

前二句云沈承具有文人之傲骨，並不在乎考場失利是否會影響到在外聲名。下聯寫道，沈承的床頭牆壁都已經破裂了，月光穿過裂洞照進房內，他便就著月光倚枕讀書。此詩描寫沈承的文人傲骨與刻苦用功，另一方面也提到了屋舍的破敗。再看其六十六：

　　掃水烹茶新水優，拜來雅覬不須酬。
　　自嘲殺業難除盡，枯蚌為刀切菜頭。

開頭提到，有客人來訪，然而家中拮据，並無待客之物，只能掃起落葉烹煮茶水，用此茶水來招待客人。沈家的待客之道如此簡陋，因此訪客並不須要向主人回禮。薄少君篤信佛教，因此長期茹素，然而她自嘲殺業難除，原因在於家貧買不起菜刀，必須以蚌殼為刃來切菜頭。

　　從這些詩當中不難看出夫婦二人的生活多麼艱苦，無論是「藿食蕉衣」（其五）、「久絕諸葷」（其九）、「穿廚野雀」（其五十一）、「落果烹鮮」（其六十一）、「床頭壁破」（其六十四）、「枯蚌為刀」（其六十六）等，在在顯示了生活的清貧，然而薄少君不以此為苦，也不曾埋怨丈夫屢試不第，她內心十分清楚，其實沈承的個性並不適合從官，哭夫詩其六十五：

　　饑腸寒骨儒非易，餙【飾】面違心仕更難。
　　地上有身無放處，不知地下可相安。

薄少君認為，丈夫作為一個儒者，必須能忍受飢餓與寒冷，實非易事；但要沈承戴上假面，學著在官場曲意逢迎，那更實在是違背他的本心之事。「餙」，同「飾」，意指偽裝掩飾。沈承在世時，未能得到讓他施展抱負的機會，不知死後入地府，是否有他的安身之處？最後兩句不免讓人感到極為酸楚，常言道「貧賤夫妻百事哀」，沈承生前未能與他的家庭過上一天舒心的日子，如今他撒手歸西，徒留薄少君一人面對撫養遺腹子的重擔。心靈上的孤苦無依雖然日日煎熬著她，但比起自己，薄少君更掛心的是丈夫在九泉之下是否安好。

　　沈承雖為一介落魄書生，卻有一副錚錚鐵骨，他不願為錢財向他

人低頭，薄少君在詩中即提到：「鐵骨支貧意獨深，有晴不屑顧黃金。」（其二十）、「筆債而今仍謝絕，恥為人作嫁衣裳。」（其七十四）、「知名未肯為人忙，白水青鹽自侑觴。」（其七十九）可見他甘於貧困、不改其志。薄少君能與丈夫同甘共苦，她對丈夫的敬重與愛護在後世應當是受到稱許的，清朝女詞人喻撚（生卒年不詳）便以「少君風範」作為勉勵女兒的榜樣，〈浣溪紗·示蓮女〉云：

> 曉日當窗理繡絲，莫調金粉莫拈詩。
> 倦餘聊倚碧梧枝。道蘊才華妨靜女，
> 少君風範是良師。耽書休似阿娘痴。〔註87〕

喻撚勸勉女兒，她應該做的事情應當是紡紗織布，而不是研墨作詩。喻撚認為，女兒家擁有謝道韞般的才華，只會對她們造成妨礙，薄少君的堅忍心志才是她們的學習模範；最後喻撚也告誡女兒，切莫像自己一樣耽溺於書卷。雖然這是一首囿於傳統婦德的詞作，但可以看出，薄少君的德行在明清兩代皆獲得主流的認可，被當代女性當作效仿對象，甚至在清道光十七年（1837）被追封為烈婦。〔註88〕

四、「情深欲化山頭石」——相思之情

雖然薄少君在組詩首篇寫下了「哭君莫作秋閨怨」，但是相思難抑，在 81 首哭夫詩中，比重最高的仍是回憶與思念之作。這些詩作的所敘寫的面向繁多，又可細分成「追憶過往」、「整理丈夫遺稿」、「遺腹子之遺憾」、「相思之苦」等，在下文中筆者將依這四種類型逐一探討。

（一）追憶過往

哭夫詩其三：

> 憶昔逢君癸丑冬，誼如淮海與波翁。
> 虹橋十二年前事，今日回頭似夢中。

〔註87〕徐樹敏、錢岳選：《眾香詞·御集》，頁 21。
〔註88〕伊維德：〈薄少君百首哭夫詩中的自傳與傳記性質〉，《重讀中國女性生命故事》，頁 322。

此詩點出了二人的初遇時間，為萬曆癸丑年冬天，即 1613 年。「淮海」指淮海居士秦觀，「波翁」指蘇軾，〔註89〕蘇軾為秦觀之師；薄少君稱自己與沈承相識之後，情誼如同秦觀和蘇軾般緊密。十二年前二人在虹橋〔註90〕初識之事，如今回想起來彷彿一場大夢。薄少君經常回想起過去與丈夫的互動，如：「去年此地床頭月，正是同君夜話時。」（其十九）記一年前夫妻曾剪燭夜話、「君昔戲言當葬此，今當向此卜牛眠。」（其四十六）憶起沈承曾戲言想葬於淮雲古剎邊，而今竟成真；也常回憶丈夫生前的言行舉止，如：「苦吟時弄數莖鬚，吟就欣然手自書。」（其七）描寫沈承拈鬚苦思冥想詩句，若是順利得出，便會高興地將詩句寫下來、「酒盃陶洗性情真，詼語能招莽漢嗔。」（其四十二）提到沈承的性情單純直接，他說出的詼諧戲謔之語，連莽漢都會不小心被惹怒、「有時起舞敲書案，笑罵悲歌叫大人。」（其七十七）；有時思念過甚，也會使她產生故人歸來的錯覺，如：「忽聽履聲窗外至，回頭欲語卻還非。」（其六）寫沈承讀書讀到激動處，為之拍案起舞、笑罵哭叫、「恍疑廊下閒吟句，遙憶鬚眉莫是君。」（其十一）、「今朝束起懸高閣，落手猶聞嘆息聲」（其二十六）彷彿又聽見了丈夫的腳步聲，或是吟詩與嘆息的聲音。

　　除了追憶夫妻相識的場景，在悼念亡夫的同時，薄少君也不免想起兩個夭折的女兒，哭夫詩其十六：

　　　　昔有懷嬰齒未齔，與君俱作彩雲消。

〔註89〕小林徹行與伊維德皆將「波翁」一詞解作蘇東坡。依照此詩的前文來看，「波翁」應是指蘇軾無誤，然而筆者遍查多種蘇軾之研究著作，皆未找到蘇軾被稱作「波翁」的記載；查詢「歷代名人室別號辭典」，也未找到「波翁」之名，故推測「波翁」原應為「坡翁」。坡字寫作波字，最大的可能是為避名諱。此詩作於明天啟年間，當時在位皇帝為明熹宗，名朱由校，因此非避諱皇帝名諱；薄詩其七十云：「身宮磨蝎似東坡。」已直寫東坡，因此也非避尊長名諱。基於以上原因，推測「波翁」或許為「坡翁」之誤植。

〔註90〕位於蘇州西北方：《明代女性の殉死と文学—薄少君の哭夫詩百首》錄有《蘇州府志》之「蘇州城西北角圖」。（小林徹行：《明代女性の殉死と文学—薄少君の哭夫詩百首》，頁 29～30。）

　　堂前學語牽衣態，好向泉臺伴寂寥。

「齠」指幼兒的乳牙脫落換新，從前二人的孩子乳牙尚未脫落，便同丈夫一樣化作彩雲消散。想起她在廳堂前牽著父母的衣裾、牙牙學語的姿態，可以在黃泉下與丈夫相伴以慰寂寥。鍾惺言：「語似寬轉一步，意更慘切。」結尾似在欣慰丈夫與女兒可以互相作伴，卻也顯示了自己既喪女又喪夫，實在淒涼。薄少君的願望似乎與初喪女的沈承不謀而合，沈承在接連失去一雙稚女後，悲慟寫下〈祭震女文〉，其中一段寫道：「汝妹阿異，少汝二歲，與汝同病，同三日亡。汝所狎認今汝無伴，當與妹並。汝稍能行，妹立未定，往來攜手，相好無競。」〔註91〕生者其實並無法掌握亡者的動向，只能以自身誠摯的祈願，想像亡者在九泉下過得比自己更好。林語堂（1895～1976）給了〈祭震女文〉很高的評價：「但有天下至情，便有天下至文，如沈君烈〈祭震女文〉、袁子才〈祭妹文〉是也，固不必托扶乩神仙以出之。」

　　最讓薄少君害怕的，是對丈夫的記憶逐漸淡去，在來生若有幸得相逢，卻已然不相識，其三十二：

　　痛飲高譚讀異文，回頭往事已如雲。

　　他生縱有浮萍遇，政恐相逢不識君。

「痛飲高譚讀異文」一句，鍾惺點評「名士風流，七字想出」，沈承在過去痛快飲酒、高談闊論、閱讀奇文異書之貌，如今回首再看都已成雲煙。來生即使有緣能夠相見，薄少君卻十分恐懼二人已認不出彼此，最後匆匆錯過。

（二）整理丈夫遺稿

　　在沈承亡故後，薄少君強打精神替丈夫整理遺稿，為的是讓丈夫的文章能夠完整保存流傳，薄少君堅信，以沈承的文采，他的文章一定能千古傳誦。哭夫詩其二十二：

　　長吉遺文遭涸劫，化書千載誤齊丘。

〔註91〕〔明〕沈承撰，毛孺初輯評：《毛孺初先生評選即山集六卷附附刻一卷》，頁614。

　　君今一字無遺散，留向寒山問石頭。

李賀，字長吉，才氣過人，然而個性孤傲，因此處處遭忌。相傳李賀的表兄素來不待見他，在李賀過世後，表兄將李賀的遺稿盡數丟進茅坑毀去，導致李賀的詩作多有散佚。《化書》為一本探討萬物變化的道家著作，由南唐譚峭（生卒年不詳）著成。相傳譚峭曾求南唐大臣宋齊丘（887～959）為此書作序，卻被宋齊丘攘為己作，導致世人多有誤會，故《化書》又名《齊丘子》。薄少君以這兩則典故，帶出下一句重點──「君今一字無遺散」，鍾惺評此句：「護惜文章，乃是才士通情，安慰得妙。」這不僅是薄少君殷切盼望的，同時也以此告慰沈承在天之靈。

　　前文提及沈承的遺稿有賴友人幫忙出版，薄少君對此衷心地感激，哭夫詩其二十三：

　　餘生何以荅良朋，遺稿先將副本謄。

　　一刻繭書傳萬禩，一隨玉匣殉昭陵。

「荅」，同「答」。首句表達對友人們的謝意，然而自己作為一個無依無靠的寡婦，實在不知道要如何報答此恩情。接著薄少君提到，她為沈承的遺稿謄錄了兩套副本，一套用來刻書，一套放進玉匣裡，為沈承陪葬。「昭陵」為唐太宗之陵寢，相傳王羲之最著名的〈蘭亭集序〉真跡被當作唐太宗的陪葬品，一同葬在昭陵。薄少君深知，丈夫將他短暫的一生全數奉獻給了學問，薄少君也十分以博學的丈夫為傲。因此她的所作所為，皆是為了了卻丈夫在世未完之事的遺憾，也讓沈承的名字與智慧結晶得以傳承千秋萬代。其二十四：

　　墨改朱塗紙未黃，中原望氣識奇光。

　　為君什襲藏金匱，留與千秋認沈郎。

沈承的文稿上，塗改的痕跡都還很鮮豔，稿紙也尚未泛黃。「望氣」為一種風水之術，主要在於觀察雲氣變化。薄少君認為，當中原的人們觀望雲氣時，應當可以看見天邊有奇光，這便是沈承的筆墨所致。「什襲」指重重包裝、妥善收藏；以二人的經濟狀況推測，金匱應該非指金製的藏書櫃，而是《史記》的典故「石室金匱之書」。末兩句

意指薄少君將丈夫的遺稿慎重地珍藏起來，給後代人留下認識沈承的機會。

（三）遺腹子之遺憾

前文提到沈承與薄少君原育有二女，不幸的是長女在三歲時夭折，次女在一歲時夭折。在沈承病故之前，薄少君正懷有身孕，夫妻倆十分期待這個嬰孩的到來。然而上天似乎從未厚待這對貧寒夫妻，在薄少君懷胎七月時，視為支柱的丈夫也因病去世了，肚中的孩兒驟然成為遺腹子，不免讓人感到萬分悲痛，哭夫詩其十三：

> 悲來結想十分癡，每望翻然出梓期。
> 一滴幸傳身沒血，今朝真是再生時。

在沈承去世後，薄少君朝思暮想，時常悲從中來以致流露癡態；每每望著沈承的棺槨，總是希望會有奇蹟發生。幸好，沈承還有骨血傳了下來，這也算作是他的重生了。「一滴幸傳身沒血」充分展現了這個孩子對薄少君來說意義非凡，他是丈夫生命的承續，也是她在難熬的喪期之中，如同救命稻草般的救贖。再看其十四：

> 三十無兒君惝然，鄰嬰偶過見猶憐。
> 今雖有子留君後，不結身前一面緣。

開頭提到，沈承年過三十卻遲遲未能得子，自是十分失望，偶然見到鄰家的嬰孩，都頗為愛憐。後兩句極悽惻，如今雖然有兒子為沈承繼承香火，但父子二人卻是緣慳一面。雖然今生父子無緣相見，薄少君仍舊希望兒子長大後能識得其父，哭夫詩其十五：

> 兒幼應知未識予，予從汝父莫躊躇。
> 今生汝父無繇見，好向他年讀父書。

鍾惺將第一句解作「此即自逝之識」，第二句解作「莫躊躇，死志已決」。鍾惺認為，這是薄少君決心殉夫之語，此詩帶有交代遺言的意味。筆者曾在前文論述，薄少君較可能因生產加上長期的哀哭導致身體快速衰敗，最終病亡，並非殉夫。哭夫詩其三十云：「遺孤向若叩生平，祇倩丹青想影形。」薄少君想像了未來可可能遇上的情景——兒

子長大之後，向她詢問父親的生平事跡，她只能對著沈承的畫像，讓兒子想像父親的風采。薄少君在詩中透露了扶養兒子長大後的設想，且在多首詩當中，不難看出薄少君多麼重視遺腹子之於沈承的意義——在夫妻倆喪女多年後，好不容易又懷有一個孩子，這個孩子在父母的滿心期待中孕育成長。哭夫詩其十七云：「閒同孩幼話天真，縱使非男也慰人。」腹中的無論男女，對沈承夫妻來說都是一大慰藉；在沈承過世後，這個孩子更代表了沈承生命的延續——因此筆者認為，「予從汝父莫躊躇」一句，可以代表薄少君母代父職的決心，後兩句為薄少君欲讓兒子繼承父親之志。

（四）相思之苦

「長相思兮長相憶，短相思兮無窮極。」（李白〈竹枝詞〉）相思恆遠，相思無盡；人生自是有情癡，最難逃過是相思。情愛相思為何物？是白居易「天長地久有時盡，此恨綿綿無絕期。」（〈長恨歌〉）、是張先（990～1078）「心似雙絲網，中有千千結。」（〈千秋歲〉）、蘇軾「不思量，自難忘。」（〈江城子〉）、是李清照「才下眉頭，卻上心頭。」（〈一翦梅〉）。多情自古傷離別，死別更是令無數愛侶感到絕望。即便薄少君在哭夫詩首篇中表現了她的堅強，卻也逃不過思念與孤寂的折磨，哭夫詩其四十：

> 碧落黃泉兩未知，他生寧有晤言期。
> 情深欲化山頭石，劫盡還愁石爛時。

陰陽相隔，不知丈夫如今身在碧落抑或黃泉；今生已然緣盡，轉世之後是否還有緣再相見？我對你如此情深，到了幾欲化作望夫石的地步，唯恐待到劫數歷盡，卻不知何時石頭才會腐爛。薄少君深知今生已無望，她將希望寄託在來生，但又時常憂慮自己與沈承的緣份不夠深厚，不足以在來世相見。沈承撒手離世落得輕鬆，活著的人卻要獨自承受苦痛，薄少君對此難免稍有怨懟，其五十八：

> 他人哭我我無知，我哭他人我則悲。
> 今日我悲君不哭，先離煩惱是便宜。

此詩寫得極為直白，但頗富哲理。鍾惺點評此詩：「雖為無聊自解之詞，然亦至理。」人們所悼念的對象，並不會得知為自己哀哭的人的悲傷苦楚，先離開的人總是最輕鬆的，拋卻一切煩惱，讓留下的人承擔。「不應有恨，何事長向別時圓？」（蘇軾〈水調歌頭〉）不應有恨，但年紀輕輕便帶著尚未出世的孩子守寡，對於上天、對於命運，又怎麼能坦然接受而不怨其不公？其六十三：

> 英骨沉沙夜吐光，石羊晝走被樵傷。
> 西陵不返千年恨，魄化飛烏罵夕陽。

此詩通篇以瑰異奇幻的意象，抒發喪夫之苦恨，鍾惺言：「英奇出沒，思理無端，憤極恨極。」英烈的遺骨埋進沙中，在夜裡會散發出奇異的光芒；「石羊」指鎮墓的石獸，石獸在白日遊走，被樵夫當作普通的羊隻捕獵。前二句的寫法極為奇幻，如鍾惺所言「思理無端」，末句「魄化飛烏罵夕陽」之「罵」字，更極盡體現其憤恨。另外，「西陵」一句在《即山集》中作「西輪」，然而下句也有「夕陽」一詞，「西輪」與「夕陽」意象重複；「西陵」在詩詞中經常指「西陵渡」，[註92]為錢塘江南岸一渡口，古人常在此渡口送別友人，故詩人以「西陵」代指送別之地，故筆者認為此處作「西陵」較之「西輪」更為合理。

根據記載，薄少君「婉變有節操」，是個性格溫婉的女子，但喪夫之痛太過折磨，使這般和婉的人都不禁產生了怨恨，哭夫詩其四十八：

> 孤館秋聲踈雨過，月明穿夢眼如魔。
> 無端寒雁一聲唳，不是思君恨已多。

此詩營造出一種蕭索悲涼的氛圍：孤舍、秋風、細雨，在秋日濛濛細

〔註92〕「西陵」在詩詞中尚有多種意思，如魏武帝曹操陵寢（庚信〈擬詠懷二十七首〉其二十三：「徒勞銅雀妓，遙望西陵松。」）、南朝名妓蘇小小之墓（南朝樂府〈錢塘蘇小歌〉：「何處結同心？西陵松柏下。」）、浙江省西興鎮古稱（李白〈送友人尋越中山水〉：「東海橫秦望，西陵遶越臺。」）長江西陵峽（歐陽修〈和對雪憶梅花〉：「昔官西陵江峽間，野花紅紫多斕斑。」）等意。

雨的夜晚，薄少君在月光下從夢中醒來，卻難以再入眠。突然屋外傳來一聲雁唳，這聲雁唳激起的竟不是思念，而是恚恨的心情。這種心情可能源自於怨嘆上天的不公，甚至是因丈夫拋下自己而產生了不滿。在夜深人靜時，薄少君也會夢見丈夫，但在夢醒之後，現實與夢境的落差使人更感淒涼，其六十七：

> 清宵一夢駭重逢，夢裡惟愁是夢中。
>
> 急把衣裾牽握住，醒來依舊手原空。

在一個清靜的夜晚，薄少君夢見了丈夫，這珍貴的聚首令她既喜且憂。但即使在夢裡，薄少君也隱隱約約地感知到這只是丈夫的幻影，為此更加不知所措。患得患失的心情，使她急切地緊握住丈夫的衣裾，深怕丈夫再度離自己而去；然而好夢終須醒，夢醒後手心中依舊空蕩蕩，只有孤身一人悵然若失。「清宵」對「駭」字，寂靜的深夜裡與故人駭然重逢，更襯得「駭」字極為鮮明生動。薄少君對「夢」看得頗為通透，她認為人生在世就是一場大夢：「何人不是夢中人，好夢榮華惡夢貧。」（其七十五）世人皆是夢中人，享富貴榮華的人作著好夢，受飢寒貧窮的人作著惡夢，不過如此而已。鍾惺在此詩後點評：「又夫志節不遂，忽然奄逝，是夢未成。而鐘聲已動，餘魂飄落，無處可尋矣，悲痛又何可言。」在另一首詩中，薄少君也自解這百首哭夫詩只是夢中之詞：「既醒方知夢是迷，此言亦是夢中詞。」她想拋下塵世中的種種紛擾煩憂，成仙脫世而去：「黃粱睡覺成仙去，究竟還非出夢時。」（其六十二）但羽化後究竟是不是這一場大夢的甦醒，仍未可得知。

五、「莫作新詩譴冥官」──佛教意象

薄少君是個虔誠的佛教信徒，根據張溥的描述，薄少君「好禮梵，亦不食魚腥」，她常以佛家戒律自持，養成了一副澹泊的性子。薄少君在哭夫詩中多次使用佛教意象，如地府、閻羅、業障因果等，她想像丈夫死後去了地府，與丈夫在地府中可能會有的舉動，哭夫詩其二十一：

> 錢神墨吏鬼無訶，苦執貧儒欲奈何。
>
> 一片紙錢都不帶，反將鐵面折閻羅。

俗諺說「有錢能使鬼推磨」，到了地府，人們依舊要用錢財買通貪貪官汙吏，以保自己受到不刁難。沈承一介貧儒，自然是沒有賄賂的錢財，而且他也不屑此道，因此遭到這些墨吏拘捕。到了閻王面前，沈承卻是毫不懼怕，甚至能以剛正的態度譴責閻王。鍾惺稱其「傲骨如畫」，著實讓人深以為然。然而沈承過於耿直的個性在生前便常討不了好，薄少君擔心丈夫的這種特質使他無法在地府安生，為此她殷殷叮囑丈夫切莫衝撞地府冥官，其四十五：

> 一片冰心白日寒，縱他獰鬼狀千般。
>
> 相傳地府威儀肅，莫作新詩謔冥官。

沈承冰清玉潔的心靈，能令白日都生出寒意，此等高潔的品格，自是無須理會那些面目兇惡猙獰的鬼怪。雖然薄少君在詩的前篇展現了對丈夫的信心，但在下篇中她也忍不住叮嚀丈夫：聽說地府戒備森嚴，氣象肅穆，你可千萬不要作詩譏諷地府官員。薄少君曾多次提及丈夫性情狷介（其二十、其六十四、其六十五），但也往往因此得罪他人（其四十二），她希望丈夫在地府須謹言慎行。鍾惺讚此詩：「奇思杳杳，如怨如怒。」

在薄少君心中，沈承有著聖賢般光輝的形象，他溫和、善良、聰慧，又有堅忍不拔的心志、清高脫俗的品格；薄少君不明白，如此出色的沈承，怎麼會英年早逝呢？因此她找出她認為最合理的原因來解釋丈夫的早逝——天妒英才（其二、其五、其十、其十二）。在哭夫詩其五十，薄少君則從佛教的面向對此提出了詰問，並給出了解答：

> 君無殺業何至此，靜裡思量得之矣。
>
> 筆機鑿處殺機深，七竅血流混沌死。

薄少君在首句質問道：沈承從未造殺業，為何會落得如此下場呢？前文曾提到薄少君自認殺業未盡：「自嘲殺業難除盡，枯蚌為刀切菜頭。」（其六十六）但沈承作為男子，不須入庖廚，又何來殺生罪業？她百般思量後得出了答案——沈承的文風太過凌厲，他下筆之處殺機

重重，使得「混沌」都七竅流血而死。根據記載，西崑崙有獸名為混沌，其目不能視、鼻不能嗅、耳不能聞，〔註93〕七竅俱缺，四感不通。「混沌之死」出自於《莊子》典故：南海之帝名曰儵，北海之帝名曰忽，中央之帝名曰混沌。儵與忽經常到混沌的居所遊玩，混沌待他們十分友善，儵與忽欲報答混沌，提議為他鑿出七竅，混沌欣然允之。於是儵、忽每日替混沌鑿一竅，七日後七竅出而混沌死。〔註94〕薄少君形容沈承的筆鋒可以鑿出混沌七竅，李白（701～762）也曾以相似手法描述草聖懷素（737～799）之狂草：「墨池飛出北溟魚，筆鋒殺盡中山兔。」（〈草書歌行〉），皆極言其鋒利。

六、海外漢學家之文本勘誤

筆者在檢視小林徹行《明代女性の殉死と文学─薄少君の哭夫詩百首》及伊維德「One Hundred Poems Lamenting My Husband By Bo Shaojun」時，發現二人所錄之薄詩皆與古籍有些許出入，以下將以表格對照毛一鷺、鍾惺、小林徹行與伊維德的版本差異，相異之處以粗體字標示。

表 3-3-1　海外文學家之文本勘誤（筆者整理）

編號	毛一鷺	鍾惺	小林徹行	伊維德	備　　註
五	藿食蕉衣道骨癯	藿食蕉衣道氣癯	藿食蕉衣道骨癯	藿食蕉衣道骨癯	異體字
	雖然奪得文人籌	雖然奪得文人算	雖然奪得文人籌	雖然奪得文人籌	

〔註93〕《神異經·西荒經》：「崑崙西有獸焉，其狀如犬，長毛四足，似羆而無爪，有目而不見，行不開，有兩耳而不聞，有人知往，有腹無五藏，有腸直而不旋，食物徑過。人有德行而往抵觸之，有凶德則往依憑之。天使其然，名為渾沌。」

〔註94〕《莊子·內篇·應帝王》：「南海之帝為儵，北海之帝為忽，中央之帝為渾沌。儵與忽時相與遇於渾沌之地，渾沌待之甚善。儵與忽謀報渾沌之德，曰：『人皆有七竅以視聽食息，此獨無有，嘗試鑿之。』日鑿一竅，七日而渾沌死。」

六	檢君筒篋理殘書	簡君筒篋理殘書	檢君筒篋理殘書	檢君筒篋理殘書	同義
六	忽聽履聲窗外至	忽聽履聲窗外至	忽聽履聲窗外至	忽聽履聲窗外至	異體字
十九	梧下寒窗護短籬	梧下寒窗護幽籬	梧下寒窗護短籬	梧下寒窗護短籬	
二十七	可憐傑士殉寒窗	可憐傑士殉寒窗	可憐傑士殉寒窗	可憐傑士殉寒窗	
六十	月來窗下伴殘書	月來窗下伴殘書	月來窗下伴殘書	月來窗下伴殘書	
十一	恍疑廊下聞吟句	恍疑廊下聞吟句	恍疑廊下聞吟句	恍疑廊下聞吟句	應為伊維德之誤
十五	今生汝父無由見	今生汝父無繇見	今生汝父無由見	今生汝父無由見	異體字
四十五	由他獰鬼狀千般	繇他獰鬼狀千般	由他獰鬼狀千般	由他獰鬼狀千般	
十七	聞同孩幼話天真	聞同孩幼話天真	聞同孩幼話天真	聞同孩幼話天真	應為伊維德之誤
二十三	餘生何以答良朋	餘生何以荅良朋	餘生何以答良朋	餘生何以答良朋	異體字
	一刻繭書傳萬禩	一刻繭書傳萬禩	一刻繭書傳萬禩	一刻繭書傳萬禩	皆為「祀」之異體字
二十五	銳意應同百練鋼	銳意應同百鍊鋼	銳意應同百練鋼	銳意應同百練鋼	同義
三十一	掉頭不顧同遺蛻	掉頭不顧同遺脫	掉頭不顧同遺蛻	掉頭不顧同遺蛻	
三十二	痛飲高談讀異文	痛飲高譚讀異文	痛飲高談讀異文	痛飲高談讀異文	同義
四十七	對君莫怪談風少	對君莫怪譚風少	對君莫怪談風少	對君莫怪談風少	
三十三	文心化作青松塵	文心化作青松塵	文心化作青松塵	文心化作青松塵	二位漢學家之誤。因下文云:「拂盡凡夫筆下塵」絕句中極少出現重複用字,且依前後文來看,以「塵」拂去「塵」較為合理。

三十五	怕聽人彈 霹靂琴	怕聽人彈 霹靂聲	怕聽人彈 霹靂琴	怕聽人彈 霹靂琴	
三十七	閒來紙上 尋知己	間來紙上 尋知己	閒來紙上 尋知己	閒來紙上 尋知己	
	苔砌常留 野鹿踪	苔砌常留 野鶴踪	苔砌常留 野鹿踪	苔砌常留 野鹿踪	
三十八	惜福持齋 器不盈	惜福持齋 器不盈	惜福持齋 器不盈	借福持齋 器不盈	應為伊維德之誤
三十九	每千一介 慎因緣	每千一介 慎因緣	每千一介 慎因緣	每千一介 慎因緣	
	直向源頭 證聖賢	直向原頭 証聖賢	直向源頭 証聖賢	直向源頭 証聖賢	同義
四十二	酒盃淘洗 性情真	酒盃陶洗 性情真	酒盃淘洗 性情真	酒盃淘洗 性情真	同義
	恁爾機鋒 多不應	任爾機鋒 多不應	恁爾機鋒 多不應	恁爾機鋒 多不應	
四十四	一燈陰處 想掀帷	一燈陰處 想掀帷	一燈陰處 想欣帷	一燈陰處 想掀帷	應為小林徹行之誤
四十七	孤神忽忽 詣高雲	孤神忽忽 詣高雲	孤神忽忽 請高雲	孤神忽忽 請高雲	二位漢學家之誤
	萬石洪鍾 偶觸蚊	萬石洪鐘 偶觸蚊	萬石洪鍾 偶觸蚊	萬石洪鍾 偶觸蚊	同義
四十八	孤館秋聲 疎雨過	孤館秋聲 疎雨過	孤館秋聲 疎雨過	孤館秋聲 疏雨過	皆為「疏」之異體字
四十九	幽王鹵簿 旁探筆	幽王鹵簿 旁摻筆	幽王鹵簿 旁擦筆	幽王鹵簿 旁擦筆	
	瞥見還應 起獵心	瞥見還應 起臘心	瞥見還應 起獵心	瞥見還應 起獵心	
五十二	思君欲把 黃金鑄	思君欲把 黃金鑄	思君欲把 黃金鑄	思君欲把 黃金鑄	
五十六	湯鑊蓮池 揔戲場	湯鑊蓮池 總戲場	湯獲蓮池 揔戲場	湯獲蓮池 揔戲場	異體字
五十七	蹄涔魚鼈 掉廻瀾	蹄涔魚鼈 掉廻瀾	蹄涔魚鼈 掉廻瀾	蹄涔魚鼈 掉迴瀾	異體字

七十九	長日夢廻 慵未起	長日夢廻 慵未起	長日夢廻 慵未起	長日夢廻 慵未起	
五十九	馬遷作史 遍游觀	馬遷作史 徧游觀	馬遷作史 遍游觀	馬遷作史 遍游觀	異體字
六十一	買得村醪 原勝水	買得秋醪 原勝水	買得村醪 原勝水	買得村醪 原勝水	
六十三	西輪不返 千年恨	西陵不返 千年恨	西輪不返 千年恨	西輪不返 千年恨	
六十六	掃水烹泉 薪水優	掃水烹茶 新水優	掃水烹泉 薪水優	掃水烹泉 薪水優	
	枯蚌為刀 截菜頭	枯蚌為刀 切菜頭	枯蚌為刀 截菜頭	枯蚌為刀 截菜頭	
六十七	消宵一夢 駭重逢	清宵一夢 駭重逢	消宵一夢 駭重逢	消宵一夢 駭重逢	筆者認為應為「清宵」
七十四	**耻**為人作 嫁衣裳	恥為人作 嫁衣裳	**耻**為人作 嫁衣裳	**耻**為人作 嫁衣裳	異體字
七十六	意氣魁梧 韵度柔	意氣魁梧 韻度柔	意氣魁梧 韻度柔	意氣魁梧 韵度柔	異體字
	經濟未舒 黃石畧	經濟未舒 黃石畧	經濟未舒 黃石略	輕濟未舒 黃石畧	應為伊維德之誤
七十七	萬卷縹緗 擁一身	黃卷縹緗 擁一身	万卷縹緗 擁一身	萬卷縹緗 擁一身	
	笑罵悲歌 呌大人	笑罵悲歌 呌大人	笑罵悲歌 叫大人	笑罵悲歌 叫大人	異體字
八十	明朝返棹 婁江通	明朝返棹 婁江道	明朝返棹 婁江通	明朝返棹 婁江通	

第四節 結語

　　無論是男詩人或女詩人，傳統悼亡詩多以纏綿悱惻的情感、幽怨婉約的基調來敘述思念。與傳統悼亡詩相比，薄少君的詩作風格剛健明朗，可謂反其道而行。孫康宜即言：

　　　唐代詩人元稹的「遣悲懷三首」之所以成為古今悼亡詩絕唱，乃因為詩中悱惻纏綿的感人情懷，足令讀者心酸淚下。

但薄少君的悼亡詩整好與元稹詩的哀婉之風相反：女詩人不作元模式的「眤眤兒女語」，而為極其男性化的「鐵板聲」。〔註95〕

這正是孫康宜所說的「文化男女雙性」現象，男作家好作閨音，女作家則極力擺脫脂粉氣息。薄少君以獨特的男性化文筆來寫哭夫詩，少言閨怨之情，但張三光說：「鐵板之歌痛於閨怨矣。」雖是錚錚之聲，但讀者在字句細節中仍可感受出她的思念及痛苦，清臣屠粹忠（1629～1706）對薄詩評價道：「一字一淚，百首百年，人嗟命薄，天妬才全。」〔註96〕

從薄少君的哭夫詩中可以看出，她與沈承的生活本就清苦，在沈承逝世之後，不難想像一個女子在頓失經濟來源的處境下，獨自撫養幼兒有多麼艱難；但薄少君仍展現了她的堅強，反過來勸慰讀者：「君聽哀詞意勿悲，傷蛸弔槿亦何為。」（其八十一）「死亡」一事對薄少君來說，是佛家的因果業障：「神識今朝隔冥陽，隨他業報不須忙。」（其五十六）；也是道家的塵世超脫：「跡遍名山苦未能，頑身脫去好飛行。」（其七十三）。生死本不是凡人可以左右的事，因此在沈承去世後，薄少君能做的只有繼承丈夫未竟之志──整理沈承多年的心血結晶「為君什襲藏金匱，留與千秋認沈郎。」（其二十四）、撫育二人僅存的骨肉「今生汝父無由見，好向他年讀父書。」（其十五）；可惜薄少君因為傷心過度導致身體衰弱，在喪夫後一年便隨之離世。

薄少君的百首哭夫詩致力為沈承描繪一個極為崇高的理想形象：博學、堅忍、正直、清高，她在詩中數次將沈承神格化，處處可見對丈夫的推崇。但事實上不如薄少君所願，沈承之著述在現代的流傳並不廣，幾乎湮沒在時代洪流之中，甚至比薄少君的名字還罕見；多虧薄少君為丈夫留下了篇幅巨大的哭夫詩，數百年來少有

〔註95〕孫康宜著：《古典與現代的女性闡釋》，頁96～97。
〔註96〕〔清〕屠粹忠輯：《三才藻異・卷十七》，頁6。

人超越，〔註97〕讓後人能夠認識這個落魄不得志的學者。伊維德認為薄詩的傳記性質很高：

> 而作為一種自傳性質的表述來說，首先這組作品便是透過薄少君表達對丈夫無論是其一生，或是體現在其作品上的道德情操永無止境的欽讚，以及對丈夫之死的永久哀痛。對其婚姻生活及之後寡居的場景的描述都是在這個脈絡下發生作用。然而，部分因為這組詩的篇幅、部分是因為薄少君坦率的人個特質，她的詩句提供我們一種新奇的眼光、讓我們進入一個十七世紀蘇州貧窮仕紳妻子的生命之中。〔註98〕

不僅為丈夫提供傳記，薄少君的哭夫詩也為自己留下了自傳，這些詩記錄了夫妻二人過往的生活場景，也描述了薄少君寡居後的生活與心境。除了哭夫詩以外，薄少君尚有二闋詞被收錄在《眾香詞》中，得以流傳下來，其詞婉約的情致與哭夫詩之蒼逎筆觸大異其趣，筆者茲錄於下以供參閱，〈雙調望江南〉：

> 愁如樹，常種在春山。柔蔓根苗刪不去，花開鬢裏白于藍。
> 不共百花殘。
>
> 愁如雨，珠淚逐行傾。慣上眉頭常靉靆，便來眼底落紛紛。
> 淚眼不曾晴。〔註99〕

明清兩代是中國古代女性文學發展的高峰，根據記載至少有三千九百多位女作家出版過專集；寡婦詩人在這數量龐大的女作家當中，佔有很大的比例。「寡婦」的身份雖使她們的心靈孤獨，卻也讓她們逃離的相夫教子的生活責任，孫康宜揭示：「一個殘酷的事實就

〔註97〕伊維德提到，所知中唯一在篇幅上超過薄氏哭夫詩的女詩人，為十八世紀出身滿族的佟佳氏，多爾袞第四代孫子之妻。佟佳氏為亡夫寫了超過兩百首七言絕句，但其哭夫詩只聚焦於自身的悲傷和思念，未能展現出如同薄少君哭夫詩的多樣性。（伊維德：〈薄少君百首哭夫詩中的自傳與傳記性質〉，《重讀中國女性生命故事》，頁334。）

〔註98〕伊維德：〈薄少君百首哭夫詩中的自傳與傳記性質〉，《重讀中國女性生命故事》，頁334。

〔註99〕徐樹敏、錢岳選：《眾香詞‧御集》，頁31。

是：寡婦生活有利於寫作。這是因為它使寡婦詩人逃脫了某一種生活
負擔，從而使她們發現了寫作與獨身生活的關係。」〔註100〕而且寡婦
擁有多重的生活經驗，她們曾當過女兒、妻子、媳婦，或許也作為母
親，在失去了這些身份後，這種複雜的心路歷程更能使她們創作出感
人的文學作品。〔註101〕脫離了身份帶來的社會責任，寡婦們才終於
成為「自己」，孫康宜如此形容：

> 從某一個角度來看，明清寡婦是一種「性別遺民」——與男
> 性的「政治遺民」一樣，她們不幸失去了自己的「皇帝」，
> 卻最終找到了自己的聲音。那是一種超越性別的文學聲音，
> 一方面製造了某些不同於傳統的東西，一方面卻豐富了傳
> 統的文人文化。〔註102〕

除了薄少君以外，還有無數聲音微小、默默無聞的女作家，岑寂在主
流文壇之外；女性文學是中國文學史極須填補的一塊空白，而婦女作
品多如恆河沙數，值得我們去細細探討品味。

　　有鑑於《名媛詩歸》與《即山集》文本現今較難見，查考不易，
故筆者將二書編者鍾惺與毛一鷺對薄氏哭夫詩之評語統整於下表，以
供參閱：

表 3-4-1　鍾惺與毛一鷺之評語

編號	點評句	鍾惺評語	毛一鷺評語
一	薤露須歌鐵板聲	器識便非他人可及	便非几識
二	賦樓何足屈君身	進一步說	奇
	仙才天上原來少	「原來」二字驚詞怨悵	
三	虹橋十二年前事，今日回頭似夢中	只十二年前耳，便回頭似夢，感愴何已	

〔註100〕孫康宜著：《古典與現代的女性闡釋》，頁 78。
〔註101〕孫康宜著，張健等譯：《孫康宜自選集：古典文學的現代觀》（上海：
　　　　上海譯文，2013 年），頁 67。
〔註102〕孫康宜著：《古典與現代的女性闡釋》，頁 106。

四	英雄七尺豈烟消，骨作山陵氣作潮	悲壯	深心
	何年出世剪天驕	深心	
五	能奪文章半句無	奪不奪說得斬截	爭氣
六	忽聽履聲窗外至	靜空凝思，如有所聞	
七	苦吟時弄數莖鬚，吟就欣然手自書	寫出甘苦	
八	文字漫傳當世口	「漫傳」直有不輕意在	傲
	果然知己屬何人	蕭然孤寄	
九	環堵蕭然風雪紛，一盂久矣絕諸葷	淒苦	
	惟有雄文遏采雲	如此說文字業，亦甚雄快	
十	場中無命莫論文（全詩）	窮達之權，參乎死生，固知此語非妄	奇
十一	獨上荒樓落日曛，依然城市接寒雲	淒涼在目	
	遙憶鬚眉莫是君	偭然愾然，擬諸容聲，彷彿若將遇之	
十二	據將千古與天爭	據千古說來痛快	爭氣
十三	悲來結想十分癡，每望翻然出梯期	結想迷惘，無繇自達，真寔有此願望	
十四	不結身前一面緣	慘切不可言	慘
十五	兒幼應知未識予	此即自逝之識	
	予從汝父莫躊躇	莫躊躇死志已決	
	好向他年讀父書	無聊中告語，諄切悲動	
十六	好向泉臺伴寂寥	語似寬轉一步，意更慘切	慘
十七	縱使非男也慰人	「也慰人」何等願望，卻不能遲一見，寫出惻然	
十八	回首空嗟一未成	浮名全在未成著想	慘
	淚枯老眼欲無聲	慘絕	
十九	正是同君夜話時	想到夜話，靜正中哀傷	

二十	沒卻英雄一片心	知得獨深。	深心
	全詩	王羲之之書，閻立本畫，古今同恨。	
二十一	一片紙錢都不帶	恨薄特甚	鐵骨如畫
	反將鐵面折閻羅	傲骨如畫	
二十二	君今一字無遺散	護惜文章，乃是才士通情，安慰得妙	生色
二十三	一刻繭書傳萬襀，一隨玉匣殉昭陵	珍重妙	/
二十四	留與千秋認沈郎	「留與」說得鄭重	生色
二十五	九泉何處用文章	深感	深感
二十六	山河擬伏筆尖平	文人輕銳氣志如此	放
	落手猶聞嘆息聲	「猶聞嘆息」寫出氣志如生	
二十七	踢倒金山瀉大江	若不踢倒金山，瀉盡大江，恨氣怨氣，哪得快暢	/
二十八	廿載徒然六息功（全詩）	寫出窮愁時無聊景況	/
二十九	鶴程冠佩漸高寒	奇句	/
	心似蓮花腸似雪，神如秋水氣如蘭	結二句罃甚	
三十	提將圮老自關情	「提」字、「自」字苦思積志，仍似不欲提起，恐提起便覺有難堪處在	名通
三十一	萬仞懸崖撒手飛	洒然氣象	洒然
三十二	痛飲高譚讀異文	名士風流，七字想出	深感
三十三	拂盡凡夫筆下塵	說盡凡人隨人腳根妙	生色
三十四	人間真壽有文章	古人以立言為不朽，意正如此	奇
	翻笑彭翁是夭亡	無聊解免	
三十五	世間耳目嬰兒淺	輕薄得好	/
三十六	絕壁無緣困五丁（全詩）	極力表章	生色
三十七	片石支扉啟閉慵（全詩）	想見幽況	/

三十八	照出枯腸菜幾莖	與氣帶嘲	冷絕
三十九	每干一介慎因緣	七字深心厚力	
四十	劫盡還愁石爛時	深入一層	深心
四十一	苦節如君始合天	「苦節」說到合天處，深遠	
	縱賣青山亦業錢	水心峻骨	
四十二	酒盃陶洗性情真（全詩）	地步占得高	傲
四十三	骨相不需麟閣畫，江聲岳色把神傳	勝於麟閣多矣	爭氣
四十四	帶夢思君形影疑	「帶夢思」何等深至	
四十五	一片冰心白日寒（全詩）	奇思杳杳，如怨如怒	奇
四十六	今當向此卜牛眠	兩此字警健	
四十七	也混衣冠與世群	惜之甚	傲
	萬石洪鐘偶觸蚊	簡傲	
四十八	不是思君恨已多	轉復深至	
四十九	瞥見還應起膩心	說得幽王如此憐才，恐未必爾	奇
	全詩	俱是贊揚語，卻有曲趣	
五十	君無殺業何至此（全詩）	故作一幻以出君烈才思	
五十一	穿廚野雀分餘飲	澹然幽寂	奇
五十二	世上難求足色金	寫出粹然氣象	
五十三	下灑人間六月時	洒然	洒然
五十四	河梁日暮行人少	行人待少，始望君歸，想其生平澹然出俗處	
	猶望君歸過板橋	「猶望」不信得妙	
五十五	鶴返遼東轉累心	深思無奈，零落憔悴，乃有此想	
	當年眷屬已無尋	慘淡在「已無」二字	
五十六	神識今朝隔冥陽（全詩）	名通語，然有深感	名通
五十七	甕裡醯雞世界寬（全詩）	悲傷已極，復作此等語鎮之	生色

五十八	他人哭我我無知（全詩）	雖為無聊自解之詞，然亦至理	名通
五十九	馬遷作史徧游觀（全詩）	曠然自遠	
六十	月來窗下伴殘書	悠然	悠然
六十一	買得秋醪原勝水	「原勝水」妙	
	拈來落果是烹鮮	韻甚	
六十二	黃梁睡覺成仙去，究竟還非出夢時	怨恨之極，直欲成仙脫世矣	
六十三	英骨沉沙夜吐光（全詩）	英奇出沒，思理無端，憤極恨極	奇
六十四	知名不屑落名場	「知」字、「不屑」字合得妙	可想
	床頭壁破無須鑿，倚枕看書就月光	如此窮況，興致正復不淺	
六十五	餂面違心仕更難	說得仕途人掃興	深感
	地上有身無放處	苦極語	
	不知地下可相安	「可相安」抑憤就平，間問得深曲	
六十六	枯蚌為刀切菜頭	幽人作佛事自有一種秀氣	
六十七	夢裡惟愁是夢中	愁是夢即在夢中，神情孤照	
六十八	千載同悲豈獨君	寬得妙	
	將來澆盡古今墳	憤怨不能自平	
六十九	塚入松根逼寢處	不必讀下句已覺淒苦	淒冷
	夜與山前石人語	幽慘如聞其嘆息	
	全詩	動人悲竦	
七十	身宮磨蝎似東坡	此語皆作地步	
	全詩	作悲涼語，有遠情	
七十一	莫向塵埃問一時	遠託憑弔	
	半揖鞭稍哭古碑	神骨不朽，定有其人。雖百世以後，將安之矣，又何問乎一時也	
七十二	舌碎常山血濺泥（全詩）	英雄血淚	

七十三	跡遍名山苦未能（全詩）	有玄理	
七十四	長門賦買甕頭香	韻事	
	文渴詩枯自引觴	「自引觴」逍然獨得	
七十五	君是酒人方夢歡，阿誰呼覺未沾唇	又夫志節不遂，忽然奄逝，是夢未成。而鐘聲已動，餘魂飄落，無處可尋矣，悲痛又何可言	
七十六	經濟未舒黃石畧，形神先伴赤松遊	悲動在一「未」字、「先」字	
七十七	倚來為枕臥為茵	勝事說來絕暢	
	笑罵悲歌叫大人	「笑罵悲歌」善讀書人真境	
	全詩	想其當日讀書之樂，於今正覺惆悵	
七十八	寧為才鬼詠天花（全詩）	讀此知才之所以資	
七十九	知名未肯為人忙（全詩）	譜事韻勝，名士風流，掩映如見	
八十	幕掩幽缸半幅陰	淒冷	
八十一	君聽哀詞意勿悲	更慰得妙	

第四章　清初悼亡詞人納蘭性德

　　即便是不識得納蘭性德的人，大多也都聽過這一闋〈木蘭花令・擬古決絕詞〉：

　　人生若只如初見，何事秋風悲畫扇。
　　等閒變卻故人心，卻道故心人易變！
　　驪山語罷清宵半，淚雨零鈴終不怨。
　　何如薄倖錦衣郎，比翼連枝當日願！〔註1〕

這闋〈木蘭花令〉的頭兩句，現今許多人都能琅琅上口，但又有多少人知道詩詞的背後，滿溢著納蘭性德思念成災的痛苦呢？有詩云：「家家爭唱《飲水詞》，納蘭心事幾曾知？」（曹寅〈題楝亭夜話圖〉）〔註2〕，此詩為納蘭性德離世後十年，好友曹寅（1658～1712）在楝亭感懷所作，可看出納蘭詞早在他在世的康熙年間，便已經廣為世人所傳誦。時人能夠誦讀納蘭詩詞，但真正能夠感同身受者有幾何？納蘭性德的情感豐富、詞風哀婉，好友顧貞觀也曾評：「容若詞，一種淒惋處，令人不能卒讀，人言愁我始欲愁。」〔註3〕人們常說：「詩言志，

〔註1〕葉嘉瑩主編、張秉成編著：《納蘭性德詞新釋輯評》，頁162。本章所引用之納蘭詞多數出自此書，下文中全詞出處相同者，將在詞後標註頁碼，不再另作註腳。

〔註2〕曹寅：〈楝亭詩抄〉。見四庫全書存目叢書編纂委員會：《四庫全書存目叢書・集部二五七》（臺南：莊嚴，1997年），頁123。亦有版本作「納蘭小字幾曾知」、「納蘭心事幾人知」。

〔註3〕葉嘉瑩主編、張秉成編著：《納蘭性德詞新釋輯評》，頁529。

詞言情。」納蘭詞的纏綿淒情正符合這種傳統，其成就受到古今學者的一致認可，給予極高的評價。陳維崧（1626～1682）曾言：「《飲水詞》，哀感頑艷，得南唐二主之遺。」〔註4〕他認為納蘭詞得南唐帝王詞人李璟（916～961）、李煜（937～978）之遺風。王國維（1877～1927）更是說：「納蘭容若以自然之眼觀物。以自然之舌言情。此由初入中原，未染漢人風氣，故能真切如此。北宋以來，一人而已。」〔註5〕盛讚納蘭性德能夠直抒性靈、不矯揉造作，北宋以來唯他一人能夠做到如此。

第一節　生平記述

一、「不是人間富貴花」──家世背景

納蘭性德，字容若，乳名冬郎，號楞伽山人，為滿州正黃旗人。容若之乳名乃因其生於順治十一年臘月十二日（西元 1655 年 1 月 19 日），〔註6〕冬日出生的男嬰，故取名為冬郎。容若原名納蘭成德，在康熙十四年（1675）十二月因皇子保成立為太子，為避太子名諱，才改名為性德。〔註7〕

容若家世顯赫，祖父葉赫那拉·金台石（？～1619）是女真族葉赫部首領、清太祖努爾哈赤的大舅子；葉赫那拉氏為清代滿族八大姓之一。容若的父親納蘭明珠是康熙重臣，曾任刑部、兵部、吏部尚書，康熙十六年受封為武英殿大學士，官至正一品；母親愛親覺羅氏（1637～1694）是英親王阿濟格之女，身份尊貴。滿族八大姓以瓜爾佳氏、鈕祜祿氏、舒穆祿氏、赫舍里氏、他塔喇氏、覺羅氏、佟佳氏、

〔註4〕葉嘉瑩主編、張秉戌編著：《納蘭性德詞新釋輯評》，頁 529。
〔註5〕馬自毅注譯：《新譯人間詞話》，頁 118。
〔註6〕趙秀亭、馮統一：〈納蘭性德行年錄〉。參見王建、蘇國安主編：《納蘭性德研究論叢：《河北民族師範學院學報》納蘭性德研究專欄三十年選集》（天津：天津古籍，2014 年），頁 7。
〔註7〕趙秀亭、馮統一：〈納蘭性德行年錄〉，《納蘭性德研究論叢：《河北民族師範學院學報》納蘭性德研究專欄三十年選集》，頁 12。

那拉氏為八家，〔註8〕陳子彬指出：

> 在納蘭性德青年時代，納蘭氏家族更是聲威顯赫，權傾朝
> 野，其勢力居其於七家之上。納蘭家中情況，如曹雪芹筆下
> 所描寫的賈府一樣，有「烈火烹油，鮮花著錦」之盛。〔註9〕

許多學者認為容若是《紅樓夢》的主角賈寶玉的原型，〔註10〕他們身
為豪門貴冑，卻都厭惡烏衣門第的生活，終日浸淫於詩詞歌賦。賈
寶玉既與出身高貴的北靜王交情甚篤，也可以與伶人蔣玉菡結交，他
交友並不在乎身份地位，容若亦如此。容若從不以血統、家世自傲，
他的至交好友顧貞觀、嚴繩孫、姜宸英、梁佩蘭（1630～1705）、秦
松齡（1637～1714）、陳維崧等人，多是漢族布衣寒士，而容若皆推
心置腹誠心相待。容若居所有一處傍水涼亭名為「淥水亭」，容若經
常在此處行文會友，與漢族文人們把酒吟詩，形成「淥水亭文人集
會」；此集會在容若逝世後終止，但仍令參與過集會的文人們久久掛
懷。〔註11〕

二、「我是人間惆悵客」──仕途之路

　　生於鐘鼎之家的容若未曾染上驕奢習氣，反而在詩書上展現出
過人的天賦，年紀輕輕便成進士。容若在十三歲時得到翰林院編修
董訥（1639～1701）教授，學業大進，〔註12〕董訥更是盛讚容若聰敏
絕倫：

〔註8〕由於地域差異，滿族八大姓有諸多不同版本，筆者取《八旗滿州氏族
　　　通譜》為參考。

〔註9〕陳子彬：〈納蘭性德的家世和生平簡介〉，《納蘭性德研究論叢》：《河北
　　　民族師範學院學報》納蘭性德研究專欄三十年選集》，頁26。

〔註10〕乾隆曾在讀《紅樓夢》後說：「此蓋為明珠家事作也。」此言雖僅是
　　　乾隆帝偏言，但曹雪芹的祖父為容若好友曹寅，二人皆任康熙御前侍
　　　衛，過從甚密，納蘭詞對《紅樓夢》的確有一定程度的影響。

〔註11〕蔡宛禎：〈納蘭性德友情詞研究〉（臺中：靜宜大學中國文學研究所碩
　　　士論文，2009年），頁59～62。

〔註12〕趙秀亭、馮統一：〈納蘭性德行年錄〉，《納蘭性德研究論叢：《河北民
　　　族師範學院學報》納蘭性德研究專欄三十年選集》，頁9。

> 時公方成童舞象，固已嶔崎不羣，相與縱談漢魏，不以東海
> 之士為孤僻而略之也。數載之間，沉酣六藝，囊括百家，汲
> 古博綜，下惟不報，兼之一目數行，聰敏絕世，凡諸天文象
> 緯，輿地山川，寶笈琅函，蟲魚草木，靡不窮搜，廣采考核
> 精詳。〔註13〕

容若早慧，孩提時期便展露過人的記憶力，博古知今、涉獵百家，而
後在科舉場上更是一路扶搖直上。康熙十年（1671），容若補諸生，進
入國子監學習；康熙十一年（1672）八月，容若參加順天府（今北京
市）鄉試，中舉人；隔年（1673）二月通過會試成為貢士，此時容若
年僅十九。然而三月容若忽染寒疾，未能參加殿試，喪失成為進士的
機會，容若在一首七律詩中抒發了這個遺憾，〈幸舉禮闈以病未與廷
試〉：

> 曉榻茶煙攬鬢絲，萬春園裡誤春期。
> 誰知江上題名日，虛擬蘭成射策時。
> 紫陌無游非隔面，玉階有夢鎮愁眉。
> 漳濱強對新紅杏，一夜東風感舊知。〔註14〕

這是容若參與科考以來的第一次挫折，錯過這次廷試，下一次要等三
年後了。在這三年當中，容若孜孜矻矻未曾懈怠，博覽群書，並得到
父親與老師徐乾學（1631～1694）的支持，開始校刻《通志堂經解》。
《通志堂經解》是一部大型的儒家經義叢書，全書共 1792 卷，收錄
了先秦以降（以宋元為主）一百四十種儒家經解。此書規模浩大，容
若仰賴恩師徐乾學的鼎力相助；徐乾學是當代著名的藏書家，有一藏
書樓名曰「傳是樓」，可謂汗牛充棟。容若在〈經解總序〉中提到，師
徒二人因感唐代以後經學漸廢，經解之書散佚嚴重，因此二人決定編

〔註13〕董訥〈誄詞〉：「侍衛容若公為吾師相夫子冢嗣，二十年前，余在編翰
　　　　受之夫子，夫子以余為迂踈，不惟不過督，且從而禮貌之，敦吐握之
　　　　風，寬簡濟之士。時公方成童舞象，……廣采考核精詳，遂以乙丑聯
　　　　鑣為名進士。」（〔清〕納蘭性德撰：《通志堂集》（臺南：莊嚴，1997
　　　　年），頁 605。）
〔註14〕〔清〕納蘭性德撰：《通志堂集》，頁 254。

纂這部巨著，由容若出資刊刻，友人嚴繩孫、朱彝尊（1629～1709）、
秦松齡等人多有幫助。〔註15〕這段期間除了《通志堂經解》之外，容
若還編寫了《淥水亭雜識》，此書為筆記體著作，內容包含讀書心得、
所見所聞等瑣碎記錄。

康熙十五年（1676），二十二歲的容若再度應試，中二甲第七名，
賜進士出身；途中雖有耽誤，但在科舉路上已可說是平步青雲。另外
值得注意的是，同年（1676）皇太子改名，「成」字已不必再避，趙秀
亭（1646～）及馮統一在〈納蘭性德行年錄〉中提到：「年初，皇太子
保成更名胤礽。《進士題名錄》性德榜名已作『成德』，知『成』字不
必再避。嗣後容若手書、印章及友朋書文俱稱成德，不再稱性德。」
〔註16〕容若錄進士後有一段不短的賦閒時光，據好友姜宸英（1628～
1699）〈通議大夫一等侍衛進士納臘君墓表〉記述：「時皆謂當得上第，
而今上重器君，不欲出之外廷，置名二甲，久之，授三等侍衛，再遷
至一等。」〔註17〕康熙帝器重容若，不欲讓他離開京城任職，長達一
年的時間，容若在家待業。直到康熙十六年（1677）秋冬間，容若被
任命為三等侍衛，在帝王身側任職。康熙十七年（1678）開始，容若
扈從康熙帝出行，也有多次「覘梭龍」〔註18〕的經驗，因長期在外漂
泊，容若有許多懷鄉思妻的詞作。這對容若來說並不是一件值得欣喜

〔註15〕〈經解總序〉：「自唐太宗命諸儒刪取諸說為《正義》，由是專家之學
　　　漸廢，而其書亦鮮有存矣。……余向屬友人秦對巖、朱竹垞購諸藏書
　　　之家，間有所得，雕版既漫漶斷闕，不可卒讀，抄本偽謬尤多，其間
　　　完善無偽者，又十不得一二。間以啟於座主徐先生，先生乃盡出其藏
　　　本，示余小子曰：『是吾三十年心力所擇取而校訂者。』余且喜且愕，
　　　求之先生，鈔得一百四十種，自子夏易傳外，唐人之書僅案三種，其
　　　餘皆宋元諸儒所撰述，而明人所著間存一二。請捐貲經始，與同志雕
　　　版行世。先生喜曰：『是吾志也。』」

〔註16〕趙秀亭、馮統一：〈納蘭性德行年錄〉，《納蘭性德研究論叢：《河北民
　　　族師範學院學報》納蘭性德研究專欄三十年選集》，頁13。

〔註17〕趙秀亭、馮統一箋校：《飲水詞箋校》，頁499。

〔註18〕「梭龍」為清代少數民族群體「索倫部」的居住地，約位於今黑龍江
　　　省、內蒙古、甘肅省、新疆吐魯番等地帶；「覘梭龍」即為出使塞外
　　　之意。

的事，雖然滿人出身的他的確善騎射，但容若擁有一顆文臣的心，卻
必須從事武官的工作，這使他在仕途上抑鬱寡歡，趙秀亭及馮統一即
言：「性德以楞伽名，與盧氏卒及任侍衛之無奈情緒有關。」〔註 19〕
此後容若終生擔任侍衛一職，在康熙帝身邊隨侍、跟隨皇帝出巡。《飲
水詞》中有數十闋塞上詞作，多半表現出有家歸不得的傷懷、對羈旅
生活的無奈，〈長相思〉即是代表作：

> 山一程，水一程。身向榆關那畔行，夜深千帳燈。
>
> 風一更，雪一更。聒碎鄉心夢不成，故園無此聲。（頁 306）

容若雖不驕奢，但或許多少有一些貴公子習性，他習慣溫室暖裘、佳
人在側的生活，塞上苦寒又居無定所，時常使他夜不能寐，思鄉之情
更切。

　　容若在病逝前兩個多月升拔至一等侍衛；〔註 20〕徐乾學〈通議大
夫一等侍衛進士〈納蘭君墓誌銘〉記載：「容若選授三等侍衛，服勞惟
謹。上眷注異於他侍衛，久之，晉二等，尋晉一等。」〔註 21〕一等侍
衛已是正三品官，時人皆道康熙帝欲重用容若，看似仕途一片坦蕩。
但武官生涯消磨了他的心志，雖處廟堂之高，他卻厭倦庸俗的官場，
心嚮自由的生活，趙秀亭云：

> 容若初成進士，本擬有清華之任。杜臻〈哀詞〉云：「丙辰廷
> 對高第，方且陟清華、領著作矣。」董訥〈誄詞〉云：「為名
> 進士，余方與同館諸公，抃手慶快，為玉堂得人賀」，皆可證
> 也。原其翰院之選，竟充虎賁之列，執戟廟堂，豈容若初衷
> 哉！《飲水》怨抑之詞，率由此出。《聽雨叢談》云：「文武
> 易途而進，益見不次用人之盛」，所謂昧於苦樂也。〔註22〕

〔註 19〕趙秀亭、馮統一：〈納蘭性德行年錄〉，《納蘭性德研究論叢：《河北民
　　　　族師範學院學報》納蘭性德研究專欄三十年選集》，頁 16。
〔註 20〕趙秀亭、馮統一：〈納蘭性德行年錄〉，《納蘭性德研究論叢：《河北民
　　　　族師範學院學報》納蘭性德研究專欄三十年選集》，頁 22。
〔註 21〕〔清〕納蘭性德撰：《通志堂集》，頁 589。
〔註 22〕趙秀亭：〈納蘭叢話〉，《承德師專學報·社會科學版》第 4 期（1992
　　　　年 12 月），頁 15。

三、「一宵冷雨葬名花」──英年早逝

　　康熙二十四年（1685）孟夏，容若染疾一病不起，最後於五月三十日溘然長逝。徐乾學說：「忽以去年五月晦得寒疾卒。」〔註23〕「孰意其七日不汗死也。」〔註24〕徐氏稱容若得寒疾，後七日不汗而死，直到康熙二十五年（1686）才葬於京郊皂莢村〔註25〕。由於此處寫「寒疾」，有人認為容若是患傷寒而死；但金寶森對此提出疑問，容若在十九歲時便因染寒疾而未與廷試，後來也順利痊癒，何以第二度患病卻在七日內迅速死亡？且在亡故後一年多才下葬？因此金寶森主張容若或死於天花：

> 痘瘡通稱天花，是一種人畜共患的烈性傳染病。在封建社會裡，這種病不僅給人帶來極大恐懼，甚至影響到政治活動。……因為成年人出痘一般是要喪命的，所以順治六年（1649）正月初一，就諭免百官朝賀以避痘。順治最後也是死於痘疹，病期僅六日。……看來性德是死於痘疹的，一是因為他病七日而亡，乾脆迅速，與順治一致……〔註26〕

除了發病到死亡的時間極短，符合天花病癥之外，徐乾學〈納蘭君墓誌銘〉也透露出端倪：「容若既得疾，上使中官侍衛及御醫，日數輩絡繹至第診治。於是上將出官避暑，命以疾增減報，日再三，病極，親處方藥賜之，未及進而歿。」〔註27〕金寶森分析：

> 極為謹慎小心的徐乾學，在這裡也露了馬腳，他無意中使用了「於是」二字和透露了為躲避而「將出關避暑」。在「震悼」後，玄燁於「六月庚寅朔」巡幸出塞了。性德頭一天死，玄燁不顧遠征羅剎軍情緊急，於第二天就急忙率皇太子、皇長子、諸王、內大臣等離京，這都是偶然的嗎？……因痘而

〔註23〕〔清〕納蘭性德撰：《通志堂集》，頁593。
〔註24〕〔清〕納蘭性德撰：《通志堂集》，頁590。
〔註25〕皂莢村，又名造甲村、趙家村，趙秀亭闡釋應為音近而誤為皂莢村。（趙秀亭：〈納蘭叢話〉，頁15。）
〔註26〕金寶森：〈試釋關於納蘭性德的幾個謎〉，《納蘭性德研究論叢》：《河北民族師範學院學報》納蘭性德研究專欄三十年選集，頁49～50。
〔註27〕〔清〕納蘭性德撰：《通志堂集》，頁589。

死的人，是要火葬的，順治尊為皇帝也要火化，性德之所以
未葬，很可能是火化後的遁詞。〔註28〕

康熙率眾人離京八日後，因皇四子害病而返京醫治，此時又下令將
容若棺柩「出殯於郊外」。〔註29〕金寶森認為康熙出關是為避天花疫
情，而皇四子小病也要回京診視，正是古人對於天花的恐懼心理導
致。容若入殮後殯於郊外一年多未葬，因此金寶森疑其為火化的遁
詞。但據筆者考察〈盧氏墓誌銘〉，盧氏於「康熙十六年五月三十日
卒，……今以十七年七月二十八日葬於玉河皂莢屯之祖塋。」〔註30〕
盧氏亦於身後一年多才下葬；且《禮記・王制》曰：「天子七日而殯，
七月而葬；諸侯五日而殯，五月而葬；大夫、士、庶人，三日而殯，
三月而葬。」〔註31〕可見停棺乃是正常之舉，以此作為容若火葬的論
據似乎不夠充分。

「從來文章憎命達，自古才命兩相妨。」〔註32〕容若雖生於富貴
之家，但仕途失意、情場不順，一生未至坎坷，卻也有諸多挫折。敏
君說：「世界上有這樣的一種人，他們天生就是悲劇家，縱使命運把
名譽、才華、地位、財富都賦予了他們，這些令旁人羨慕的寵兒終究
也會走上這條孤獨的道路。」〔註33〕這種悲劇性彷彿鐫刻在容若的骨
血之中，終其一生無法擺脫。容若有一闋〈憶秦娥〉或許概括了他的
半生：

長飄泊，多愁多病心情惡。心情惡。模糊一片，強分哀樂。
擬將歡笑排離索，鏡中無奈顏非昨。顏非昨。才華尚淺，因

〔註28〕金寶森：〈試釋關於納蘭性德的幾個謎〉，《納蘭性德研究論叢：《河北
　　　　民族師範學院學報》納蘭性德研究專欄三十年選集》，頁 50。
〔註29〕翁叔元〈哀詞〉：「又八日，以天子之命出殯於郊外，又往送之郊。」
　　　　（〔清〕納蘭性德撰：《通志堂集》，頁 602。）
〔註30〕轉引自張秉戍箋注：《納蘭詞箋注》，頁 513。
〔註31〕王文錦譯解：《禮記譯解》（北京：中華書局，2016 年），頁 159。
〔註32〕前句語出杜甫〈天末懷李白〉：「文章憎命達，魑魅喜人過。」後句語
　　　　出李商隱〈有感〉：「中路因循我所長，古來才命兩相妨。」
〔註33〕敏君著：《一代詞癡納蘭容若：相國公子的動人情詞與絢爛人生》，頁
　　　　94。

　　何福薄。（頁 465）

長年旅外漂泊，多愁多病心情消沉，便是容若的自我寫照；名滿天下的
納蘭公子自然不是才華尚淺，但蹉跎的韶華卻讓他自恨福緣淺薄。

　　容若病逝後，其諸多好友悲戚不已，哀哭者眾。徐乾學〈納蘭君
墓誌銘〉云：「坎坷失職之士走京師，生館死殯，於貲財無所計惜，已
故君之喪，哭之者皆出涕，為挽辭者數十百人，有生平未識面者。」
〔註 34〕容若的出眾的才華與淳善的本性揚名四海，甚至素未謀面之
士都為其悲悼。晚清詞學家況周頤（1859～1926）對容若的評價極
高，他推崇容若為清初第一詞人，在容若故後的數十年間未有人能出
其右：

　　　納蘭容若為國初第一詞手。……容若承平少年，烏衣公子，
　　　天分絕高，適承元明詞敝，甚欲推尊斯道，一洗雕琢篆刻之
　　　譏。獨惜享年不永，力量未充，未能勝起衰之任。其所為詞，
　　　純任性靈，纖塵不染，甘受和，白受采，進於沉著渾至何難
　　　矣。嗟自容若而後，數十年間，詞格愈趨愈下。〔註35〕

司馬遷（前 145？～？）有言：「人固有一死，或重於泰山，或輕於鴻
毛，用之所趨異也。」容若年雖不永，但他短暫而璀璨的一生已長存
在他人心中，經久不衰。

四、「一生一代一雙人」──情繫一生

（一）初戀情人

　　諸多學家揣測，容若在與元配婚前曾有一段青梅竹馬的情誼，
這段朦朧的初戀對象是容若的表妹。根據野史《賃廡剩筆》（一說
《賃廡筆記》）〔註 36〕記載：「納蘭容若眷一女，絕色也，有婚姻之

〔註34〕〔清〕納蘭性德撰：《通志堂集》，頁 591～592。

〔註35〕況周頤：《蕙風詞話・卷五》。轉引自張秉戌箋注：《納蘭詞箋注》，頁
　　　　583。

〔註36〕據傳為清人所作，作者不詳。此書真實性為何已不可考證，學者們認
　　　　為近似小說家之言，故容若是否真的曾經有論及婚嫁的表妹，歷來多
　　　　有爭議。

約。」〔註37〕容若曾經十分寵愛一名絕色女子，且與她訂下婚約。蘇雪林（1891～1999）在〈清代男女兩大詞人戀史之謎〉一文中論述此姝應姓謝：

> 飲水詞提及戀人屢有「謝孃」、「道韞」、「柳絮」、「林下風」等語。世說新語稱「謝道韞有林下風」，又道韞與父兄詠雪有「未若柳絮因風起」之句，故「柳絮」、「林下風」均為謝姓女子的代名詞。〔註38〕

《飲水詞》中有許多愛情詞被認為與此姝有關，這些詞作也透露了這個訊息：「謝娘別後誰能惜？飄泊天涯。」（采桑子・塞上詠雪花）、「不知何事縈懷抱，醒也無聊。醉也無聊。夢也何曾到謝橋。」（采桑子）、「分付秋潮，莫誤雙魚到謝橋。」（采桑子）、「謝家庭院殘更立，燕宿雕樑。」（采桑子），詞中屢次提到「謝娘」、「謝橋」、「謝家」等語，蘇雪林認為這些句子明寫謝道韞，卻也暗指初戀情人「謝娘」，此雙關可謂妙合自然。〔註39〕

　　更有研究者認為「謝娘」其實另有其人，李云指稱「謝娘」是容若「初戀情人表妹」以外的另一名戀人，雖不姓謝，但因她擁有如謝道韞的才情，容若便以「謝娘」作為代稱。李云認為容若與賈寶玉同樣多情，寶玉一方面鍾情於林黛玉，一方面又憐惜無數位紅粉知己，因此乾隆帝才會說《紅樓夢》「蓋為明珠家事作也。」李云從〈攤破浣溪紗〉一闋詞中推測「謝家」被貶離京，「謝娘」客死異地，容若為此傷心不已。〔註40〕蘇氏與李氏皆僅以納蘭詞作中的內容去臆測「謝娘」何許人也，缺乏有力的史料證據；李氏甚至在欠缺史料的狀況下憑空推論出「謝娘」的身世，實為穿鑿附會。馬大勇（1972～）以司法偵查刑事案件的原則反駁蘇雪林的推論，司法偵察有「證據鏈」、

〔註37〕轉引自卓清芬：《納蘭性德文學研究》，頁 135。
〔註38〕蘇雪林著：《九歌中人神戀愛問題》（臺北：文星，1967 年），頁 66。
〔註39〕蘇雪林著：《九歌中人神戀愛問題》，頁 87。
〔註40〕李云：〈從納蘭詞的隱密敘事探其戀人謝娘的生平與性情——兼與紅樓夢中人物比較〉，《河北民族師範學院學報》第 34 卷第 4 期（2014 年 11 月），頁 13～14。

「孤證不立」、「無罪推定」三原則，在只有單一證據而無其他旁證、證據鏈不完整時，必須以「無罪」的前提去判斷。馬大勇說道：

> 我們要注意，蘇雪林的「偵破結論」只有這一條孤證，沒有提供其他任何旁證，那麼，在完全不能形成證據鏈的情況下，是不能作為事實採信的。……一般來說，「謝娘」有兩種含義：一是指東晉才女謝道韞，也就是「詠絮才」；二是妓女的代稱。不管是才女，還是妓女，納蘭用「謝娘」都是泛指，絕不可以坐實。如果按蘇先生的意思，晏幾道寫過「又踏楊花過謝橋」的句子，是不是他也有個姓謝的表妹呢？顯然，這是走火入魔的外行話。〔註41〕

「謝娘」、「謝橋」、「謝家」在古詩詞中是很常見的典故，文人在敘寫才女、名妓時常以此為代稱；如馬大勇所言，以「謝娘」等語作為推敲容若婚前戀人的佐證，委實薄弱，趙秀亭亦云：

> 雪林撰〈清代男女兩大詞人戀史之研究〉，以為性德嘗與宮嬪相戀，頗可動人遐想。此論蓋濫觴於《賃廡剩筆》，張任政亦惑之。然雪林所論列，多不足信。〔註42〕

筆者以為蘇氏、李氏二人的論點可作為參考一觀，但不可全信。雖然「謝娘」的身世行蹤成謎，但她的存在仍普遍受學界承認，納蘭詞中也有數闋被認為與她有關；然因缺乏史料，無法考證其姓名為何，筆者在下文中仍以「謝娘」作為此妹代稱。

容若與「謝娘」情投意合、私訂終身，但這段戀情未能開花結果；「謝娘」被選入宮中，從此與容若隔著一道深鎖的宮牆，咫尺天涯再難相見，《賃廡剩筆》曰：

> 旋此女入宮，頓成陌路。容若愁思鬱結，誓必一見，了此夙因。會遭國喪，喇嘛每日應入宮唪經，容若賄通喇嘛，披袈裟，居然入宮，果得彼妹一見。而宮禁森嚴，竟不能通一語，

〔註41〕馬大勇著：《如何閱讀一首詩詞：五種詩詞的最佳讀法》（臺北：啟動文化，2020年），頁47～48。

〔註42〕趙秀亭：〈納蘭叢話（續）〉，《承德民族師專學報》第4期（1994年11月），頁15。

悵然而出。〔註43〕

此段敘述極為戲劇化──容若被迫與「謝娘」分離後,終日怏怏不樂;後逢國喪,每日有喇嘛進出宮廷誦經,容若藉機喬裝成喇嘛,成功進入宮中,得以與「謝娘」相見;然而宮中守備森嚴,在這嚴密的監視下,二人竟未能說上一句話,最後容若只能抱著遺憾離開。此記述頗為荒誕離奇,似小說情節,劉德鴻斷言喬裝入宮一事不可信:其一,清代宮禁森嚴,有嚴密的稽查與門衛制度,即便是王公大臣上朝、太監內侍進出禁門時,都必須驗明身份方可放行;其二,容若作為滿足男子,須蓄留長辮,如何能夠扮作剃髮的喇嘛而不被發現?〔註44〕總而言之,《賛廡剩筆》的真實性雖已不可考,但也為納蘭學家們提供了不同的思考方向──《飲水詞》中的愛情詞多數被認為與元配盧氏有關,但某些細節卻解釋不通,如〈采桑子〉:

> 謝家庭院殘更立,燕宿雕梁。月度銀牆,不辨花叢那辨香。
> 此情已自成追憶,零落鴛鴦。雨歇微涼,十一年前夢一場。
> （頁115）

有學者認為這是寫給盧氏的悼亡詞,如趙秀亭與馮統一所言:

> 元稹〈離憶〉詩,乃悼亡妻之作。李商隱〈錦瑟〉詩,雖多聚訟,論者亦大半作悼亡視之(性德文友朱彝尊亦持是解)。此闋多用元、李成句,又有「零落鴛鴦」辭,則為悼亡詞無疑。〔註45〕

胡旭亦將此闋詞定義為悼亡詞;但也有學者持反面論點,主張此闋詞應為愛情詞而非悼亡詞,因為容若的好友顧貞觀也有一闋〈采桑子〉,與此闋同韻且句意多相似:

> 分明抹麗開時候,琴靜東廂。天樣紅牆,祇隔花枝不隔香。
> 檀痕約枕雙心字,睡損鴛鴦。孤負新涼,淡月疏櫺夢一場。
> （頁40）

〔註43〕轉引自卓清芬:《納蘭性德文學研究》,頁135。
〔註44〕劉德鴻著:《清初學人第一:納蘭性德研究》(北京:中國社會科學,1997年),頁395～396。
〔註45〕趙秀亭、馮統一箋校:《飲水詞箋校》,頁40。

張任政云：「觀上二首，咏事則一，句意又多相似，如謂容若詞為悼亡妻作，則閨閣中事，豈梁汾所得言之。」〔註46〕張任政認為夫妻間情事，外人本不方便論之，因此這闋詞作為追憶情人的愛情詞來說較為合理，張秉戌也偏向此說。

另有一闋〈虞美人〉似為盧氏又似為「謝娘」而作：

> 銀床淅瀝青梧老，厭粉秋蛩掃。采香行處蹙連錢，拾得翠翹何恨不能言。
>
> 迴廊一寸相思地，落月成孤倚。背燈和月就花陰，已是十年蹤跡十年心。（頁 24）

「已是十年蹤跡十年心」的追憶口吻與「十一年前夢一場」相類，且有研究者以為「采香行處蹙連錢，拾得翠翹何恨不能言。迴廊一寸相思地，落月成孤倚。」正是《賃廡賸筆》中「而宮禁森嚴，竟不能通一語」之情景。容若在其他詞作中亦提到了這個「迴廊」，試看〈減字木蘭花〉：

> 相逢不語，一朵芙蓉著秋雨。小暈紅潮，斜溜鬟心只鳳翹。
>
> 待將低喚，直為凝情恐人見。欲訴幽懷，轉過迴闌扣玉釵。
>
> 〔註47〕（頁 157）

詞牌〈減字木蘭花〉又名〈木蘭香〉、〈天下樂令〉。張草紉將詞中「相逢不語，一朵芙蓉著秋雨。」、「欲訴幽懷，轉過迴闌扣玉釵。」合理地解釋成容若與「謝娘」在宮中相會的場景：二人於宮廷迴廊中重逢，

〔註46〕張任政著：〈納蘭性德年譜〉，收錄於賈貴榮、耿素麗編：《名人年譜（六）》（北京：國家圖書館，2010 年），頁 938。但趙秀亭反對這個說法，他認為「代悼亡」一事古來有之，顧貞觀也有其他和容若悼亡之作：「然檢梁汾詞，其和容若悼亡之作，非只一闋。如〈金縷曲·悼亡〉：『好夢而今已……』此為和容若〈金縷曲·亡婦忌日有感〉詞也。按，作詩而言涉他人閨閣者，古已有之。所謂『代贈』、『代悼亡』，世世累見，原不足詫。至明清之際，為他人賦悼亡之章，乃文士一時習尚。」（趙秀亭：〈納蘭叢話（續）〉，《承德民族師專學報》第 4 期（1998 年 11 月），頁 4。）

〔註47〕據趙秀亭、馮統一考據，本闋詞在清陳焯《精選國朝詩餘》中，「轉過迴闌扣玉釵」一句作「選夢憑他到鏡臺」，由「選夢」一詞可知創作對象其實為沈宛。（趙秀亭、馮統一箋校：《飲水詞箋校》，頁 370。）

但宮中到處有侍衛把守，不得逾矩，二人只能默然擦肩而過，在轉過迴廊彎處之前，「謝娘」以玉釵輕敲欄杆，作為最後的回應。〔註48〕此說法緣《賃廡剩筆》而起，以「宮中會情人」的預設前提去詮釋，缺乏更有力的佐證，僅可稍作一觀。筆者以為〈采桑子〉與〈虞美人〉雖不能斷定為愛情詞或悼亡詞，然而此二詞與其他悼亡詞痛徹心扉的語調差異甚大，像是緬懷過去留下的某種遺憾，而不是痛失愛侶的悲泣。由於納蘭詞中許多詞作的時間軸不明，歷來難有定論，故筆者暫將此二詞視為愛情詞，不在悼亡詞作中討論。

（二）側室顏氏

在娶正室以前，容若納有一側室顏氏，然而顏氏出身低微，史料鮮有記載，僅能得知容若的長子富格乃顏氏所出。張草紉推測：

> 據顏氏所生子富格生於康熙十四年推算，性德納顏氏可能在十二、十三年之間。十二年春性德因患寒疾未參加殿試，失去了科舉制中最好的一次晉升機會，心中很抑鬱。況且年已屆婚齡，明珠夫婦欲為他娶妻，可能一時找不到門當戶對的合適人選，於是先為他納一侍妾，以慰其孤寂，並且照料他的生活。〔註49〕

但容若的詞作中卻甚少提及顏氏，似乎感情不深厚，且富格的碑文中曾提及顏氏過著儉樸的生活，膝下獨子是她的精神慰藉，趙殿最（生卒年不詳）〈富公神道碑〉〔註50〕：「公為顏氏太夫人所出，生而穎異，篤好圖史……顏太夫人苦節持家，茹荼集蓼，賴前膝有此佳兒，差以自慰，然公愈自檢束，色養謹謹，不敢恃愛稍有放佚也……」納蘭氏乃豪門顯貴，顏氏嫁給容若為何沒能過上富家太太的生活，還必須「苦節持家，茹荼集蓼」？這可以從〈翦梧桐‧自度曲〉中解釋一二：

> 新睡覺，正漏盡、烏啼欲曉。任百種思量，都來擁枕，薄衾

〔註48〕張草紉箋注：《納蘭詞箋注》，頁441。
〔註49〕張草紉箋注：《納蘭詞箋注》，頁7。
〔註50〕全名為〈皇清誥贈光祿大夫提督直隸總兵官都督同知管轄通省兵丁節制各鎮富公神道碑文〉。

顛倒。土木形骸，分甘拋擲，只平白佔伊懷抱。聽蕭蕭一翦
梧桐，此日秋聲重到。

若不是憂能傷人，甚青鏡、朱顏易老。憶少日清狂，花間馬
上，軟風斜照。端的而今，誤因疏起，卻懊惱、殢人年少。

料應他此際聞眠，一樣積愁難掃。（頁491～492）

〈翦梧桐〉為容若自己譜寫的詞牌，自制曲調，更能貼近作詞人所要
表達的情感。趙秀亭、馮統一解道：「此闋似為薄情少恩、貽誤女子青
春而生悔。」〔註51〕詞中多處流露懊悔之意。「只平白佔伊懷抱」寫
自己雖身為顏氏的丈夫，卻忽視冷落顏氏多年，夫妻之間徒有名份；
「若不是憂能傷人，甚青鏡、朱顏易老。」紅顏易老，何況憂能傷人，
這些年虛擲的光陰對顏氏傷害之大不言而喻；「卻懊惱、殢人年少。」
對自己疏於關照顏氏，平白誤人青春而表達歉疚。而今忽然思量起對
顏氏的虧欠，已令自己薄衾顛倒、輾轉難眠，想必別居在他處的顏
氏，此時也是懷著滿腹愁緒而眠。

趙秀亭、馮統一云：「十四年，顏氏產容若長子富格，顏氏長期
別居海淀雙榆樹，性德眷顧甚少。」〔註52〕容若居住在位於北京市西
城區的明珠府邸，顏氏卻長居在位於北京市海淀區的別院，相隔約8
公里，在交通不發達的情況下，這段距離已經是不短的路程。顏氏一
生中未曾受到丈夫鍾愛，她的心中是否存在怨懟，如今已不可得知；
容若雖對顏氏缺乏感情基礎，但本性純良的他，對這位眷顧甚少的妻
子抱著歉疚之情，他感悟到韶華易逝，顏氏為他耽誤的青春年歲，已
往者不可諫。顧貞觀曾在納蘭詞的序言說：「非文人不能多情，非才
子不能善怨。」〔註53〕這是容若的多情處，他自責年少時的薄情貽誤
紅顏，為此感到懊悔；不知多年後在喪妻的悲慟中寫下「人到情多情
轉薄，而今真箇悔多情。」（〈山花子〉）〔註54〕的他，是否會懷念起

〔註51〕趙秀亭、馮統一箋校：《飲水詞箋校》，頁431。
〔註52〕趙秀亭、馮統一箋校：《飲水詞箋校》，頁431。
〔註53〕轉引自張秉戌箋注：《納蘭詞箋注》，頁517。
〔註54〕葉嘉瑩主編、張秉戌編著：《納蘭性德詞新釋輯評》，頁88。

年少輕狂的時候呢？

（三）正室盧氏

徐乾學〈納蘭君墓誌銘〉曰：「配盧氏，兩廣總督、兵部尚書、都察院右副都御史興祖之女，贈淑人，先君卒。」〔註55〕容若的元配盧氏為兩廣總督盧興祖（？～1667）之女，康熙十三年（1674）盧氏十八歲時歸容若，葉舒崇（？～1678）〈皇清納臘氏盧氏墓誌銘〉：「年十八，歸於同年生成德，姓納臘氏，字容若。烏衣門巷，百兩迎歸；龍藻文章，三星並咏。」〔註56〕與顏氏不同，盧氏出身於官宦之家，這是一門門當戶對的親事。根據記載，盧氏性格婉約嫻靜、能通詩書，〈盧氏墓誌銘〉：「夫人生而婉孌，性本端莊，貞氣天情，恭客禮典。明璫珮月，即如淑女之章；曉鏡臨春，自有夫人之法。幼承母訓，嫻彼七襄；長讀父書，佐其四德。」〔註57〕盧氏不僅治家有道，且知書達禮，與容若有共同話題，能一起談論詩書、詩詞唱和，因此深得容若喜愛。〈浣溪紗〉一詞展露了新婚夫妻的甜蜜：

> 十八年來墮世間，吹花嚼蕊弄冰弦。多情情寄阿誰邊。
>
> 紫玉釵斜燈影背，紅綿粉冷枕函偏。相看好處卻無言。（頁142）

此闋詞的釋義有二：一說認為此詞的寫作對象是盧氏，因盧氏出閣時正好十八歲，故此詞應作於容若與盧氏新婚之際，如張草紉、張秉成皆贊同此說法；另一說則認為此詞的寫作對象是姜室沈宛，因「吹花嚼蕊」語出自李商隱〈柳枝詞序〉，謂一歌妓柳枝，吹葉嚼蕊作幽怨之音、〔註58〕「紫玉釵」詞出自《霍小玉傳》，〔註59〕這兩個作品的

〔註55〕〔清〕納蘭性德撰：《通志堂集》，頁591。

〔註56〕轉引自張秉成箋注：《納蘭詞箋注》，頁513。

〔註57〕轉引自張秉成箋注：《納蘭詞箋注》，頁513。

〔註58〕李商隱〈柳枝詞序〉：「柳枝，洛中里孃也……生十七年，塗妝綰髻未嘗竟。已復起去，吹葉嚼蕊，調絲擪管，作天海風濤之曲，幽憶怨斷之音。」（葉嘉瑩主編、張秉成編著：《納蘭性德詞新釋輯評》，頁63。）

〔註59〕《霍小玉傳》：「曾令侍婢浣沙將紫玉釵一隻詣侯景先家貨之。路逢內

主角皆妓子，而沈宛在歸容若前亦是當時著名樂妓，故推斷此詞為沈宛而作，趙秀亭與馮統一支持此說。筆者以為趙氏與馮氏因「吹花嚼蕊」、「紫玉釵」二處，斷言此闋詞為沈宛而作，未免稍稍牽強；據容若詞記述，盧氏亦擅音律，且盧氏十八歲時適容若，與「十八年來墮世間」一句相合，故筆者認為此闋詞較為可能作於容若與盧氏新婚之際。

　　盧氏卒於婚後三年，時年二十一，根據〈盧氏墓誌銘〉：「康熙十六年五月三十日卒，春秋二十有一。生一子海亮。」〔註60〕「產同瑜珥，兆類羆熊。乃膺沉痼，彌月告凶。」〔註61〕可知盧氏因產子後身體虛弱，久病不癒，一月後病逝。盧氏是否真有一子名海亮？歷來也是眾說紛紜，海亮之名僅見於〈盧氏墓誌銘〉，其他如容若的墓誌銘、祭文等，皆未提及海亮。徐乾學〈納蘭君墓誌銘〉：「男子子二人，福哥。女子子一人，皆幼。」〔註62〕、韓菼（1637～1704）〈通議大夫一等侍衛進士納蘭君神道碑銘〉：「子二，長曰福哥，次曰某；女二，俱幼。」〔註63〕此二則碑銘皆云容若有二子，長子福哥即顏氏之子富格，次子之名卻被隱去；徐乾學與韓菼身為容若的師長、朋友，若容若與盧氏有一子海亮，怎麼會不提其名？因此學者們便產生各種推測：劉德鴻（1939～）認為海亮早夭，尚未敘齒排行便夭殤，因此徐、韓等人在撰寫墓誌銘時便隱去不提；〔註64〕邵鳴則猜測或許海亮即是富格？因盧氏與顏氏在數十年後被「並誥贈一品夫人」，「並誥」二字並不尋常，可見盧氏在世時善待顏氏母子，邵鳴推度盧氏本身未有子嗣，可能收養了富格，使他由庶子變為嫡子，因此〈盧氏墓誌銘〉

作老玉工，見浣沙所執，前來認之曰：『此釵吾所作也。昔歲霍王小女將欲上鬢，令我作此，酬我萬錢，我嘗不忘。汝從何而得？』」（轉引自葉嘉瑩主編、張秉戌編著：《納蘭性德詞新釋輯評》，頁63。）

〔註60〕轉引自張秉戌箋注：《納蘭詞箋注》，頁513。
〔註61〕轉引自張秉戌箋注：《納蘭詞箋注》，頁514。
〔註62〕〔清〕納蘭性德撰：《通志堂集》，頁589。
〔註63〕〔清〕納蘭性德撰：《通志堂集》，頁596。
〔註64〕劉德鴻著：《清初學人第一：納蘭性德研究》，頁427。

才會有「生一子海亮」之說；〔註65〕而〈明珠墓誌銘〉更清楚地記載了容若其實有三子：「孫五人：長福哥，早卒；次富爾敦，康熙三十九年進士；次福森，皆性德出；次永壽，次永福，皆揆方出。」目前已知福哥為顏氏之子、富森為遺腹子，為沈宛所生，後文再提；僅富爾敦不知生母何人？金寶森推算：「富格之弟富爾敦，於康熙三十九年（1700）中進士。進士年齡一般應在 18 歲以上。推測其出生時間應在盧氏卒年前後，此人或是海亮歟？」〔註66〕筆者認為劉氏、金氏之說皆有其依據，邵氏之說卻純屬臆測，以富格碑文與顏氏誥命推斷海亮即富格，著實太過附會。按〈明珠墓誌銘〉：「孫女四人：長適翰林院侍講高其倬，次適翰林院侍講學士年羹堯，次適馬喀納，皆先卒，次未字，皆性德出。」容若有四女，徐乾學、韓菼卻僅提其中一二；四女中的三女皆出嫁後才殞歿，若海亮因夭殤而被掩去其名，其他二女又為何？故筆者更偏向金氏之說，盧氏卒於康熙十六年（1677），而富爾敦在康熙三十九年（1700）中進士，若富爾敦即為海亮，推算富爾敦這時約二十三歲，此年紀中進士很是合理。

由於諸家記載不一，容若子嗣的問題極難考證，富爾敦究竟是否為盧氏所生也未有定論。但我們從容若為盧氏作的大量悼亡詞可以知道，無論盧氏有沒有子嗣，她都是容若付出了最多感情、愛得最刻骨銘心的一位女子。

（四）繼室官氏

盧氏病歿後約莫三年，明珠作主為容若續弦官氏。徐乾學〈納蘭君墓誌銘〉云：「繼室官氏，某官某之女，封淑人。」〔註67〕韓菼〈納蘭君神道碑銘〉亦云：「繼官氏，封淑人，某官某之女。」〔註68〕據

〔註65〕 邵鳴：〈納蘭容若妻室與子嗣問題〉，《納蘭性德研究論叢：《河北民族師範學院學報》納蘭性德研究專欄三十年選集》，頁 66～67。

〔註66〕 金寶森：〈試釋關於納蘭性德的幾個謎〉，《納蘭性德研究論叢：《河北民族師範學院學報》納蘭性德研究專欄三十年選集》，頁 49。

〔註67〕 〔清〕納蘭性德撰：《通志堂集》，頁 589。

〔註68〕 轉引自張秉成箋注：《納蘭詞箋注》，頁 514。

劉德鴻考證，官氏其實不姓官，而是瓜爾佳氏的漢譯簡稱；瓜爾佳氏
又譯作官爾佳氏，因此被簡稱為官氏或關氏。〔註69〕官氏出身顯赫，
官氏父親為瓜爾佳‧輝塞，承襲一等公爵之位；〔註70〕母親為清太宗
皇太極第十女；而瓜爾佳氏亦是滿族八大姓之一。劉德鴻說：「官氏
出生於王公之家，自幼嬌生慣養，任性擺譜兒，很難和納蘭性德相敬
如賓、感情融洽。」〔註71〕他稱這段婚姻完全出自雙方家長的利益結
合，並不符合容若的心意，帶給容若的是苦惱與哀傷。但容若因任侍
衛而扈駕宸遊、出使塞外時，也寫過不少思念官氏的詞作，如〈於中
好〉：

> 別緒如絲夢不成，那堪孤枕夢邊城。
> 因聽紫塞三更雨，卻憶紅樓半夜燈。
> 書鄭重，恨分明，天將愁味釀多情。
> 起來呵手封題處，偏到鴛鴦兩字冰。（頁 339）

詞牌〈於中好〉又名〈鷓鴣天〉、〈思佳客〉、〈思越人〉、〈醉梅花〉、〈剪
朝霞〉、〈驪歌一疊〉。此闋詞或作於康熙二十一年，容若奉命覘梭龍

〔註69〕劉德鴻：〈官氏與沈宛〉，《納蘭性德研究論叢：《河北民族師範學院學
　　　報》納蘭性德研究專欄三十年選集》，頁 53。
〔註70〕官氏之父乃瓜爾佳‧輝塞一說係劉德鴻提出，劉氏在〈官氏與沈宛〉
　　　一文中進行了深入的考證。近年出土的〈皇清通議大夫一等侍衛佐領
　　　納蘭君墓誌銘〉云：「繼室官氏，光祿大夫、少保、一等公□□□之
　　　女，封淑人。」關鍵名字被人抹去，於是劉氏從「瓜爾佳氏」與「一
　　　等公」二處入手；在容若生前符合此二條件的只有圖賴與鰲拜兩家，
　　　鰲拜在康熙八年（1669）被革爵治罪，直至容若與官氏成婚時都未恢
　　　復爵位，因此只有圖賴一系完全符合，最後推算出官父應為圖賴長子
　　　輝塞。陳桂英在〈納蘭性德墓誌銘校讀與索解〉中卻提出不同看法，
　　　後來的抄本補全了碑名缺失的名字——「朴爾普」，雖是譯名，但輝
　　　塞也與之不夠吻合；且輝塞卒於順治八年（1651），官氏再怎麼晚出
　　　生，嫁給容若時都已超過25歲了，身為貴族之女卻到這個年紀才出
　　　嫁，實在有些不可思議。因此陳氏推測輝塞的弟弟瓜爾佳‧頗爾盆更
　　　有可能是官氏之父，頗爾盆在輝塞死後承襲其爵位，且「頗爾盆」與
　　　「朴爾普」的讀音十分相近。然而陳氏坦言尚未有更有力的證據證明
　　　輝塞並非朴爾普，因此筆者仍採劉氏之說。
〔註71〕劉德鴻：〈官氏與沈宛〉，《納蘭性德研究論叢：《河北民族師範學院學
　　　報》納蘭性德研究專欄三十年選集》，頁 56。

之時,詞中描寫了詞人離家萬里,與妻子分隔兩地的孤寂心境。與妻子分別後夜夜孤枕難眠,夜半三更的冷雨聲,令他不禁掛念起家中的樓閣與燈火。下片云詞人提筆寫下相思離愁,「鴛鴦」原本象徵著美滿幸福的夫妻,但自己如今形單影隻,看見「鴛鴦」二字卻勾得內心更加淒冷。此闋詞可看出容若仍對官氏抱有深厚的懷戀,除此之外尚有:「獨客單衾誰念我,曉來涼雨颼颼。緘書欲寄又還休,箇儂憔悴,禁得更添愁。」〔註72〕(〈臨江仙・永平道中〉)、「多情不是偏多別,別為多情設。蝶夢百花花夢蝶。幾時相見,西窗剪燭,細把而今說。」〔註73〕(〈青玉案・宿烏龍江〉)、「銷不盡,悲歌憶。勻不盡,相思淚。想故園今夜,玉闌誰倚。」(〈滿江紅〉)等十數闋,足見容若與官氏也是琴瑟和鳴。

(五)妾室沈宛

　　除了撲朔迷離的初戀情人謝娘,最令學者們反覆爭論是否確有其人的,便是容若生前最後納的妾室沈宛了。《眾香詞》記載:「沈宛,字御蟬,烏程人。適長白進士容若,甫一年有子,得母教《選夢詞》。」〔註74〕按,《眾香詞》編者徐樹敏為徐乾學之子,徐家與納蘭家親近,其言應當可信。沈宛當時在江南一帶是頗負盛名的樂妓,通音律且工詩詞,著有詞集《選夢詞》。沈宛的芳名傳到了容若耳裡,容若在一封寄給顧貞觀的書簡裡,特意請託同為江南人的顧貞觀為他留意一二:

> 望前附一緘於章藩處,計應徹覽。弟比日與漢槎共讀《蕭選》,頗娛岑寂,祇以不對野王為悒悵耳。……項聞峰泖之間頗饒佳麗,吾哥能泛舟一往乎?前字所言半塘、魏叟兩處如何,倘有便郵,即以一緘相及。杪夏新秋,準期握手。又聞琴川沈姓有女頗佳,亦望吾哥略為留意。願言縷縷,嗣之

〔註72〕葉嘉瑩主編、張秉成編著:《納蘭性德詞新釋輯評》,頁272。
〔註73〕葉嘉瑩主編、張秉成編著:《納蘭性德詞新釋輯評》,頁343。
〔註74〕徐樹敏、錢岳選:《眾香詞・書集》,頁11。

再郵。不盡。鵝梨頓首。〔註75〕

琴川沈姓女指的便是沈宛，容若傾慕沈宛美名，希望能透過顧貞觀的幫忙結識佳人。康熙二十三年（1684）九月二十八日至十一月二十九日，康熙帝南下巡視，容若在得知這個消息後，再次寄信給顧貞觀：

> 中秋後曾於大恩僧舍以一函相寄，想已入覽矣。……吾哥所識天海風濤之人，未審可以晤對否？弟胸中塊磊，非酒可澆，庶幾得慧心人以晤言消之而已。淪落之餘，方欲葬身柔鄉，不知得如鄙人之願否耳。〔註76〕

而顧貞觀也不負所托，康熙二十三年秋季，〔註77〕容若在顧貞觀的牽線下，在江南與沈宛相識。

不僅佳人的才名令容若心馳神往，沈宛亦久聞容若才華橫溢；才子與佳人一見傾心，很快地墜入情網。自盧氏歿後，容若好不容易再度遇見令他傾心相待的女子。據〈納蘭性德行年錄〉考證，沈宛在康熙二十三年（1694）九月隨顧貞觀入京，同年十二月容若納其為妾室，容若之友陳見龍（生卒年不詳）有一闋〈風入松·賀成容若納妾〉可證確有其事：

> 佳人南國翠蛾眉。桃葉渡江遲，畫船雙槳逢迎便，細微見高閣簾垂。應是洛川瑤璧，移來海上瓊枝。

〔註75〕轉引自趙秀亭、馮統一箋校：《飲水詞箋校》，頁523。

〔註76〕轉引自趙秀亭、馮統一箋校：《飲水詞箋校》，頁524。此書簡被上海圖書館《詞人納蘭容若手簡》歸為致嚴繩孫，但內容卻不吻合，應為誤植。

〔註77〕二人結識的時間也素有爭議。一般認為容若應該是扈從康熙帝南巡時，途經江南與沈宛結識。劉德鴻在〈官氏與沈宛〉中提出異議，根據容若一些關於江南的詞作，詞中所描寫的季節應是夏季而非南巡的秋季，因此劉氏認為容若應該還有一次私人的江南行，並在此時結識沈宛。馮統一則不贊同這種說法，他在〈管窺蠡測說納蘭〉中論及「私行江南」一事不大可能，容若身為大內侍衛，如何能夠不奉詔命私自離京？就連扈駕康熙南巡時，要擅離職守去私會紅顏也是有困難的；因此趙秀亭與馮統一認為，是顧貞觀帶沈宛前往北京，容若在南巡結束歸京後與她相識的。

何人解唱比紅兒，錯落碎珠璣。寶釵玉臂樗蒲戲，黃金釧，
么鳳齊飛。瀲灩橫波轉處，迷離好夢醒時。

俞兆曾（生卒年不詳）為悼容若而作的挽詞亦有提及，〈洞仙歌〉：

靈衹何意，送謫仙歸去，尋徧蓬萊舊時侶。歎飄飄高舉後，
假翼難登，凝雲散，何自要迴天路。

依然闌檻外，柳碧花香，簾鎖清陰鎮如許。問新來、倚牀選
夢，側帽微歌，淒涼付、一霎西窗風雨。已璧毀柯摧涕霑襟，
忍想到、山前白楊零語。〔註78〕

俞氏將容若《側帽詞》〔註79〕與沈宛《選夢詞》並提，說明二人確實
有婚姻關係。然而天不從人願，他們碰上了最大的難題──滿漢身
分之差。清代有「旗民不通婚」的不成文規矩，滿族人甚少與外族人
結親；容若身為滿州八旗貴族後裔，沈宛卻只是一位平凡的漢人女
子，連漢軍八旗都搆不上，更有甚者，沈宛還是一位「女校書」；兩人
的身份地位有如雲泥之別，注重門面的明珠怎麼會容許這樣卑微的
女子進納蘭家門？容若雖欲正式迎娶沈宛，但一方面有通婚禁令，另
一方面父命難違，兩人的戀情始終得不到認可。有人揣測沈宛最後告
別容若，回到江南生活；也有人認為沈宛在容若病逝後才離開……康
熙二十四年（1685），沈宛生下容若的遺腹子富森，但沈宛的行蹤隨
著容若的逝去成謎，當時的人大抵不會在意一介漢人歌女最終的歸宿
在哪裡。

沈宛的詞集《選夢詞》現已佚失，僅存五闋收錄於《眾香詞》，
〔註80〕我們只能從沈宛詞作透露出的怨抑，一窺這位薄命女子的愁
苦心緒。試看〈朝玉階・秋月有感〉：

惆悵淒淒秋暮天。蕭條離別後，已經年。烏絲舊詠細生憐。
夢魂飛故國、不能前。

〔註78〕〔清〕納蘭性德撰：《通志堂集》，頁 627。
〔註79〕容若生前曾出版詞集《側帽集》，取側帽風流之意；康熙十七年（1678）
　　　　顧貞觀與吳綺重新校訂納蘭詞，刊為《飲水詞》。
〔註80〕沈宛的五闋詞作詳見附錄三。

> 無窮幽怨類啼鵑。總教多血淚，亦徒然。枝分連理絕姻緣。
> 獨窺天上月、幾回圓。〔註81〕

詞中字字血淚，沈宛為了容若前往人生地不熟的京城，江南水鄉於她只能是「夢魂飛故國、不能前。」而後容若棄世，「枝分連理絕姻緣」連理枝斷姻緣絕，明月虧後尚且會盈，自己殘缺的生命卻能否再得圓滿？趙秀亭評道，與容若的愛情成就了沈宛，也帶給她無盡的悲苦：

> 沈宛的生平，除與成德有關的一段外，之前之後，都無可考知。從這點講，與成德的愛情悲劇也成就了她。存世的五首詞，都是這段生活的記錄。悲愴的血淚，無盡的幽怨，給她的詞增添了感人的力量，流傳至如今。在清代詞壇上，她的名字和成德緊連在一起，如一粒小小的明星，閃爍在成德這顆巨星的近旁。〔註82〕

在封建社會中，身分、命運給了愛侶們太多阻隔。多情善感的納蘭公子，幾度付出真心，卻始終求不得一個共度白首的對象。「國家不幸詩家幸，賦到滄桑句便工。」〔註83〕苦難造就偉大的詩人，坎坷的愛情史使容若寫出許多膾炙人口的愛情詞，人們沉浸在其抑鬱悲涼的情境中，苦其所苦。這些詞作帶領我們進入一代相國公子的人生，探究其生命脈絡。

　　筆者將容若的家庭概況整理為下圖，容若一共有三子四女，長子富格為顏氏所出，次子富爾敦為盧氏所出，幼子富森為沈宛所出，四女則不知生母為何氏：

〔註81〕徐樹敏、錢岳選：《眾香詞‧書集》，頁11。

〔註82〕趙秀亭：〈女詞人沈宛與納蘭成德〉，《滿族研究》第4期（1987年12月），頁39。

〔註83〕出自清趙翼〈題遺山詩〉：「身閱興亡浩劫空，兩朝文獻一衰翁。無官未害餐周粟，有史深愁失楚弓。行殿幽蘭悲夜火，故都喬木泣秋風。國家不幸詩家幸，賦到滄桑句便工。」

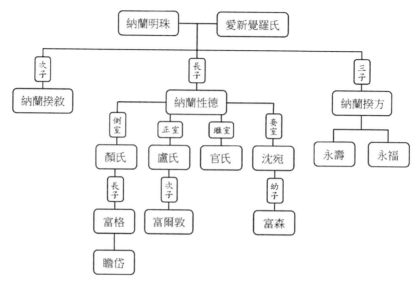

圖 4-1-1　納蘭性德家庭概況

第二節　納蘭性德的悼亡詞

一、「幾回偷拭青衫淚」——痛失愛妻

　　康熙十六年（1677）五月三十日，已經纏綿病榻一月餘的盧氏終究不敵病魔謝世。失去愛侶對容若造成了巨大的精神打擊，於是容若在悼亡詞中抒發刻骨的懷念與傷痛，《盧氏墓誌銘》曰：「於其歿後，悼亡之吟不少，知己之恨尤深。」〔註84〕直到容若殞命以前，他都不間斷地為盧氏創作悼亡詩，在盧氏歿後的前幾年，這段時期的悼亡詞尤為椎心泣血，最具代表性之作如〈青衫濕遍·悼亡〉：

　　　　青衫濕遍，憑伊慰我，忍便相忘。半月前頭扶病，剪刀聲、猶在銀釭。憶生來、小膽怯空房。到而今、獨伴梨花影，冷冥冥、盡意淒涼。願指魂兮識路，教尋夢也迴廊。
　　　　咫尺玉鉤斜路，一般消受，蔓草殘陽。判把長眠滴醒，和清淚、攪入椒漿。怕幽泉、還為我神傷。道書生薄命宜將息，

────────────
〔註84〕轉引自張秉成箋注：《納蘭詞箋注》，頁 513。

再休耻、怨粉愁香。料得重圓密誓，難禁寸裂柔腸。（頁35）

此闋亦為自度曲，按周之琦（1782～1862）《懷夢詞》題約：「道光乙丑余有騎省之威，偶效納蘭容若為此，雖非宋賢遺譜，其音節有可述者。」〔註85〕上半闋回憶過往，開頭即寫自己喪妻後悲慟之甚，眼淚浸滿衣衫。「半月前頭扶病」一句顯示此闋詞作於盧氏新亡半月，應是容若的第一闋悼亡詞；憶及半個月前，盧氏還強撐著病體在燈邊裁剪衣裳，剪刀清脆的聲響猶在耳旁，如今卻徒留自己孤燈殘影，守著滿室淒涼。盧氏膽子小，不敢獨自在待在房內，容若有一闋〈南鄉子·搗衣〉也提到了這件事：「支枕怯空房，且拭清砧就月光。」〔註86〕如此膽小的妻子，現在卻孤身赴黃泉，令容若心疼不已，他願為妻子的魂魄指引歸途，好讓她得以回到夢中聚首。下半闋抒發悽愴的心緒，並展現了對盧氏的深情。「玉鉤斜」為地名，位於今江蘇省揚州市江都區，相傳為隋煬帝葬宮人之地，代指盧氏停棺處；而今兩人一同禁受此處荒草斜陽之景，卻是幽明兩隔咫尺天涯。盼望自己的眼淚能夠把妻子喚醒，卻又擔憂她不得安息，在九泉下也為心碎的丈夫神傷；此處可見容若與盧氏深摯的感情，比起自己都更掛念對方的感受。最後容若回想起盧氏生前的諄諄叮囑，與夫妻間曾許下的深重諾言，如今再難實現，不禁悲從中來、肝腸寸斷。

此闋詞字字血淚，詞句中流露的情感動人至深，誠如顧貞觀所言：「容若詞，一種淒惋處，令人不能卒讀，人言愁我始欲愁。」〔註87〕雖然三年短暫如一瞬，但盧氏的身影已然烙印在家中的每一處，在初喪妻的階段，容若總在生活中的處處細節見到盧氏的影子，進而勾起無限愁思。在盧氏亡後的第一個中元節，容若寫下了〈眼兒媚·中元夜有感〉：

手寫香臺金字經，惟願結來生。蓮花漏轉，楊枝露滴，想鑒

〔註85〕轉引自葉嘉瑩主編、張秉戌編著：《納蘭性德詞新釋輯評》，頁36。
〔註86〕葉嘉瑩主編、張秉戌編著：《納蘭性德詞新釋輯評》，頁55。
〔註87〕葉嘉瑩主編、張秉戌編著：《納蘭性德詞新釋輯評》，頁529。

微誠。

欲知奉倩神傷極，憑訴與秋擎〔註88〕。西風不管，一池萍水，幾點荷燈。（頁126）

在這個民間最重要的祭祀節日，容若親手為亡妻抄寫佛經，冀望二人來生得以再續前緣。「蓮花漏」為一種銅製的計時器，形似蓮花；「楊枝露」為佛教中洗除眾生災厄業障的淨水，據傳有起死回生之效，二者皆與佛教有關。容若在夜裡抄經，希望上蒼能見證他的誠意，滴下楊枝露讓盧氏復生。「欲知奉倩神傷極」，荀粲之妻曹氏病故，荀粲為之傷神不已，一年後哀慟而亡，年僅二十九；〔註89〕據《三國志·荀彧傳》：「歷年後，婦病亡，未殯，傅嘏往唁粲；粲不哭而神傷。……痛悼不能已，歲餘亦亡，時年二十九。」〔註90〕容若自比為荀粲，二人皆為妻子的逝去悲痛欲絕。西風無情但人間有情，容若點燃荷燈置於池水上，希望這幾數盞荷燈能捎去他滿腔的思念；放荷燈為中元節祭祀習俗，人們在盂蘭盆會時燃放荷花型水燈於河上，千萬計的河燈漂浮在河面，象徵為亡魂指引明路。

　　佛教對容若有不小的影響，長年仕途不得志令他鬱悶，好不容易在盧氏身上尋得情感的歸屬，年少夫妻正是情深意濃之時，卻又驟然失去伴侶，雙重打擊使容若轉而往佛教尋求心靈寄託，容若自號「楞伽山人」由此之故。美國心理學家亞伯拉罕·馬斯洛（Abraham H. Maslow，1908～1970）曾提出著名的「需求層次理論」，馬斯洛將人類的需求分為五個層次，由低至高為：生理之需求、安全之需求、歸屬和愛之需求、尊敬之需求、自我實現之需求。當生理與安全的基本需求得到滿足時，人們才會轉往追求更高的層次，若一個人連溫飽都

〔註88〕歷來納蘭詞刊本不一：《通志堂集》刻作「秋擎」，光緒年間許增刊本刻作「秋檠」。張秉戌將「秋擎」解作「在秋日裡拱手跪拜」；張草紉則認為應作「秋檠」，「檠」乃燈架之意，「秋檠」即為秋燈。（張草紉箋注：《納蘭詞箋注》，頁373～374。）

〔註89〕詳見本文頁47～48。

〔註90〕楊家駱主編：《新校本三國志（一）》（臺北：鼎文，1997年），頁320。

成了問題，他不會在意尊嚴或理想等事情：

> 對於一個長期極度飢餓的人來說，烏托邦就是一個食物充
> 足的地方。他往往會這樣想，假如確保他餘生的食物來源，
> 他就會感到絕對幸福並且不再有任何其他奢望。生活本身
> 的意義就是吃，其他任何東西都是不重要的。自由、愛、公
> 眾感情、尊重、哲學，都被當作無用的奢侈品棄置一邊，因
> 為它們不能填飽肚子。〔註91〕

容若的原生家庭使他的生理及安全需求無虞，因此他更注重愛、尊
重與自我實現。在容若年少時期，他是標準的儒學者；容若潛心向
學、積極用世，有遠大的理想及抱負，企圖在政壇上有一番成就。馬
斯洛說：

> 也許看起來荒謬，但在一定意義上，需要的滿足是需要的
> 挫折的決定因素。這是因為甚至要到較低的優勢需要滿足
> 之後，較高的需要才會出現在意識中。……只有當一定量的
> 低級需要的滿足使他自己達到一個高度，這樣他的文明才
> 會足以使他在個人、社會和智力的更廣闊範圍內感受到挫
> 折。〔註92〕

馬斯洛對「挫折」的定義為「得不到所渴望的東西，一個願望或一種
滿足受到妨礙」，〔註93〕「剝奪」則是「奪去已擁有的」。容若與盧氏
的婚姻滿足了他的愛與歸屬需求，仕途之路是他追求的尊敬與自我實
現需求；但仕途上的不如意「挫折」了他的自尊與自我實現，愛妻的
死去「剝奪」了他的愛與歸屬。

　　儒家注重「生」遠甚於「死」，人只要在世時走在「仁義」的正
途上，便無所謂生命的長度，因此儒家不談人死後的去向或歸處。容
若或許不畏懼自己的死亡，卻無法釋懷妻子的消逝，因此他轉而尋求
佛教中的「生死輪迴」：妻子的魂魄在九泉之下仍有知、夫妻二人再

〔註91〕馬斯洛（A. H. Maslow）著，結構群編譯：《動機與人格》（臺北：結
　　　　構群，1991 年），頁 54。
〔註92〕馬斯洛著，結構群編譯：《動機與人格》，頁 99。
〔註93〕馬斯洛著，結構群編譯：《動機與人格》，頁 150。

結來生未了因……容若祈望在這些虛無縹緲的寄託之中獲得救贖。
《楞伽經》所言:「復生苦陰,生老病死、憂悲苦惱,如是諸患皆從愛
起。」〔註94〕佛教認為一切貪嗔痴皆因愛故,若能斷絕情根,便可脫
離俗世煩惱,張一民、李生亞說:

> 但是佛教認為男女之愛是生成煩惱的根基,如《楞嚴經》說
> 「汝愛我心,我憐汝色,以是因緣,經百千劫,常在纏縛。」
> 佛教雖不反對世上正常的男女之愛,但極力主張人們能從
> 情孽中解脫出來,所以說,納蘭性德為此求佛猶如「緣木求
> 魚」……〔註95〕

以心理學層面來說,宗教對人類有「心理治療」的作用,宗教信仰為
遭受挫折的人們建造了一個精神上的「烏托邦」。

除了〈眼兒媚〉之外,與佛教有關的悼亡詞還有數闋;在盧氏下
葬之前,其棺柩停於「雙林禪院」〔註96〕一年餘,容若多次入寺為盧
氏守靈,時有悼亡之作,〈憶江南‧宿雙林禪院有感〉作於盧氏逝世的
同年秋季:

> 心灰盡、有髮未全僧。風雨消磨生死別,似曾相識只孤檠,
> 情在不能醒。
> 搖落後,清吹哪堪聽。淅瀝暗飄金井葉,乍聞風定又鐘聲,
> 薄福薦傾城。(頁183~184)

首句即言心如死灰之感,喪妻後的他感到萬念俱灰,雖未剃度,但心
境上已與僧侶無異。前句雖言「心灰盡」的消極心理狀態,後句卻又
說「情在不能醒」,容若自知無法斬斷情根,對妻子的死仍舊難以釋
懷,終究是「未全僧」。下片顯示詞作於秋季,塑造出一幅蕭瑟之景

〔註94〕佛光大藏經編修委員會主編:《佛光大藏經‧唯識藏》(高雄:佛光,
2016年),頁104。

〔註95〕張一民、李生亞:〈經聲佛火兩淒迷——淺談納蘭性德對佛教的認
識〉,《納蘭性德研究論叢》:《河北民族師範學院學報》納蘭性德研究
專欄三十年選集》,頁539。

〔註96〕位於北京省海淀區阜城門外二里溝,初建於萬曆四年(1576)。(趙秀
亭、馮統一箋校:《飲水詞箋校》,頁331。)

——眼前是冽冽秋風灑落葉，待到風定，身後響起禪院鐘聲，引人產生空涼之感。最後容若怨嘆自己福淺，縱使身旁曾有愛人相伴，卻也逃不過生死相隔的命運。

同樣作於雙林禪院的還有一闋〈望江南・宿雙林禪院有感〉，此闋詞約作於盧氏歿後隔年春：

> 挑燈坐，坐久憶年時。薄霧籠花嬌欲泣，夜深微月下楊枝。
> 催道太眠遲。
> 憔悴去，此恨有誰知。天上人間俱悵望，經聲佛火兩淒迷。
> 未夢已先疑。（頁182）

容若在寂靜的夜裡倚燈而坐，遙想去年此時，他因貪看薄霧籠花、月下楊枝的美景，遲遲不願就寢，當時是盧氏催促他更深露重，應早點安歇。而體貼的妻子如今已棄他而去，留給自己滿腹遺恨，夫妻二人天上人間再難難相見，皆是淒悵。佛前的香火與隱隱傳來的誦經聲，讓人分不清自己究竟是夢是醒？眼前所見是真是幻？喪妻以來的痛苦會不會只是南柯一夢，抑或是蝶夢莊周？容若在此階段的狀態如同奧地利心理學家佛洛伊德（Sigmund Freud，1856～1939）敘述的「創傷」：「一個人由於遇到了足以動搖其生活基礎的創傷事件而完全停滯不前，進而對現在和將來不再發生任何興趣，永久地沉浸在對往事的回憶之中。」〔註97〕若長期耽溺過去的回憶，「固著」在這種創傷的狀態下，可能會成為「創傷性精神官能症」患者；佛洛伊德提到這類患者好發的病徵為：「創傷性精神官能症清楚地表明固著於創傷發生時的情境就是病源之所在，這些病人時常在夢中重複這種創傷的情境……」〔註98〕當然並非每個經歷過「創傷」的人都會發展成「創傷性精神官能症」，在家人、朋友的陪伴或開導下，大部分的人可以順利渡過這段時期；在盧氏離世後數年，容若已經能夠以相對平淡的

〔註97〕西格蒙德・佛洛伊德（Sigmund Freud）著，彭舜譯：《精神分析引論》（新北：左岸文化，2006年），頁315。
〔註98〕西格蒙德・佛洛伊德著，彭舜譯：《精神分析引論》，頁313。

心態追憶往昔，此部分於本章第二、第三節再談。

除了〈憶江南〉、〈望江南〉二闋在詞題中明確標明作於雙林禪院，趙秀亭主張還有三闋詞或為雙林禪院之作：「《飲水詞》中雙林寺守靈之作，尚有〈尋芳草・蕭寺記夢〉：『客夜怎生過。……』另如〈青衫濕・悼亡〉、〈清平樂・麝煙深漾〉等，疑亦為雙林寺作。」〔註99〕下錄此三闋詞，〈青衫濕・悼亡〉：

> 近來無限傷心事，誰與話長更？從教分付，綠窗紅淚，早雁
> 初鶯。
>
> 當時領略，而今斷送，總負多情。忽疑君到，漆燈風颭，痴
> 數春星。（頁39）

詞牌〈青衫濕〉又名〈人月圓〉，本闋詞約作於康熙十七年（1678）春。開頭抒發喪妻以來的心情，自盧氏亡故後，自己在夜裡愁緒滿懷，卻無人可訴說。憶起從前種種，處處可見妻子對自己的用心，只恨自己總是辜負了佳人深情。恍然間忽覺妻子似乎自泉下歸來，待靜下心後卻仍只見燈影搖曳，與痴痴數著漫天星斗的自己。再看〈尋芳草・蕭寺記夢〉：

> 客夜怎生過？夢相伴、倚窗吟和。薄嗔佯笑道，若不是恁淒
> 涼，肯來麼？
>
> 來去苦匆匆，準擬待、曉鐘敲破。乍偎人、一閃燈花墮，卻
> 對著琉璃火。（頁77）

本闋詞約作於康熙十七年（1678）七月，當是容若扈駕隨行時夜宿佛寺，夜裡在夢中與亡妻重聚的記夢之作。詞中描寫到妻子在夢中佯嗔質問自己：「若不是你心緒這般落寞，怎肯來與我相會？」宋培效認為容若選擇以詞的形式抒寫悼亡之情，讓他的作品達到完美的和諧：

> 詞中寫道，他們夫妻在夢中相會，妻子還「薄嗔佯笑道『若
> 不是恁淒涼，肯來麼』」。這種散文化的句式和語言，是多麼
> 真切生動地描繪了亡妻調侃的神態啊！如果用其他的文學
> 樣式如詩來表達，恐怕要困難得多。……納蘭詞充分發揮了

〔註99〕趙秀亭：〈納蘭叢話（續）〉（1998年11月），頁4。

詞特別適於抒情的長處。詞這種文學樣式或長或短的篇幅，
錯落有致的句式，諧婉頓錯的韻律和情韻悠揚的風致，更適
宜於表達他那種低回婉轉、迴腸蕩氣的思緒和纏綿悱惻的
兒女之情。〔註100〕

相較於詩，詞的格式更為自由；「薄嗔佯笑道」一句雖白話卻極為生
動，將妻子嗔怨的樣貌描繪得栩栩如生。下片感嘆好夢不長，夫妻在
夢中闊別重逢，本是難分難捨之際，卻不料晨鐘驚破美夢，妻子依偎
在身旁的情景如夢幻泡影般消失，睜眼之後陪伴身側的依舊只有青燈
佛火。上片寫夢中虛景，下片寫夢醒後的實景，原來美滿的場景皆是
虛幻，冷清孤寂才是必須面對的現實，強烈的對比令人倍感唏噓。張
秉成評價：「如蘇軾的名作〈江城子〉（十年生死兩茫茫）被認為是記
夢詞的典範之作。這裡的『蕭寺記夢』看來全可以與蘇詞相比，稱得
上是一篇頗具浪漫色彩的佳作。」〔註101〕瑞士心理學家卡爾‧榮格
（Carl G. Jung，1875～1961）宣稱夢境通常是有意識的心理補償：「夢
行為的主要內容，一如我前面所說的，是對意識立足方面之一定的片
面性、錯謬、偏差或類似缺陷的和諧一致的補償。」〔註102〕佛洛伊德
也說：「夢的工作主要在於把思想轉化成幻覺性的經歷。」〔註103〕佛
洛伊德指出潛意識的欲求滿足是夢的不變特性。〔註104〕以心理學層
面來分析，容若因愛妻的逝去感到痛苦不已，除了相思磨人，他認為
自己陪伴盧氏的時間太少，因此於心有愧；在這種心理狀態下，容若
時常會夢見盧氏生前美好的模樣，在夢境裡夫妻依然恩愛有加，俱是
笑語歡顏。這可以說是容若潛意識的投射，如奧地利心理學家阿德勒
（Alfred Adler，1870～1937）所說：「夢境所選擇的畫面、記憶和幻

〔註100〕 宋培效：〈論納蘭性德的悼亡詞〉，《納蘭性德研究論叢：《河北民族
　　　　 師範學院學報》納蘭性德研究專欄三十年選集》，頁 211。
〔註101〕 葉嘉瑩主編、張秉成編著：《納蘭性德詞新釋輯評》，頁 77～78。
〔註102〕 卡爾‧榮格（Carl G. Jung）著，楊夢茹譯：《分析心理學與夢的詮釋
　　　　 ——心理治療實務的基本問題》（苗栗：桂冠圖書，2007 年），頁 180。
〔註103〕 西格蒙德‧佛洛伊德著，彭舜譯：《精神分析引論》，頁 250。
〔註104〕 西格蒙德‧佛洛伊德著，彭舜譯：《精神分析引論》，頁 260～261。

想，在在都指向做夢者心之所向。」〔註105〕雙林禪院之作最後看〈清平樂〉：

> 麝煙深漾，人擁緱笙黱。新恨暗隨新月長，不辨眉間心上。
> 六花斜撲疏簾，地衣紅錦輕霑。記取暖香如夢，耐他一晌寒巖。（頁328）

詞中描寫道燃燒麝香的煙霧繚繞屋中，屋內的人穿著道袍式的大黱；「緱笙」出自周朝太子王子喬的典故，相傳王子喬羽化成仙，他曾乘白鶴在緱氏山巔上吹笙，故「緱笙」代指王子喬。怨艾日深，此愁既在眉間，也在心上。雪花飄落在門簾及地毯上，雖然身心俱感寒冷，但內心猶記曾與妻子共度的溫煦時光，因此能夠忍受此刻的嚴寒。此闋詞不是公認的悼亡詞作，趙秀亭言其與〈望江南·宿雙林禪院有感〉詞境相類，〔註106〕但張草紉、張秉戌、胡旭等學者皆未將其歸類在悼亡詞。

在納蘭詞中有很多記夢詞，其中悼亡之作不少，〈沁園春〉為代表性的一闋，詞序云：「丁巳重陽前三日，夢亡婦淡妝素服，執手哽咽，語多不復能記。但臨別有云：『銜恨願為天上月，年年猶得向郎圓。』婦素未工詩，不知何以得此也，覺後感賦。」〔註107〕此闋詞在現今箋注本有三種版本，張秉戌箋本如下：

> 瞬息浮生，薄命如斯，低徊怎忘。記繡榻閒時，並吹紅雨；雕欄曲處，同依斜陽。夢好難留，詩殘莫續，贏得更深哭一場。遺容在，只靈飆一轉，未許端詳。
> 重尋碧落茫茫。料短髮、朝來定有霜。便人間天上，塵緣未斷；春花秋葉，觸緒還傷。欲結綢繆，翻驚搖落，減盡荀衣昨日香。真無奈，倩聲聲臨笛，譜出迴腸。（頁43～44）

趙秀亭、馮統一箋本與此大致相同，末句「真無奈，倩聲聲臨笛，譜

〔註105〕阿爾弗雷德·阿德勒（Alfred Adler）著，吳書榆譯：《阿德勒心理學講義》（臺北：經濟新潮社，2015年），頁152。
〔註106〕趙秀亭、馮統一箋校：《飲水詞箋校》，頁253。
〔註107〕葉嘉瑩主編、張秉戌編著：《納蘭性德詞新釋輯評》，頁43。

出迴腸。」作「真無奈，把聲聲檐雨，譜出迴腸。」〔註108〕張草紉箋本如下：

> 瞬息浮生，薄命如斯，低徊怎忘。自那番摧折，無衫不淚；幾年恩愛，有夢何妨。最苦啼鵑，頻催別鵠，贏得更闌哭一場。遺容在，只靈飆一轉，未許端詳。
>
> 重尋碧落茫茫。料短髮朝來定有霜。信人間天上，塵緣未斷；春花秋月，觸緒堪傷。欲結綢繆，翻驚漂泊，兩處鴛鴦各自涼。真無奈，把聲聲檐雨，譜入愁鄉。〔註109〕

趙秀亭解釋箇中緣由：

> 性德傾心力作詞，每不憚修改。蔣氏《瑤華》所錄，大半有異徐本。徐本晚出，所據為再經琢潤之稿，故《通志堂集》多佳於《瑤華》。……然畫眉深淺，未必以刻意為工；著色太甚，偶或弄巧成拙，徐本亦非盡勝於《瑤華》。〈丁丑重陽前三日夢亡婦〉詞之煞拍，《瑤華》作「真無奈，倩聲聲檐雨，譜入迴腸」。燕地多秋霖，「檐雨」蓋為寫實，更有「夜雨滴空階」為聯想之語碼，不為不精切矣。《通志堂集》作：「真無奈，倩聲聲臨笛，譜出迴腸」，夜半聞笛，機會甚少，笛韻又恰作悲切之聲，且正適夢醒之際，求其可信固難矣。又將「入」換「出」，則吹笛者亦有喪妻之痛歟？〔註110〕

蔣氏《瑤華》為康熙二十五年（1686）刊印之蔣景祁（1646～1695）《瑤華集》，《通志堂集》為康熙三十年（1691）徐乾學校輯之版本。〔註111〕張秉戌評此闋詞悱惻纏綿、聲聲血淚，亦可與蘇軾〈江城子〉相媲美。〔註112〕能夠打動人心的作品，皆是「感於哀樂，緣事而發」，容若在詞序說明了此闋詞的創作原因：康熙十六年（1677）九月初六，距離盧氏離世已三月餘，當晚亡妻來到容若夢中，向他表訴衷

〔註108〕趙秀亭、馮統一箋校：《飲水詞箋校》，頁347。
〔註109〕張草紉箋注：《納蘭詞箋注》，頁312。
〔註110〕趙秀亭：〈納蘭叢話（續）〉，1994年，頁17。
〔註111〕張草紉箋注：《納蘭詞箋注》，頁15～16。
〔註112〕葉嘉瑩主編、張秉戌編著：《納蘭性德詞新釋輯評》，頁45。

情，二人「執手相看淚眼，竟無語凝噎」。臨別之際，亡妻留贈一句詩，但夢醒後的容若記起盧氏並不擅作詩，久久思索不得解，才寫下此闋詞。蘇纓評此闋詞好在結構，可分為八個過程：感嘆、回憶、記夢、尋夢、自傷、思念、心願與現實、嘆息，蘇纓云：「小令看才情，長調看功力。這首詞當真把〈沁園春〉這個長調詞牌的特點發揮到了極致。」〔註113〕詞中提到「夢好難留，詩殘莫續，贏得更深哭一場。」正是容若所感，好夢難留，妻子留下的詩句亦殘缺，自己能做的也只有在夜深人靜時痛哭一場。

　　法國醫學家莫瑞（L. F. Alfred Maury，1817～1892）曾說：「我們的夢實為我們之所見、所說、所欲、所為。」〔註114〕容若相信自己與盧氏塵緣未斷，即便是天上人間也不能阻絕他們的愛情；如佛洛伊德所說：「它（夢）的內容是一種欲求的滿足，而它的動機是一種欲求。」〔註115〕這便是「日有所思，夜有所夢」，深切的思念足以讓容若再再夢見亡妻，並在夢中彌補妻子生前的遺憾。至於為什麼素未工詩的盧氏在容若夢裡卻能作詩句？莫瑞說道：「不存在絕對合理的夢，夢中無不包含某些不連貫、年代不合或荒謬之處。」〔註116〕德國心理學家傑森（Peter Willers Jessen，1793～1875）也說：「夢的內容必定多少決定於夢者的人格，決定於他的年齡、性別、階級、教育水平和生活習慣以及決定於他在整個過去生活中的事件和體驗。」〔註117〕或許因為容若本身工於詩詞，他夢中的「妻子」連帶受到影響，才能夠贈詩句予容若。若是容若生於現代，能夠以心理學角度來釋夢，可能就不會有「不知何以得此也，覺後感賦。」的後續；但以心理學剖析詩詞自然是欠缺浪漫的，無論是容若抑或後世的讀者，大約都更願意相

〔註113〕蘇纓著：《一生最愛納蘭詞》（武漢：武漢出版社，2009 年），頁 30。
〔註114〕轉引自西格蒙德・佛洛伊德著，孫名之譯：《夢的解析》（臺北：左岸文化，2010 年），頁 83。
〔註115〕西格蒙德・佛洛伊德著，孫名之譯：《夢的解析》，頁 177。
〔註116〕轉引自西格蒙德・佛洛伊德著，孫名之譯：《夢的解析》，頁 123。
〔註117〕轉引自西格蒙德・佛洛伊德著，孫名之譯：《夢的解析》，頁 83～84。

信是盧氏泉下有知，前來夢中安慰哀傷的丈夫。

十月初五是盧氏的生辰，但今年以後再也無法共度生辰，容若感懷而作〈於中好・十月初四夜風雨，其明日是亡婦生辰〉：

> 塵滿疏簾素帶飄，真成暗度可憐宵。
>
> 幾回偷拭青衫淚，忽傍犀奩見翠翹。
>
> 惟有恨，轉無聊。五更依舊落花朝。
>
> 衰楊葉盡絲難盡，冷雨淒風打畫橋。（頁 49）

上片描寫盧氏的遺物，在一個幽靜冷清的夜裡，容若正覺寂寥而默默落淚，忽然又看見盧氏留下的妝奩與髮飾，被勾起無限悵恨，注定了這會是一個難以安眠的夜晚。轉眼間已是五更，天欲濛濛亮，屋外落花飄零依舊，張秉戌曰：「盧氏亡日正在陰曆五月落花時節，故云。」〔註 118〕末句以淒景烘托出悲情，楊柳樹已枝枯葉敗，柳絲卻如情思一般難盡；淒風冷雨拍打在橋上，如同自己的心境也這般冷冽。此闋詞情景交融，無論是盧氏的犀奩、翠翹，抑或屋外的衰楊、畫橋，本都是客觀的事物，無關乎情緒，但詞人的哀思感染了外在的事物，使人們讀來亦心有戚戚。胡旭說：「納蘭睹物傷情的悼亡詞很多，哀情本無關風月，然風月因人而有情，故每能觸發人心中的感情。」〔註 119〕在自然景物中，月亮最常作為詩人託物寓興的對象，千古詩人們往往望月懷遠，繼而產生諸多含有月亮意象的詩詞。試看一闋〈蝶戀花〉：

> 辛苦最憐天上月。一昔如環，昔昔都成玦。若似月輪終皎潔，不辭冰雪為卿熱。
>
> 無那塵緣容易絕。燕子依然，軟踏簾鉤說。唱罷秋墳愁未歇，春叢認取雙棲蝶。（頁 69）

詞牌〈蝶戀花〉又名〈鵲踏枝〉、〈黃金縷〉、〈卷珠簾〉、〈鳳棲梧〉等。詞的開頭寫道天上明月最為辛苦，一個月之中只有一天得以圓滿，其餘日子皆是殘月；此句寫月亦寫人，容若在盧氏生前因侍衛之職總須

〔註 118〕葉嘉瑩主編、張秉戌編著：《納蘭性德詞新釋輯評》，頁 49。

〔註 119〕胡旭著：《悼亡詩史》，頁 376。

隨帝出巡，夫妻之間聚少離多，一直是容若心頭最大的憾恨。下句再用荀粲典故，〔註120〕容若設想若明月能皎潔如一，天人永隔的夫妻能夠重回當初，自己一定會如荀粲一樣不懼冰雪刺骨，為盧氏帶去溫暖。張秉戍稱〈蝶戀花〉上半闋作為〈沁園春〉中亡妻臨別贈言（「銜恨願為天上月，年年猶得向郎圓。」）的回覆，若妻子真能成為照耀自己的滿月，他也必不畏廣寒陰冷。〔註121〕盛冬鈴稱讚上片：「真是深情人作深情語。」〔註122〕下片脫離幻想回到現實，「無那」為無奈、奈何之意，容若感嘆奈何塵緣亦斷，燕子卻依舊年年來往踏在簾鈎上；容若願化作花叢中的雙棲蝴蝶，與妻子再不分離。有別於上片，下片使用「秋墳鬼唱」、「化蝶雙棲」的意象，盛冬鈴云：「這又是傷心人作傷心語。」〔註123〕盛氏再評道：「下片一方面寫生者見燕子依然而悲嘆伊人永逝，另一方面又設想死者癡心尚存，猶羨飛蝶雙棲。所謂塵緣易絕，當理解為情根未斷。」〔註124〕

納蘭悼亡詞中多是未繫年之作，以下數闋未知創作年份，試看〈浣溪紗〉：

> 誰念西風獨自涼？蕭蕭黃葉閉疏窗。沉思往事立殘陽。
> 被酒莫驚春睡重，賭書消得潑茶香。當時只道是尋常。（頁140）

由「西風」、「黃葉」可知詞作於秋季，秋天蕭索之景特別容易勾起文人們心中的寂寞，如葉嘉瑩所說：

> 是黃落的草木驀然顯示了自然的變幻與天地的廣遠，是似水的新寒驀然喚起了人們自我的反省與內心的寂寞。這時，人們會覺得過去所熟悉的、所倚賴的一些事物在逐漸離去，逐漸遠逝。〔註125〕

〔註120〕詳見本文頁47～48、130。
〔註121〕葉嘉瑩主編、張秉戍編著：《納蘭性德詞新釋輯評》，頁70。
〔註122〕盛冬鈴著：《納蘭性德詞選》，頁62。
〔註123〕盛冬鈴著：《納蘭性德詞選》，頁62。
〔註124〕盛冬鈴著：《納蘭性德詞選》，頁63。
〔註125〕葉嘉瑩著：《清詞叢論》（北京：北京大學，2008年），頁293。

自然氣候的特質成為文人情感觸發的媒介，最後被深化為詩歌中的悲秋主題，王立指出：「秋，制約了審美主體的感知和體驗；正是悲秋寄寓了古往今來無數詩人作家的情感與哲思。」〔註126〕此闋詞開頭便奠定了全詞哀傷的基調，容若在深秋的清冷中問道：「誰念西風獨自涼？」「涼」字不僅是秋風寒涼，也是容若內心的淒涼；自愛妻走後，無人再對他噓寒問暖，他的生活起居還有誰掛念？容若倚在緊閉的窗邊，懷想起從前幸福的夫妻生活；「賭書消得潑茶香」化用李清照與趙明誠之典故，李清照曾自述：

> 余性偶強記，每飯罷，坐歸來堂烹茶，指堆積書史，言某事在某書某卷第幾葉第幾行，以中否角勝負，為飲茶先後。中即舉杯大笑，至茶傾覆懷中，反不得飲而起。〔註127〕

有研究者因此認為此闋詞所懷念對象應是沈宛，盧氏並不以才情著稱，而在容若一生的戀情中，能與他「賭書潑茶」的只有沈宛。然檢《盧氏墓誌銘》，其言：「長讀父書，佐其四德」、〔註128〕「綸扉聞禮，學海耽躬。同心罹勉，有婉其容」，〔註129〕盧氏生前同容若齊鑽研禮法與學問，互相勉勵，足見盧氏也是知書達禮，能與容若「賭書」也在情理之中。末句「當時只道是尋常」可謂全詞最為酸楚之處，從回憶的美好驟然回到現實，當時認為稀鬆平常的生活，如今看來都是奢侈。蘇纓有一段話寫得很美：「回憶是一座城，現實是另一座城，他猶豫再三，在連接現實與回憶的嘆息橋上進退維谷，處境艱難。」〔註130〕容若明知回憶使他痛苦，卻又不得不在空洞的生活中向過往尋求支撐的浮木。

　　時間無法倒流，「過去」對於人們來說是一種永恆的失去，容若

〔註126〕王立著：《中國古代文學十大主題——原型與流變》，頁135。
〔註127〕李清照：〈今石錄後序〉。（轉引自趙秀亭、馮統一箋校：《飲水詞箋校》，頁85。）
〔註128〕轉引自張秉戌箋注：《納蘭詞箋注》，頁513。
〔註129〕轉引自張秉戌箋注：《納蘭詞箋注》，頁514。
〔註130〕蘇纓、毛曉雯、夏如意著：《納蘭容若詞傳》（江蘇：江蘇文藝，2009年），頁178。

也曾想親手為盧氏留下畫像，試看〈南鄉子・為亡婦題照〉：

> 淚咽卻無聲，只向從前悔薄情。憑仗丹青重省識，盈盈。一
> 片傷心畫不成。
>
> 別語忒分明，午夜鶼鰈夢早醒。卿自早睡儂自夢，更更。泣
> 盡風簷夜雨鈴。（頁 50）

此闋詞題於盧氏畫像上，訴盡對亡妻的思念。「淚」字在納蘭詞中出現率極高，容若作詩填詞時從不掩飾他的苦與痛，故王國維盛讚其真切。根據研究者統計，納蘭詞中的感覺意象按照出現次數多寡，分別為「夢」、「愁」、「寒」、「香」、「淚」、「冷」、「恨」、「相思」，〔註 131〕其中「夢」字出現 118 次，「愁」字 90 次、「寒」字 84 次、「淚」字 65 次、「恨」字 39 次。〈金縷曲〉一詞中便使用了「恨」、「寒」、「夢」、「冷清」、「愁」、「苦」、「淚」等表達抑怨情緒的字詞，讀來分外悲涼。容若在這漫無邊際的悲痛中，自責昔日對盧氏不夠深情，想要為她再畫一幅畫像，下筆之前卻先落淚，最後是「一片傷心畫不成」。下片容若以「人生如夢」的概念寬慰自己，盧氏亡故是從人生的苦海中解脫，不像自己還在這苦海中浮沉，嚴迪昌對此闡明：

> 「卿自早醒儂自夢」也即對「人間無味」是否醒悟的表述。
> 詞人設想愛妻「早醒」（逝去）也就早離塵海、棄去無味之
> 人間，自己卻仍夢甓獨處其間，了無生趣。怨苦、怨懟轉生
> 出離世超塵的幻念，是古代文人通常謀求心態平衡、自我解
> 脫的藥劑。〔註 132〕

人間無味，不如隨妻子而去，在天願做比翼鳥，在地願為連理枝。研究者指出：「全詞以『淚』起筆，以『泣』作結，婉麗淒清，言淺意深。」〔註 133〕再看一闋〈減字木蘭花〉：

> 燭花搖影，冷透疏衾剛欲醒。待不思量，不許孤眠不斷腸。

〔註 131〕汪龍麟：〈試論納蘭詞的意象選擇〉，《納蘭性德研究論叢：《河北民族師範學院學報》納蘭性德研究專欄三十年選集》，頁 286。

〔註 132〕嚴迪昌著：《清詞史》（江蘇：江蘇古籍，1990 年），頁 282～283。

〔註 133〕〔清〕納蘭性德著：《納蘭詞》（成都：天地，2019 年），頁 209。

　　茫茫碧落，天上人間情一諾。銀漢難通，穩耐風波願始從。

（頁156）

容若在某個深夜裡被寒意驚醒，被衾已經涼透，燭影在牆上微微晃動，襯托出容若此刻紊亂的心緒。「待不思量，不許孤眠不斷腸。」面對傷痛的記憶，人們明知不刻意去回想就不會自我折磨，但多數人仍舊執著地再三翻開傷口，去探看裡面是否已經生出新肉。三個「不」字連用加重了詞句的聲韻，營造出一種銘心刻骨的孤獨與思念之感。「茫茫碧落，天上人間情一諾。」雖然碧落黃泉兩茫茫，容若仍冀望著若是信念夠堅定，夫妻二人來日將得以重逢；即便如牛郎織女一般被分隔在銀漢兩端，自己也能經得起時間考驗，不畏風波。

二、「又到斷腸回首處」──觸景傷情

　　中國自古以來極為重視傳統節日，春節、元宵、清明、端午、七夕、重陽、中秋等節日都是文人墨客筆下常見的主題，人們在這些節日裡舉行慶典或追思活動，濃厚的過節氛圍卻更容易勾起異鄉遊子、鰥寡孤獨者的憂鬱情緒。這種症狀放在現代可以稱作「節慶症候群」，眾人歡慶的氣氛映襯自己的孤獨，使人心理產生被孤立的壓力。納蘭詞中亦有不少悼亡詞緣節日而作，前一節所探討之〈眼兒媚・中元夜有感〉、〈於中好・十月初四夜風雨，其明日是亡婦生辰〉皆屬此類，本節將就納蘭悼亡詞中的「觸景傷情」、「睹物思人」二特徵進行探析。

　　〈蝶戀花〉屬重遊舊地之作：

　　又到綠楊曾折處。不語垂鞭，踏遍清秋路。衰草連天無意緒，雁聲遠向蕭關去。

　　不恨天涯行役苦，只恨西風，吹夢成今古。明日客程還幾許，霑衣況是新寒雨。（頁73）

此闋詞或作於康熙二十一年（1682）容若出塞時行經故地，舉目所見皆觸景傷情。上半闋寫景，容若在隨扈途中經過曾與盧氏同遊折柳之地，一時間往事佔據腦海，最後默默無語駕馬走過。下片云不恨行役

羈旅之苦，但恨西風無情，吹散了古往今來多少美夢，朱昆槐評道：

> 下片「不恨天涯行役苦，只恨西風，吹夢成今古。」在這首詞中，處於靈魂地位。流浪漂泊只是個人的感受，這種感受擴大到古今變遷、如夢一場的人類共同感，意義就大不相同了。作者在這裡看得很深入、很透徹，不是普通詞人所能達到的。〔註134〕

容若將個人的悼亡之情擴及到「古人今人若流水，共看明月皆如此」〔註135〕的時空層次，更能引人共鳴。

〈山花子〉二闋作於盧氏第一年忌辰：

> 風絮飄殘已化萍，泥蓮剛倩藕絲縈。珍重別拈香一瓣，記前生。
>
> 人到情多情轉薄，而今真簡悔多情。又到斷腸回首處，淚偷零。（頁88）

> 欲話心情夢已闌，鏡中依約見春山。方悔從前真草草，等閒看。
>
> 環佩只應歸月下，鈿釵何意寄人間。多少滴殘紅蠟淚，幾時乾。（頁88）

詞牌〈山花子〉又名〈攤破浣溪紗〉，第一闋寫殘敗的荷塘引發的懷人之情。開篇寫風吹落的柳絮落在池塘上化作浮萍，池中的蓮花被藕絲纏繞；離開前手中拈著一片花瓣，不禁又想起妻子生前歡愉的種種。下片語鋒一轉，向來不吝在詞中表白深情的容若一反常態，說出「人到情多情轉薄，而今真簡悔多情。」這番言詞，如晏殊（991～1055）〈玉樓春・春恨〉道：「無情不似多情苦。一寸還成千萬縷。」因為「多情卻被無情惱」，多情的人總容易受到傷害，喪妻後鬱鬱寡歡的容若不由得設想，作一個薄情的人是否就能免於這些痛苦呢？張秉成言：「這裡說自悔『多情』，其實並非真悔，而是欲尋求解脫愁懷的

〔註134〕朱昆槐選注：《春夢秋雲：詞選》（臺北：時報文化，2000年）。

〔註135〕出自李白〈把酒問月・故人賈淳令予問之〉：「青天有月來幾時？我今停杯一問之。……今人不見古時月，今月曾經照古人。古人今人若流水，共看明月皆如此。唯願當歌對酒時，月光長照金樽裡。」

淡語。」〔註136〕胡旭認為容若不僅善於賞景，也善賞情，這句詞正展現了容若對「情」絕高的悟性和賞鑑水平。〔註137〕第二闋寫夢醒時分失神恍惚的情緒，容若在夢中再遇盧氏，正欲向她傾訴這些日子的寂寞，夢卻已經到了盡頭，醒後只隱約記得妻子的眉似春山翠；此時不禁懊悔自己在盧氏生前總未留心相待，萬般歉疚皆已無從彌補。下片感嘆物是人非，盧氏的遺物一如往昔，她的芳魂卻只能在夜闌人靜時悄悄入夢；自己的眼淚如同紅燭蠟淚不斷落下，幾時方能乾？關永中表示：

> 愛的往還，包括了生離與死別。在生離中，我們尚可有一般互通訊息的方法，他日即使重逢渺茫，到底也不是完全沒有相會的餘地。但在死別中，情況卻徹底地改變，對方不再生活在現世的時物狀況中，致使我們在世間的重聚成為不可能。為此，愛者的死所引致的打擊是莫可明言的。在悲痛之餘，他的遺物、遺言、音容、往日同在的時光片斷，都突然變得珍貴起來。〔註138〕

容若在悼亡詞中一再表現出懷戀與追悔，尤其在重回舊地、目睹遺物時特別容易引起傷懷。美國心理學家華爾頓（J. William Worden，1932～）指出親人死亡所造成的悲傷會有幾個共通性現象，包括悲哀與憤怒、愧疚感、孤獨感、無助感、不真實感、幻覺等。〔註139〕死亡引起的愧疚感體現在生者容易陷入回想，反覆產生「早知如此，何必當初」、「為何過去不對他（逝者）好一點？」等念頭，將責任歸咎在自己身上，而華爾頓也提到這些愧疚感通常是非理性的。〔註140〕納蘭

〔註136〕葉嘉瑩主編、張秉戌編著：《納蘭性德詞新釋輯評》，頁88。
〔註137〕胡旭著：《悼亡詩史》，頁381。
〔註138〕哲學雜誌委員會編選：《生死與輪迴》（新北：業強，1994年），頁118～119。
〔註139〕J. William Worden 著，李開敏等譯：《悲傷輔導與悲傷治療》（臺北：心理，1995年），頁31～38。
〔註140〕J. William Worden 著，李開敏等譯：《悲傷輔導與悲傷治療》，頁32～33。

悼亡詞屢次出現這個特點，雖然人們向來津津樂道納蘭詞中的真摯與深情，但容若卻總是怪罪自己太過薄倖，這是喪親者普遍必經的過渡時期。

〈金縷曲・亡婦忌日有感〉是納蘭詞中頗具知名度的一闋，此闋詞亦為逢盧氏忌辰所創作之悼亡詞，此時距盧氏離世已三載：

> 此恨何時已。滴空階、寒更雨歇，葬花天氣。三載悠悠魂夢杳，是夢久應醒矣。料也覺、人間無味。不及夜臺塵土隔，冷清清、一片埋愁地。釵鈿約，竟拋棄。
>
> 重泉若有雙魚寄。好知他、年來苦樂，與誰相倚。我自中宵成轉側，忍聽湘弦重理。待結箇、他生知已。還怕兩人俱薄命，再緣慳、剩月零風裏。清淚盡，紙灰起。（頁 66）

詞牌〈金縷曲〉又名〈賀新郎〉、〈賀新涼〉、〈風敲竹〉、〈乳燕飛〉等。上片描寫喪妻三載以來的心情，三年來總是苦多於樂、餘恨不絕，時常感覺人間毫無樂趣，不如到九泉之下陪伴妻子。這長久的痛楚讓他懷疑自己是不是深陷夢中久不能醒，不由得埋怨妻子背棄了白頭偕老的誓約。下片幻想若是陰陽兩界能夠互通書信該有多好，如此就能得知妻子在幽冥過得如何、是否有人作伴。「忍聽湘弦重理」顯示此闋詞應作於再娶官氏之後，即使續弦，容若仍對盧氏念念不忘；電影《麥迪遜之橋》有一句臺詞：「這樣確切的愛，一生只有一回。」盧氏之於容若就是那一生中一次最深刻的愛，此後再無人可比擬。詞的最後寄託來世，容若深知此生已無望，惟願自己與盧氏來生再作夫妻；但容若的悲觀意識又讓他憂心二人的緣份不夠深厚，不足以延續到下輩子。人在生死輪迴一事上總是渺小無力，最後容若也只能抱著渺茫的期待，流著淚為盧氏焚燒一沓紙錢。

除了盧氏忌日，七夕、中秋、重陽、中元也會牽動容若思念之情的節日，〈清平樂〉作於康熙十六年（1677）重陽節：

> 淒淒切切，慘淡黃花節。夢裏砧聲渾未歇，那更亂蛩悲咽。
>
> 塵生燕子空樓，拋殘弦索床頭。一樣曉風殘月，而今觸緒添愁。（頁 91）

詞牌〈清平樂〉又名〈醉東風〉、〈清平樂令〉。容若直言今年重陽對他
來說是「慘淡黃花節」，昨夜睡夢時的擣衣聲夾雜蟋鳴徹夜未歇，令
人不能安寢。「燕子空樓」化用唐代名妓關盼盼（785？～820）與節度
使張愔的典故，關盼盼為張愔妾室，張愔為盼盼建燕子樓供其居住；
張愔死後，關盼盼矢志不嫁，深居燕子樓十餘年未出；蘇軾亦有「燕
子樓空，佳人何在，空鎖樓中燕。」〔註141〕之句，「燕子樓」代指佳
人住處。「塵生燕子空樓，拋殘弦索床頭。」是容若對人去樓空的感
慨；「一樣曉風殘月」則曰景物依舊，心境卻已大不同。在情人們相會
的七夕裡，容若也會念起盧氏，〈鵲橋仙‧七夕〉：

> 乞巧樓空，影娥池冷，佳節只供愁嘆。丁寧休曝舊羅衣，憶
> 素手為予縫綻。
> 蓮粉飄紅，菱絲翳碧，仰見明星空爛。親持鈿合夢中來，信
> 人間天上非幻。（頁31）〔註142〕

詞牌〈鵲橋仙〉又名〈鵲橋仙令〉、〈廣寒秋〉、〈金風玉露相逢曲〉等，
本闋詞作於康熙十七年或十八年七夕。在眾人歡慶的七夕，往日共度
佳節的妻子卻已不在人世，子然一身的自己只剩下滿滿哀嘆；容若不
敢再看見盧氏縫製的舊衣裳，因為這些衣裳會令他想起盧氏親手裁
衣的情景。這個七夕的夜裡妻子再度入夢，她手持著二人的定情信
物，讓容若想起白居易〈長恨歌〉：「惟將舊物表深情，鈿合金釵寄將
去」、「但教心似金鈿堅，天上人間會相見」之句，雖然死亡將他們分
離，但容若相信夫妻總有一日終得相見。盛冬鈴評道：「全詞寫的雖
然是對亡妻的懷念，但始終緊緊扣住『七夕』這個題目，用典嫻熟自
如，能切合抒情的需要，體現了較高的藝術技巧。」〔註143〕七夕悼亡

〔註141〕出自蘇軾〈永遇樂〉，詞序云：「彭城夜宿燕子樓，夢盼盼，因作此
　　　　詞。」
〔註142〕有另一版本為：「乞巧樓空，影娥池冷，說著淒涼無算。丁寧休曝舊
　　　　羅衣，憶素手為余縫綻。蓮粉飄紅，菱花掩碧，瘦了當初一半。今
　　　　生鈿盒表予心，祝天上人間相見。」（轉引自趙秀亭、馮統一箋校：
　　　　《飲水詞箋校》，頁323。）
〔註143〕盛冬鈴著：《納蘭性德詞選》，頁86。

之作還有〈浣溪紗〉：

> 鳳髻拋殘秋草生，高梧濕月冷無聲。當時七夕記深盟。
>
> 信得羽衣傳鈿合，悔教羅襪葬傾城。人間空唱〈雨淋鈴〉。
>
> （頁 145）

在歷代愛情作品中，唐玄宗與楊貴妃之戀是文人們愛用的典故，本闋詞通篇化用此事典。「鳳髻」為一種唐代盛行的高髻，將頭髮綰作鳳形，並在髮髻上飾以珠翠與鳳釵；據傳楊貴妃愛梳高髻，「鳳髻拋殘秋草生」描寫太真之死，此處代指盧氏亡故。「當時七夕記深盟」寫的是《楊太真外傳》中記載唐太宗於七夕攜楊貴妃至驪山宮觀星，許下「世世為夫婦」的誓言；〔註144〕根據〈青衫濕遍‧悼亡〉、〈金縷曲‧亡婦忌日有感〉所述，容若與盧氏之間也有同樣的諾言。「信得羽衣傳鈿合」出自陳鴻《長恨歌傳》，「羽衣」代指道士；唐太宗在七夕夜送給楊貴妃金釵鈿盒作為定情信物，貴妃縊死馬嵬坡後，太宗日思夜念，有蜀中道士為太宗尋得貴妃魂，貴妃取釵鈿信物分作兩半，託道士交予太宗。〔註145〕「羅襪」指楊貴妃之襪，《楊太真外傳》：「妃子死日，馬嵬嫗得錦袎襪一隻，相傳過客一玩百錢，前後獲錢無數。」〔註146〕〈雨淋鈴〉即〈雨霖鈴〉，唐代教坊曲名；楊貴妃死後，唐太宗入蜀，於駱谷（一說斜谷）〔註147〕棧道中聽聞雨聲與鑾轎鈴聲交織，聲音悲切，太宗有感而發，命人以此聲作曲，故成〈雨霖鈴〉。〔註148〕容若慣於詞中運用愛情事典，如前文所探討之荀粲、李清照、

〔註144〕 《楊太真外傳》：「昔天寶十載，侍輦避暑驪山宮。秋七月，牽牛織女相見之夕，上憑肩而望。因仰天感牛女事，密相誓心：『願世世為夫婦。』言畢，執手各嗚咽。」

〔註145〕 《長恨歌傳》：「適有道士自蜀來，知上皇心念楊妃如是，自言有李少君之術，至海上蓬萊仙山玉妃太真院，訪得玉妃。玉妃指碧衣取金釵鈿合，各析其半，授使者。曰：『為謝太上皇，謹獻是物，尋就好也。』」

〔註146〕 轉引自張草紉箋注：《納蘭詞箋注》，頁 57。

〔註147〕 駱谷為陝西省關中至漢中間的交通要道，長餘 200 公里；斜谷為終南山山谷名，位於陝西省褒城縣（今漢中市）內。

〔註148〕 〔唐〕段安節《樂府雜錄》：「〈雨霖鈴〉者，因唐明皇駕回至駱谷，聞雨淋鑾鈴，因令張野狐撰為曲名。」

關盼盼、楊貴妃等,在〈沁園春・代悼亡〉「夢冷蘅蕪,卻望姍姍,是耶非耶?」一句中也使用過漢武帝與李夫人典故。李嘉瑜說:

> 事實上,漢武帝與李夫人、唐明皇與楊貴妃二事典,都含蘊著「已隔存歿」的生死阻隔,以此寫存者對歿者絕望而又無可排遣的悼念與懷想,極易激起一種悽惻纏綿的氛圍,強化詞中的悲劇氣氛與感傷情調。〔註149〕

最後看〈琵琶仙・中秋〉:

> 碧海年年,試問取、冰輪為誰圓缺?吹到一片秋香,清輝了如雪。愁中看、好天良夜,知道盡成悲咽。隻影而今,那堪重對,舊時明月。
>
> 花徑裏、戲捉迷藏,曾蔥下蕭蕭井梧葉。記否輕執小扇,又幾番涼熱。只落得,填膺百感,總茫茫、不關離別。一任紫玉無情,夜寒吹裂。(頁458)

此闋詞作於康熙十八年(1679)中秋。首句「碧海年年,試問取、冰輪為誰圓缺?」是容若發自內心的詰問,中秋本是月圓人團圓的節慶,容若卻「隻影而今,那堪重對,舊時明月」。下片敘寫回憶,憶起當年和盧氏在花叢裡嬉戲玩鬧,驚落了多少梧桐葉;當時手持的執扇,業已歷經幾度春秋。此二句描寫得無比生動,彷彿可以見到年少夫妻嬉戲的天真爛漫模樣,昔日的歡樂對比今日的冷清,令人慨歎不已。除了上述幾闋悼亡詞,觸景傷情之作尚有〈眼兒媚・中元夜有感〉、〈於中好・十月初四夜風雨,其明日是亡婦生辰〉、〈山花子〉二闋等,已在前文中探討,此處不再贅述。

三、納蘭悼亡詞中的常用意象

劉勰說:「獨照之匠,窺意象而運斤,此蓋馭文之首術,謀篇之大端。」〔註150〕「神用象通,情變所孕。物以貌求,心以理應。刻鏤

〔註149〕李嘉瑜:〈試論納蘭性德的悼亡詞〉,《納蘭性德研究論叢:《河北民族師範學院學報》納蘭性德研究專欄三十年選集》,頁221。
〔註150〕羅立乾注釋,李振興校閱:《新譯文心雕龍》(臺北:三民,2014年),頁252。

聲律，萌芽比興。」〔註151〕文人常以意象烘托意境、抒發情緒，納蘭詞中使用的意象繁多，自然意象如月亮、風、雨、煙等，植物意象如花、葉、柳，動物意象如雁、鴛鴦、蝶等，感覺意象如夢、愁、寒、淚、相思等，時間意象如夜、暮、秋等。王國維曾言：「昔人論詩詞，有景語、情語之別，不知一切景語，皆情語也。」由景生情、以情入景正是物我合一的審美境界，研究者提出：

> 「人」是抒情的主導者，而「景」與「情」則是抒情的化學
> 公式，其中以「感」作為抒情的催化劑，調配出充沛的抒情
> 能量，再經由文字，釋放所有詞人乘載於心中的深情。……
> 詞人運用象徵，為客觀之景託付一份主觀之意，進而成
> 「象」，連結了外境與內境的意識相融，形成富有藝術性的
> 情景交融境界。〔註152〕

筆者整理納蘭悼亡詞中經常出現的景、物意象，如月亮、楊柳、落花、西風、燈燭、夢境、釵鈿，容若也時常提及重泉茫茫，以寄託天上人間再相見之願，筆者將其以表格各自列出，以供參閱。

（一）月亮之意象

　　無論是新月、弦月、滿月、殘月，都是文人雅士筆下吟詠不輟的對象，裴斐（1933～1997）說道：「客觀存在的月亮只有一個，詩中出現的月亮千變萬化。物象有限，意象無窮。」〔註153〕月亮是客觀存在的事物，但由於它的距離、色彩與規律性的變化，使月亮在人們眼中產生無限的意蘊。

　　在交通不便的古代，別時容易見時難，與親朋好友分隔兩地，如同各在天一涯，杜甫曾嘆：「人生不相見，動如參與商。」（〈贈衛八處士〉）即便知道故人身在何處，要見面卻是難如登天；好比月亮之於

〔註151〕羅立乾注釋，李振興校閱：《新譯文心雕龍》，頁 258。
〔註152〕詹斐雯：〈「一切景語皆情語」──唐宋令詞的情景交融與平安短歌
　　　　的物哀抒臆〉（臺東：國立臺東大學華語文學系碩士論文，2017 年），
　　　　頁 93。
〔註153〕裴斐著：《詩緣情辯》（四川：四川文藝，1986 年），頁 109。

人，雖然近在眼前，卻又遙不可及。然而月亮又是客觀而公平的景物，相距千里的人，望見的仍是同一個月亮，故蘇軾有「但願人長久，千里共嬋娟。」（〈水調歌頭〉）之語。再從色彩來說，月亮屬冷色調，帶給人們多是清冷低迷之感，月亮在詩詞中經常以寒月、冷月、涼月、霜月、孤月、殘月等形象出現，如「遙夜新霜凋碧槐，三更寒月滿堂階。」（張耒〈悼亡九首〉其二）、「孤篷別夜思，霜月滿滄洲。」（賀鑄〈留別王㧑元宵〉）、「人立飛樓今已矣，浪翻孤月尚依然。」（陸游〈夜登白帝城樓懷少陵先生〉）、「今宵酒醒何處？楊柳岸，曉風殘月。」（柳永〈雨霖鈴〉）等。月亮還具有規律變化的特質，每個週期由缺轉滿、再由盈轉虧，周而復始。「月無百日圓，花無百日紅」，月的週期令人聯想到人間的聚散離合，人們有團聚的歡喜，必然也有分別的傷感，故蘇軾〈水調歌頭〉：「人有悲歡離合，月有陰晴圓缺，此事古難全。」能牽動古今無數人的愁緒。

筆者整理出納蘭悼亡詞中含有「月亮」意象者 25 闋，茲列為下表：

表 4-2-1　納蘭悼亡詞中的「月」意象
（依《納蘭性德詞新釋輯評》頁數排序）

編號	詞牌（首句）	含「月」之詞句
1	〈菩薩蠻〉（晶簾一片傷心白）	無語問添衣，桐陰月已西（頁 12）
2	〈虞美人〉（綠陰簾外梧桐影）	分付芭蕉風定斜月時（頁 19）
3	〈虞美人‧秋夕信步〉	還剩舊時月色在瀟湘（頁 25）
4	〈百字令〉（人生能幾）	柳枝無恙，猶埽窗前月（頁 39）
5	〈沁園春‧代悼亡〉	趁星前月底，魂在梨花（頁 41）
6	〈東風齊著力〉（電急流光）	窗前月、幾番空照魂銷（頁 47）
7	〈南鄉子‧搗衣〉	且拭清砧就月光 月到西南更斷腸（頁 55）
8	〈金縷曲‧亡婦忌日有感〉	再緣慳、剩月零風裏（頁 66）

9	〈蝶戀花〉（辛苦最憐天上月）	辛苦最憐天上月 若似月輪終皎潔（頁69）
10	〈蝶戀花〉（蕭瑟蘭成看老去）	重陽舊時明月路（頁74）
11	〈山花子〉（欲話心情夢已闌）	環珮只應歸月下（頁88）
12	〈清平樂〉（淒淒切切）	一樣曉風殘月（頁91）
13	〈采桑子〉（海天誰放冰輪滿）	海天誰放冰輪滿（頁108）
14	〈浣溪紗〉（鳳髻拋殘秋草生）	高梧濕月冷無聲（頁145）
15	〈攤破浣溪紗〉（一霎燈前醉不醒）	淡月淡雲窗外雨（頁154）
16	〈荷葉杯〉（簾卷落花如雪）	簾卷落花如雪，煙月（頁179）
17	〈望江南·宿雙林禪院有感〉	夜深微月下楊枝（頁182）
18	〈金縷曲〉（生怕芳樽滿）	依舊迴廊新月在（頁220）
19	〈臨江仙·塞上得家報云秋海棠開矣，賦此〉	半床涼月惺忪（頁271）
20	〈南樓令·塞外重九〉	怪涼蟬、空滿衾裯（頁301）
21	〈清平樂〉（麝煙深漾）	新恨暗隨新月長（頁328）
22	〈海棠月·瓶梅〉	重檐淡月渾如水（頁379）
23	〈臨江仙·寒柳〉	愛他明月好，憔悴也相關（頁395）
24	〈臨江仙·孤雁〉	莫對月明思往事（頁399）
23	〈點絳唇〉（一種蛾眉）	下弦不似初弦好（頁430）
24	〈南歌子〉（暖護櫻桃蕊）	素影飄殘月，香絲拂綺櫳（頁432）
25	〈琵琶仙·中秋〉	試問取、冰輪為誰圓缺 那堪重對，舊時明月。（頁458）

（二）楊柳之意象

楊柳作為送別意象首見《詩經·小雅》〈采薇〉：「昔我往矣，楊柳依依。今我來思，雨雪霏霏。」〔註154〕詩中描述一士兵為降匈奴，久征在外終得歸家之情景。解甲的士兵在回鄉途中憶起當年離家赴征

〔註154〕陳致、黎漢傑譯注：《詩經》，頁252。

之時，正是楊柳依依的溫暖春季，如今士兵卻獨自走在紛飛大雪中，忍受嚴寒與飢餓，這種強烈的對比使他感到無奈而悲傷。〈采薇〉是首次以「楊柳」代表離情的詩作，漢代也有以〈折楊柳〉為名的樂府（後名為〈橫吹曲〉）；南北朝繼承此傳統，北朝五言絕句〈折楊柳歌辭〉五首描寫離人臨行之際，與愛人依依辭別之離情，其一云：「上馬不捉鞭，反折楊柳枝。蹀座吹長笛，愁殺行客兒。」〔註155〕折柳送別蔚為風俗，「柳」音近「留」，歷代詩人亦多以楊柳訴離情，表達留連不捨之意。白居易〈青門柳〉：「青青一樹傷心色，曾入幾人離恨中。為近都門多送別，長條折盡減春風。」以楊柳貫穿全詩，表達惜別之情；劉禹錫〈楊柳枝詞九首〉其八：「城外春風吹酒旗，行人揮袂日西時。長安陌上無窮樹，唯有垂楊綰別離。」詩云長安陌上樹木繁多，只有楊柳代表別離。

筆者整理出納蘭悼亡詞中含有「楊柳」意象者 10 闋，茲列為下表：

表 4-2-2　納蘭悼亡詞中的「柳」意象
（依《納蘭性德詞新釋輯評》頁數排序）

編號	詞牌（首句）	含「柳」之詞句
1	〈百字令〉（人生能幾）	柳枝無恙，猶埽窗前月（頁 39）
2	〈於中好・十月初四夜風雨，其明日是亡婦生辰〉	衰楊葉盡絲難盡（頁 49）
3	〈蝶戀花〉（眼底風光留不住）	垂楊那是相思樹（頁 71）
4	〈蝶戀花〉（又到綠楊曾折處）	又到綠楊曾折處（頁 73）
5	〈山花子〉（林下荒苔道韞家）	魂似柳綿吹欲碎（頁 86）
6	〈山花子〉（風絮飄殘已化萍）	風絮飄殘已化萍（頁 88）
7	〈望江南・宿雙林禪院有感〉	夜深微月下楊枝（頁 182）

〔註155〕〔宋〕郭茂倩編：《樂府詩集》（北京：中華書局，1998 年），頁 369。《樂府詩集》卷二十五內尚有〈折楊柳枝歌〉四首：〈折楊柳枝歌〉其一與〈折楊柳歌辭〉其一幾乎相同：「上馬不捉鞭，反拗楊柳枝。下馬吹長笛，愁殺行客兒。」

8	〈臨江仙・寒柳〉	飛絮飛花何處是（頁395）
9	〈臨江仙〉（夜來帶得些兒雪）	葉乾絲未盡，未死只鍪眉（頁398）
10	〈南歌子〉（暖護櫻桃蕊）	素影飄殘月，香絲拂綺櫳（頁432）

（三）花之意象

　　花卉亦為古典詩歌中十分常見的歌詠對象，花的品種繁多，形態、姿色、香氣各異，帶給人的感受也不同。無論是傲雪凌霜的梅花、高雅出塵的蘭花、雍容華貴的牡丹、穠豔浪漫的桃花、或是清新脫俗的荷花，在文學作品中各自擁有不同的涵義。納蘭詞經常使用花意象，根據研究者統計，《飲水詞》中的「花」意象共有195個，並常以「落花」的形式出現。[註156] 容若擅以花落、殘紅之景，襯托己身蕭瑟寂寞的心境，納蘭悼亡詞中「落花」還有「飄紅」、「紅雨」、「飛花」等不同的表現形式。除此之外，納蘭詞中常見的花意象還有「梨花」，梨花潔白似雪，象徵純潔明淨；梨花綻放於仲春、暮春之際，並在暮春凋零，梨花凋謝之時，也象徵春天即將結束，因此梨花也常作為文人傷春起興的意象，帶有惆悵的意境；梨花諧音「離」，又象徵別離之花，也成為文人托物懷人的意象。

　　筆者整理出納蘭悼亡詞中含有「花」意象者22闋，茲列為下表：

表4-2-3　納蘭悼亡詞中的「花」意象
（依《納蘭性德詞新釋輯評》頁數排序）

編號	詞牌（首句）	含「花」之詞句
1	〈虞美人〉（春情只到梨花薄）	春情只到梨花薄（頁20）
2	〈鵲橋仙・七夕〉	蓮粉飄紅，菱絲翳碧（頁31）
3	〈青衫濕遍・悼亡〉	到而今、獨伴梨花影（頁35）
4	〈沁園春・代悼亡〉	趁星前月底，魂在梨花（頁41）

[註156] 汪龍麟：〈試論納蘭詞的意象選擇〉，《納蘭性德研究論叢：《河北民族師範學院學報》納蘭性德研究專欄三十年選集》，頁286。

5	〈沁園春〉（瞬息浮生）	記繡榻開時，並吹紅雨 春花秋葉，觸緒還傷（頁 43）
6	〈於中好・十月初四夜風雨，其明日是亡婦生辰〉	五更依舊落花朝（頁 49）
7	〈金縷曲・亡婦忌日有感〉	滴空階、寒更雨歇，葬花天氣（頁 66）
8	〈蝶戀花〉（辛苦最憐天上月）	春叢認取雙棲蝶（頁 69）
9	〈蝶戀花〉（蕭瑟蘭成看老去）	為怕多情，不作憐花句。閣淚倚花愁不語 袖口香寒，心比秋蓮苦。休說生生花裏住，惜花人去花無主（頁 74）
10	〈山花子〉（林下荒苔道韞家）	一宵冷雨葬名花（頁 86）
11	〈山花子〉（風絮飄殘已化萍）	風絮飄殘已化萍，泥蓮剛倩藕絲縈。珍重別拈香一瓣（頁 88）
12	〈清平樂〉（淒淒切切）	淒淒切切，慘淡黃花節（頁 91）
13	〈生查子〉（惆悵彩雲飛）	不見合歡花，但倚相思樹（頁 174）
14	〈荷葉杯〉（簾卷落花如雪）	簾卷落花如雪（頁 179）
15	〈荷葉杯〉（知己一人誰是）	莫道芳時易度，朝暮。珍重好花夫（頁 181）
16	〈望江南・宿雙林禪院有感〉	薄霧籠花嬌欲泣（頁 182）
17	〈金縷曲〉（生怕芳樽滿）	人比疏花還寂寞，任紅蕤、落盡應難管（頁 220）
18	〈滿江紅〉（為問封姨）	又不是、江南春好，妒花天氣 總隨他、泊粉與飄香（頁 349）
19	〈臨江仙・寒柳〉	飛絮飛花何處是（頁 395）
20	〈南歌子〉（暖護櫻桃蕊）	百花迢遞玉釵聲（頁 432）
21	〈眼兒媚〉（林下閨房世罕儔）	浣花微雨，採菱斜日（頁 433）
22	〈琵琶仙・中秋〉	花徑裏、戲捉迷藏（頁 458）

（四）風之意象

東漢趙壹〈迅風賦〉：「惟巽卦之為體，吐坤氣而成風。纖微無所

不入，廣大無所不充。經營八荒之外，宛轉毫毛之中。察本莫見其始，揆末莫覩其終。……摶之不可得，繫之不可留。」〔註157〕風是流動的空氣，雖不見其源頭、不見其盡頭，卻又無處不在，因此風之於古人有一種神祕感。風亦分季節與方位，春天的東風、夏天的南風、秋天的西風、冬天的北風，在文學作品中呈現出截然不同的面貌。東風給人鮮活的感覺，南朝樂府〈子夜四時歌〉春歌其十曰：「春風復多情，吹我羅裳開。」〔註158〕王安石亦有千古名句「春風又綠江南岸」（〈泊船瓜洲〉），春風拂過，為萬物帶來蓬勃的生機；南風則有溫暖宜人之感，先秦歌謠〈南風歌〉云：「南風之薰兮，可以解吾民之慍兮。南風之時兮，可以阜吾民之財兮。」南風薰然，可為百姓消除煩憂、帶來財富；秋季天氣轉涼，秋收之後草木逐漸凋零，春夏絢麗繽紛的景致不復，因此西風經常帶給人寒涼冷清的感受，〈子夜四時歌〉秋歌其十六曰：「白露朝夕生，秋風淒長夜。」〔註159〕古人時常聞西風而興發悲秋之歎，晏殊便曾在深秋蕭索懷念離人：「昨夜西風凋碧樹，獨上高樓，望盡天涯路。」（〈蝶戀花〉）；冬季寒雪覆城，萬物凋敝，冽冽北風挾帶著霜雪的寒氣，帶給人肅殺之感，〈古詩十九首〉其十七云：「孟冬寒氣至，北風何慘慄。」低溫加上衰敗景色，更容易勾起人們心中的悵惘。

　　《飲水詞》中最常使用的風意象是「西風」，共出現 35 次，〔註160〕悼亡詞尤多；其次是「東風」，共出現 32 次，〔註161〕多用於愛情詞。筆者整理出納蘭悼亡詞中含有「風」意象者 20 闋，茲列為下表：

〔註157〕〔唐〕歐陽詢撰，汪紹楹校：《藝文類聚》（上海：上海古籍，2007年），頁 18～19。

〔註158〕〔宋〕郭茂倩編：《樂府詩集》，頁 645。

〔註159〕〔宋〕郭茂倩編：《樂府詩集》，頁 647。

〔註160〕張玉梅：〈東風無是非　西風多少恨——論納蘭詞的「風」意象〉，《淮海工學院學報·社會科學版》第 9 卷第 8 期（2011 年 11 月），頁 93。

〔註161〕張玉梅：〈東風無是非　西風多少恨——論納蘭詞的「風」意象〉，頁 93。

表 4-2-4　納蘭悼亡詞中的「風」意象
（依《納蘭性德詞新釋輯評》頁數排序）

編號	詞牌（首句）	含「風」之詞句
1	〈菩薩蠻〉（晶簾一片傷心白）	西風鳴絡緯，不許愁人睡（頁 12）
2	〈青衫濕・悼亡〉	忽疑君到，漆燈風颭（頁 37）
3	〈東風齊著力〉（電急流光）	五枝青玉，風雨飄飄（頁 47）
4	〈於中好・十月初四夜風雨，其明日是亡婦生辰〉	冷雨淒風打畫橋（頁 49）
5	〈南鄉子・為亡婦題照〉	泣盡風檐夜雨鈴（頁 50）
6	〈金縷曲・亡婦忌日有感〉	再緣慳、剩月零風裏（頁 66）
7	〈蝶戀花〉（眼底風光留不住）	何事東風，不作繁華主（頁 71）
8	〈蝶戀花〉（又到綠楊曾折處）	只恨西風，吹夢成今古（頁 73）
9	〈山花子〉（林下荒苔道韞家）	愁向風前無處說（頁 86）
10	〈清平樂〉（淒淒切切）	一樣曉風殘月（頁 91）
11	〈眼兒媚・中元夜有感〉	西風不管，一池萍水（頁 126）
12	〈浣溪紗〉（誰念西風獨自涼）	誰念西風獨自涼（頁 140）
13	〈憶江南・宿雙林禪院有感〉	風雨消磨生死別 搖落後，清吹哪堪聽 乍聞風定又鐘聲（頁 183）
14	〈金縷曲〉（生怕芳樽滿）	此情擬倩東風浣（頁 220）
15	〈臨江仙・塞上得家報云秋海棠開矣，賦此〉	自然腸欲斷，何必更秋風（頁 271）
16	〈南樓令・塞外重九〉	正風雨、下南樓（頁 301）
17	〈臨江仙・寒柳〉	西風多少恨，吹不散眉彎（頁 395）
18	〈臨江仙〉（夜來帶得些兒雪）	東風回首不勝悲（頁 398）
19	〈臨江仙・孤雁〉	西風吹隻影，剛是早秋天（頁 399）
20	〈南歌子〉（暖護櫻桃蕊）	東風吹綠漸冥冥（頁 432）

（五）雨之意象

雨聲喧鬧又寂靜，既可寫樂景，亦可寫哀景。久旱逢甘霖是喜，及時的春雨也是喜，杜甫〈春夜喜雨〉：「好雨知時節，當春乃發生。隨風潛入夜，潤物細無聲。」讚頌春雨的可貴，早春微雨顯得清新可愛。適量的雨能滋潤萬物，連綿的陰雨卻使人無精打采，李煜〈九月十日偶書〉：「晚雨秋陰酒乍醒，感時心緒杳難平。」、李清照〈如夢令〉：「昨夜雨疏風驟，濃睡不消殘酒。」描寫被夜雨勾起的愁緒。納蘭詞中的雨多寫哀景，筆者整理出納蘭悼亡詞中含有「雨」意象者 13闋，茲列為下表：

表 4-2-5　納蘭悼亡詞中的「雨」意象
（依《納蘭性德詞新釋輯評》頁數排序）

編號	詞牌（首句）	含「燈燭」之詞句
1	〈臨江仙〉（點滴芭蕉心欲碎）	幽窗冷雨一燈孤（頁 17）
2	〈東風齊著力〉（電急流光）	五枝青玉，風雨飄飄（頁 47）
3	〈於中好・十月初四夜風雨，其明日是亡婦生辰〉	冷雨淒風打畫橋（頁 49）
4	〈金縷曲・亡婦忌日有感〉	滴空階、寒更雨歇（頁 66）
5	〈蝶戀花〉（又到綠楊曾折處）	沾衣況是新寒雨（頁 73）
6	〈山花子〉（林下荒苔道韞家）	一宵冷雨葬名花（頁 86）
7	〈攤破浣溪紗〉（一霎燈前醉不醒）	淡月淡雲窗外雨（頁 154）
8	〈生查子〉（惆悵彩雲飛）	數盡厭厭雨（頁 174）
9	〈荷葉杯〉（知己一人誰是）	為伊指點再來緣，疏雨洗遺鈿（頁 181）
10	〈憶江南・宿雙林禪院有感〉	風雨消磨生死別（頁 183）
11	〈臨江仙・塞上得家報云秋海棠開矣，賦此〉	六取闌干三夜雨（頁 271）
12	〈眼兒媚〉（林下閨房世罕儔）	浣花微雨，採菱斜日（頁 433）
13	〈南樓令・塞外重九〉	正風雨、下南樓（頁 301）

（六）燈燭之意象

「燈燭」也是詩詞作品中常見的意象，在輾轉難眠的夜晚，熒熒燈火是唯一慰藉；夜色中隨風搖曳的燭火，也能營造出幽怨的意境。自東漢以降，便有詩人以燈燭表達對愛人的思念，秦嘉〈贈婦詩〉：「寂寂獨居，寥寥空室。飄飄帷帳，熒熒華燭。爾不是居，帷帳焉施。爾不是照，華燭何為。」〔註162〕在闃靜空蕩的屋子裡，秦嘉望著帷帳與燭火，想起分居兩地的妻子，不禁生出無限寂寞之感，沒有妻子相伴身側，帷帳與華燭彷彿失去了存在的意義。根據研究者統計，《飲水詞》中「燈燭」意象共出現78次，〔註163〕時空背景經常為雨夜，並常與「孤」、「殘」等字相連，是詞人孤寂心境的主觀呈現方式。容若在無數個不眠夜裡獨坐追憶，微弱的燭火是深宵幽暗中僅有的暖色，在畫面結構上更顯得渺小無力。

筆者整理出納蘭悼亡詞中含有「燈燭」意象者18闋，茲列為下表：

表4-2-6　納蘭悼亡詞中的「燈燭」意象（依《納蘭性德詞新釋輯評》頁數排序）

編號	詞牌（首句）	含「燈燭」之詞句
1	〈臨江仙〉（點滴芭蕉心欲碎）	幽窗冷雨一燈孤（頁17）
2	〈虞美人・秋夕信步〉	憶共燈前呵手為伊書（頁25）
3	〈青衫濕遍・悼亡〉	剪刀聲、猶在銀釭（頁35）
4	〈青衫濕・悼亡〉	漆燈風颭，痴數春星（頁37）
5	〈百字令〉（人生能幾）	燈炧挑殘，爐煙爇盡，無語空凝咽（頁39）
6	〈東風齊著力〉（電急流光）	最是燒燈時候，宜春髻、酒暖蒲萄。淒涼煞，五枝青玉，風雨飄飄（頁47）
7	〈尋芳草・蕭寺記夢〉	乍偎人、一閃燈花墮，卻對著琉璃火（頁77）

〔註162〕〔南朝〕徐陵撰：《玉臺新詠》（上海：中華書局，1920年），頁105。
〔註163〕李思圓：〈論納蘭詞中的燈燭意象〉，《河北民族師範學院學報》第36卷第3期（2016年8月），頁19。

8	〈山花子〉（欲話心情夢已闌）	多少滴殘紅蠟淚（頁88）
9	〈眼兒媚・中元夜有感〉	一池萍水，幾點荷燈（頁126）
10	〈攤破浣溪紗〉（一霎燈前醉不醒）	一霎燈前醉不醒（頁154）
11	〈減字木蘭花〉（燭花搖影）	燭花搖影，冷透疏衾剛欲醒（頁156）
12	〈望江南・宿雙林禪院有感〉	挑燈坐，坐久憶年時（頁182）
13	〈憶江南・宿雙林禪院有感〉	似曾相識只孤檠（頁183）
14	〈金縷曲〉（生怕芳樽滿）	迷離醉影，殘燈相伴 滴滴西窗紅蠟淚（頁220）
15	〈滿江紅〉（為問封姨）	攬一霎，燈前睡 隻影淒清殘燭下（頁349）
16	〈海棠月・瓶梅〉	與誰更擁燈前髻（頁379）
17	〈臨江仙・孤雁〉	愁多書屢易，雙淚落燈前（頁399）
18	〈浣溪紗〉（拋卻無端恨轉長）	篆煙殘燭並回腸（頁451）

（七）夢之意象

　　榮格認為夢境是有意識的心理補償，佛洛伊德認為夢境內容是欲求的滿足，夢的欲求大多是現實中求而不得的執念，如懷才不遇的書生夢見自己飛黃騰達、羈旅異鄉的遊子夢見家中的軟被溫裘、生離死別的愛侶夢見昔日如膠似漆的甜蜜，人們透過夢境修復現實承受的痛苦。納蘭容若半生陷在不如意的心理狀態，時常作夢，《飲水詞》中具有夢意象者高達118闋，〔註164〕佔總體詞作三分之一。容若在清醒時日日受著喪妻事實的煎熬，只能在夢境中得到些許安慰；但夢中花好月圓的美滿場景，醒時化為虛無，眼前只有孤衾獨枕，王夫之說：「以樂景寫哀，以哀景寫樂，一倍增其哀樂」〔註165〕正是此裡。

　　筆者整理出納蘭悼亡詞中含有「夢」意象者22闋，茲列為下表：

〔註164〕汪龍麟：〈試論納蘭詞的意象選擇〉，《納蘭性德研究論叢：《河北民族師範學院學報》納蘭性德研究專欄三十年選集》，頁286。
〔註165〕〔清〕王夫之著：《薑齋詩話》（長沙：岳麓書社，2011年），頁809。

表 4-2-7　納蘭悼亡詞中的「夢」意象（依《納蘭性德詞新釋輯評》頁數排序）

編號	詞牌（首句）	含「夢」之詞句
1	〈鵲橋仙・七夕〉	親持鈿合夢中來（頁 31）
2	〈鵲橋仙〉（夢來雙倚）	夢來雙倚，醒時獨擁（頁 33）
3	〈虞美人〉（春情只到梨花薄）	銀箋別夢當時句，密綰同心苣。為伊判作夢中人（頁 20）
4	〈青衫濕遍・悼亡〉	教尋夢也迴廊（頁 35）
5	〈沁園春・代悼亡〉	夢冷蘅蕪，卻望姍姍（頁 41）
6	〈沁園春〉（瞬息浮生）	夢好難留，詩殘莫續（頁 43）
7	〈東風齊著力〉（電急流光）	舊歡新夢，雁齒小紅橋（頁 47）
8	〈南鄉子・為亡婦題照〉	別語忒分明，午夜鵜鰈夢早醒。卿自早睡儂自夢（頁 50）
9	〈南鄉子・搗衣〉	夢裏回時仔細量（頁 55）
10	〈金縷曲・亡婦忌日有感〉	三載悠悠魂夢杳，是夢久應醒矣（頁 66）
11	〈蝶戀花〉（又到綠楊曾折處）	只恨西風，吹夢成今古（頁 73）
12	〈尋芳草・蕭寺記夢〉	夢相伴、倚窗吟和（頁 77）
13	〈山花子〉（欲話心情夢已闌）	欲話心情夢已闌（頁 88）
14	〈清平樂〉（淒淒切切）	夢裏砧聲渾未歇（頁 91）
15	〈攤破浣溪紗〉（一霎燈前醉不醒）	恨如春夢畏分明（頁 154）
16	〈望江南・宿雙林禪院有感〉	未夢已先疑（頁 182）
17	〈金縷曲〉（生怕芳樽滿）	向夢裏，聞低喚（頁 220）
18	〈臨江仙・塞上得家報云秋海棠開矣，賦此〉	舊歡如在夢魂中（頁 271）
19	〈清平樂〉（麝煙深漾）	記取暖香如夢（頁 328）

20	〈南樓令・塞外重九〉	斷夢幾能留，香魂一哭休（頁 301）
21	〈臨江仙・寒柳〉	湔裙夢斷續應難（頁 395）
22	〈南歌子〉（暖護櫻桃蕊）	索向綠窗尋夢，寄餘生（頁 432）

（八）天上人間之意象

人死後是否有知？若是有知，能否在奈何橋上等一等，待有情人前來相會？人與人之間又是否存在緣份與前世今生？今生未完之緣，來生能否再續？宗教層面向來是千古難解的謎團，人們難以證實靈魂存在或不存在，卻能從黃泉碧落、輪迴轉世之說中汲取微弱的希望。容若與盧氏結髮僅三年便面臨生死的鴻溝，痛失愛侶的孤雁不知能飛往何處，此後前路茫茫，因此容若寄望佛教的生死輪迴觀，想像愛妻在天上守望自己、或在九泉下等待團聚；唯有相信夫妻二人塵緣未斷，才能支撐自己度過喪妻後的日子。筆者整理出納蘭悼亡詞中含有「天上人間」意象者 9 闋，茲列為下表：

表 4-2-8 納蘭悼亡詞中的「天上人間」意象（依《納蘭性德詞新釋輯評》頁數排序）

編號	詞牌（首句）	寓含天上人間、碧落黃泉之詞句
1	〈鵲橋仙・七夕〉	信人間天上非幻（頁 31）
2	〈青衫濕遍・悼亡〉	怕幽泉、還為我神傷（頁 35）
3	〈沁園春〉（瞬息浮生）	重尋碧落茫茫 便人間天上，塵緣未斷（頁 44）
4	〈金縷曲・亡婦忌日有感〉	重泉若有雙魚寄。（頁 66）
5	〈采桑子〉（海天誰放冰輪滿）	只應碧落重相見（頁 108）
6	〈減字木蘭花〉（燭花搖影）	茫茫碧落，天上人間情一諾（頁 156）
7	〈生查子〉（惆悵彩雲飛）	碧落知何許（頁 174）
8	〈望江南・宿雙林禪院有感〉	天上人間俱悵望（頁 182）
9	〈減字木蘭花・新月〉	天上人間一樣愁（頁 403）

（九）女性飾物之意象

納蘭悼亡詞中有許多睹物思人之作，玉釵、鈿合、翠翹、犀奩、蘭膏等女子飾品與胭脂粉黛，都是盧氏曾經生活過的痕跡，遺物能勾起生者的相關記憶，進而引發深切思念。筆者整理出納蘭悼亡詞中含有「女性飾物」意象者 10 闋，茲列為下表：

表 4-2-9　納蘭悼亡詞中的「女性飾物」意象（依《納蘭性德詞新釋輯評》頁數排序）

編號	詞牌（首句）	含女性飾物之詞句
1	〈鵲橋仙·七夕〉	親持鈿合夢中來（頁 31）
2	〈沁園春·代悼亡〉	夢冷蘅蕪，卻望姍姍 恨蘭膏漬粉，尚留犀合；金泥蹙繡，空掩蟬紗（頁 41）
3	〈於中好·十月初四夜風雨，其明日是亡婦生辰〉	忽傍犀奩見翠翹（頁 49）
4	〈金縷曲·亡婦忌日有感〉	釵鈿約，竟拋棄（頁 66）
5	〈山花子〉（欲話心情夢已闌）	環佩只應歸月下，鈿釵何意寄人間（頁 89）
6	〈浣溪紗〉（鳳髻拋殘秋草生）	信得羽衣傳鈿合（頁 145）
7	〈荷葉杯〉（簾卷落花如雪）	玉釵敲竹乍聞聲（頁 179）
8	〈荷葉杯〉（知己一人誰是）	為伊指點再來緣，疏雨洗遺鈿（頁 181）
9	〈南歌子〉（暖護櫻桃蕊）	百花迢遞玉釵聲（頁 432）
10	〈琵琶仙·中秋〉	記否輕紈小扇（頁 458）

第三節　結語

容若有一首詩名為〈填詞〉，不僅闡述他的詞學思想，也道出了他對短暫一生的無奈：

　　詩亡詞乃盛，比興此焉託。

> 往往歡娛工，不如憂患作。
>
> 冬郎一生極憔悴，判與三閭共醒醉。
>
> 美人香草可憐春，鳳蠟紅巾無限淚。
>
> 芒鞋心事杜陵知，只今惟賞杜陵詩。
>
> 古人且失風人旨，何怪俗眼輕填詞。
>
> 詞源遠過詩律近，擬古樂府特加潤。
>
> 不見句讀參差三百篇，已自換頭兼轉韻。〔註166〕

容若認為詞乃文體流變中應運而出的文學樣式，與詩、賦、樂府同列，而非「詩餘」。詞體不尊是由於題材內容與表現手法的狹窄，宋代以降詞體缺少比興寄託，人們往往輕視填詞一事，因此容若說「往往歡娛工，不如憂患作」，這也是評論家們稱讚納蘭詞直追李後主之故。鄭騫（1906～1991）曾說：

> 千古詩人都是寂寞的，若不是寂寞，他們就寫不出詩來。人在心如止水的時候，總是很自然的過著日常生活，當然無所謂詩。但是很少人能夠長久保持這種止水似的心情與常態生活。〔註167〕

容若的身世釀成了他的寂寞，與父親利益至上的觀念衝突、無法施展抱負的仕途、侍衛生涯導致他與妻子、好友聚少離多，最後愛妻的死帶給他最沉重的一擊。從容若的悼亡詞中我們可得知，他的確把盧氏視為心靈知己。〈荷葉杯〉：

> 知己一人誰是？已矣。贏得誤他生。有情終古似無情，別語悔分明。
>
> 莫道芳時易度，朝暮。珍重好花天。為伊指點再來緣，疏雨洗遺鈿。〔註168〕

盧氏逝世後，容若自認失去世上最親近、最了解他的知己，常感人生無味。盧氏卒於康熙十六年（1677）五月三十日，納蘭容若在八年後

〔註166〕〔清〕納蘭性德撰：《通志堂集》，頁245。

〔註167〕鄭騫著：《景午叢編（上編）》（臺北：臺灣中華書局，1972年），頁8。

〔註168〕葉嘉瑩主編、張秉戌編著：《納蘭性德詞新釋輯評》，頁181。

的同日病故，不禁令人想起《三國演義》的「不求同年同月同日生，只願同年同月同日死」。盧氏亡後的八年，容若即使續弦納妾，也不曾忘懷盧氏的好，時常賦詞感懷。關永中主張：

> 死亡的一剎那若被推演為愛的最充分發揮的時刻，這一剎那也同時是一特殊的一刻，在其中人得以造就真愛不死、愛者不朽、相愛的人在神內不朽、人圓滿地投奔至「絕對的你」之懷抱、而融合在絕對的愛之大團圓之中。〔註169〕

愛情是死亡與不朽的交會點，生者在愛中體會亡者的不朽，盧氏鮮活的生命延續在在容若心中，從未離去。與歷代悼亡詩有別，納蘭悼亡詞的內容聚焦在過往美滿回憶與詞人的孤獨相思之苦，胡旭指出：

> 所謂文如其人，納蘭的悼亡詞也顯示了他做人方面真實、坦率、不矯揉造作的個性特徵。自唐人韋應物、元稹在悼亡詩中寫亡妻在婦道、婦德方面的行為後，後來的悼亡詩人多在此事上不惜筆墨，把悼亡詩寫成了讚美詩。納蘭的悼亡詞沒有延續這個俗套，他基本上從來不從道德的角度寫悼亡之情，他只寫他發自內心的淒傷，只寫他對亡妻刻骨的思念，從不有意識地借悼亡來達到另外的目的。換句話說，納蘭的悼亡詞，是為了抒發自己的情感，並不是寫給別人看的。〔註170〕

這是容若的純真，他對盧氏的愛是純粹的，不是因為盧氏可以勝任大戶人家體面的妻子，而在於盧氏懂得他寂寞的心靈。「予生未三十，憂愁居其半。心事如落花，春風吹已斷。」（〈擬古〉）〔註171〕是容若的自我心靈寫照，他多愁善感，對於「美」又有細膩獨到的觀察力，故能創作出「海內文士竟所摹仿」〔註172〕之詞作。葉嘉瑩評述：

> 納蘭詞雖然缺少了如南唐馮、李諸家的憂患與危機之意識；

〔註169〕哲學雜誌委員會編選：《生死與輪迴》，頁135～136。

〔註170〕胡旭著：《悼亡詩史》，頁379～380。

〔註171〕〔清〕納蘭性德撰：《通志堂集》，頁239。

〔註172〕徐乾學：〈通議大夫一等侍衛進士納蘭君神道碑銘〉。（轉引自自張秉戍箋注：《納蘭詞箋注》，頁509。）

也缺少了如北宋晏、歐諸家的修養和襟抱，更未曾經歷過如秦觀在仕途中所經歷的挫折和打擊。然而納蘭卻曾自以其天生所稟賦的一份纖柔善感的詞心，無待於這些強烈的外加之質素，而自我完成了一種淒婉而深蘊的意境。〔註173〕容若的思想軌跡經歷了很大的變化，從志在為世所用的儒學者，到淡泊名利的隱居盼望。容若在喪妻的絕望之中尋求佛教的救贖，如賈寶玉在林黛玉病故後毅然出家為僧；愛情在帶給人們幸福的同時，也挾帶著無數紛爭煩惱和對於失去的恐懼，使人平添許多愁。筆者欲以《飛狐外傳》中的女尼圓性所唸之佛偈作為本章結語：「一切恩愛會，無常難得久。生世多畏懼，命危於晨露。由愛故生憂，由愛故生怖。若離於愛者，無憂亦無怖。」〔註174〕若離於愛者，無憂亦無怖；這是賈寶玉歷盡悲歡離合後毅然放下的，也是容若始終捨而不能的。

筆者根據胡旭《悼亡詩史》、趙秀亭、馮統一《飲水詞箋校》考證，大致能夠繫年的悼亡詞作有 27 闋，茲列為下表：

表 4-3-1　納蘭性德悼亡詞年表

編號	詞牌（首句）	時　間
1	〈青衫濕遍‧悼亡〉	康熙十六年盧氏卒後半月
2	〈南歌子〉（暖護櫻桃蕊）	康熙十六年盧氏卒後
3	〈眼兒媚‧中元夜有感〉	康熙十六年中元節
4	〈憶江南‧宿雙林禪院有感〉	康熙十六年秋
5	〈沁園春〉（瞬息浮生）	康熙十六年九月初六
6	〈清平樂〉（淒淒切切）	康熙十六年重陽節
7	〈於中好‧十月初四夜風雨，其明日是亡婦生辰〉	康熙十六年十月初四
8	〈蝶戀花〉（辛苦最憐天上月）	康熙十六／十七年秋
9	〈菩薩蠻〉（晶簾一片傷心白）	康熙十六／十七年秋

〔註173〕葉嘉瑩著：《清詞叢論》，頁 153。
〔註174〕金庸著：《飛狐外傳（二）》（臺北：遠流，1996 年），頁 788。

10	〈浣溪紗〉（拋卻無端恨轉長）	康熙十七年或略前
11	〈望江南・宿雙林禪院有感〉	康熙十七年春
12	〈青衫濕・悼亡〉	康熙十七年春
13	〈金縷曲〉（生怕芳樽滿）	康熙十七年春
14	〈山花子〉（風絮飄殘已化萍）	康熙十七年盧氏忌辰
15	〈山花子〉（欲話心情夢已闌）	康熙十七年盧氏忌辰
16	〈尋芳草・蕭寺記夢〉	康熙十七年七月
17	〈虞美人〉（春情只到梨花薄）	康熙十七年
18	〈荷葉杯〉（簾卷落花如雪）	康熙十七年
19	〈荷葉杯〉（知己一人誰是）	康熙十七年
20	〈鵲橋仙・七夕〉	康熙十七／十八年
21	〈琵琶仙・中秋〉	康熙十八年中秋
22	〈采桑子〉（海天誰放冰輪滿）	康熙十八年
23	〈虞美人〉（綠陰簾外梧桐影）	康熙十八年
24	〈金縷曲・亡婦忌日有感〉	康熙十九年盧氏忌辰
25	〈點絳唇〉（一種蛾眉）	康熙十九年續弦後
26	〈蝶戀花〉（又到綠楊曾折處）	康熙二十一年秋
27	〈南樓令・塞外重九〉	康熙二十一年秋

第五章　薄少君哭夫詩與納蘭性德悼亡詞之比較

　　狹義的「悼亡」一詞專指男性悼妻妾之舉，但廣義上來說，女性悼夫亦可列入「悼亡」之中，自宋代以後便有女性詩人冠「悼亡」之名來悼夫。男女詩人受社會地位、教育水準、時代風尚等影響，在悼亡創作的面向上有很大的差異，但也存在一些相似的表現手法，如男性強調妻子的賢德，而女性側重於丈夫的才德。筆者將於本章以詩人的社會地位與家庭角色、悼亡詩詞的表現手法與審美特色四個方向，探討男女詩人在悼亡創作上表現出的異同。

第一節　社會地位與家庭角色

　　人類社會在歷史上經由母系轉向父系的轉變，對女性造成了劇烈的影響，帶給了無數女子悲劇性的命運；傳統父系社會的觀念至今餘威猶存，直到現代，女性們仍舊努力爭取著平等的權利，三千年的父系文化的確給女性帶來難以抹滅的陰影。尤其在在中國古代，男人佔據主要社經地位，文壇、政壇等影響力大的發聲渠道，鮮少能見到女性的身影，形成了男性獨霸歷史舞臺的現象。文壇中一流的學者、詩人絕大部分是男性，即便有少數女性作家得以進入人們的視野，也免不了得到「閨閣之作」、「脂粉習氣」等批評。

　　究其原因，古代封建社會中「男尊女卑」、「男主外，女主內」的觀念是最大的因素，禮法反覆告誡人們，女性生來最大的職責便是為家庭奉獻，在出嫁後以夫為天，侍奉夫家必須恭敬柔順。筆者在本文第三章第一節提及，心甘情願接受禮教規範的女性，對婦德的要求往往比男性更加嚴苛；班昭（45？～117？）《女誡》如此寫道：「謙讓恭敬，先人後已，有善莫名，有惡莫辭，忍辱含垢，常若畏懼，是謂卑弱下人也。」〔註1〕班昭不僅要求女性必須謙恭禮讓、忍辱負重，還表示丈夫就是妻子的「天」，天不可逃，故夫亦不可離：「《禮》，夫有再娶之義，婦無二適之文，故曰夫者天也。天固不可逃，夫固不可離也。行違神祇，天則罰之；禮義有愆，夫則薄之。」〔註2〕若女性未盡到禮教要求的標準，受丈夫怠慢便是天經地義的事情；班昭還提到男性在妻死後可以續弦，女性在夫死後卻不得改嫁。是故我們可以看到，男性無論在喪妻後續了幾次弦、納了幾房姿室，絲毫不會影響到他的聲名；而女性一旦選擇改嫁，便是放棄了登上旌表的機會，甚至受到家人的鄙棄。如薛濤、李師師等名妓，雖名滿天下，受文人雅士的追捧，但同朝大家閨秀卻十分不齒這些「不守婦道」的女性。這些在現代看來荒謬的理論，卻是古代女性們千年來奉為圭臬的教條，女性的一生是為她的種種身份的使命而活，而不是為自己。

　　隨著封建制度的發展，父系文化對女性的要求也愈來愈甚，明代官員溫璜（1585～1645）為其母陸氏撰《溫氏母訓》，其中有言：「婦女只許粗識『柴』、『米』、『魚』、『肉』數百字，多識字無益而有損也。」明清人養女多不教讀書識字，為防女子學會自我思考，進而不甘受限於內闈；這種風氣大大地抑制了女性文學的發展，男性得以才學揚名，女性卻須以才情自晦。女性受教育的機會遠少於男性，其學識與文采自然難與男性文人比肩，正如本文探討對象：納蘭容若以其清麗

〔註1〕張福清編注：《女誡——婦女的枷鎖》（北京：中央民族大學，1996年），頁2。
〔註2〕張福清編注：《女誡——婦女的枷鎖》，頁3。

婉約的詞風著稱，薄少君卻因粗豪的詩風而為人詬病。這裡必須再提起孫康宜所提出的「文化男女雙性」現象，雖然社會風氣抗拒讓女性從文，但男性文人卻以女性化風格的文辭為美。在男性文人廣泛發展女性化趣味時，女詩人為了掙脫閨閣脂粉習氣的印象，則表現出「文人化」的傾向。〔註3〕此外，「男主外，女主內」是傳統中國家庭之中約定成俗的責任分配，科舉功名、進入朝堂是男性才有資格追求的事，女性即便再有才華，也只能作詩填詞自娛自樂，著名才女魚玄機因此生出「自恨羅衣掩詩句，舉頭空羨榜中名」這般感嘆。

　　關於薄少君的身世記載皆無提及她的出生家庭，可見並非出身大戶人家的閨秀，她在嫁給沈承一介寒門書生後也是終日操持家務，不似納蘭容若與盧氏還有「賭書潑茶」等消遣；雖然容若在悼亡詞中曾提到「婦素未工詩」，但以受教育的程度來看，盧氏的學識文采說不定還甚於薄少君。薄氏哭夫詩表現出明顯的白話傾向，或許可以看出缺乏文學訓練所帶來的影響，試舉幾首為例：「三十無兒君惱然，鄰嬰偶過見猶憐。」（其十四）、「閒同孩幼話天真，縱使非男也慰人。」（其十七）、「君無殺業何至此，靜裡思量得之矣。」（其五十）、「他人哭我我無知，我哭他人我則悲。」（其五十八）、「馬遷作史徧游觀，中國山川出彈丸。」（其五十九）、「急把衣裾牽握住，醒來依舊手原空。」（其六十七）等，這種幾乎未經修飾的白話詩句，某方面也彰顯詩人辭采有限的寫作困境，與飽讀詩書的納蘭容若成為鮮明對比。

　　另外，在歷代男性悼亡作家中，續弦者佔大多數，許多男性作家的悼亡詩詞也不僅寫給一位妻子。「續弦」一事是時代風尚所造成的結果，並非每位鰥夫都想要再娶妻，如李商隱在妻子王氏病逝後便不願再娶，納蘭容若在〈減字木蘭花‧新月〉中也曾表達過無意娶繼室的想法：

〔註3〕孫康宜著：《古典與現代的女性闡釋》，頁74。

晚妝欲罷，更把纖眉臨鏡畫。准待分明，和雨和煙兩不勝。

莫教星替，守取團圓終必遂。此夜紅樓，天上人間一樣愁。

〔註4〕

「莫教星替」正是化用李商隱詩句；李商隱喪妻後，幕府府主柳仲郢（？～864）欲將樂妓張懿僊許給李商隱作妾，李商隱無心續娶，遂作詩〈李夫人〉婉言辭謝，詩云：「一帶不結心，兩股方安髻。慚愧白茅人，月沒教星替。」「月沒」喻妻子王氏之死，「教星替」指柳仲郢擬以張氏歸之。〔註5〕容若化用此句以自證對盧氏的一心一意，然而父母之命不可違，最終仍是續娶了官氏。即便續弦並非容若本意，但在有了繼室的陪伴後，容若的傷痛之情確實消減了不少，出使塞外途中，念及家中尚有官氏在等待自己，總算也不像初喪妻時寂寞。

　　寡婦詩人的境遇卻是大相逕庭，舊時代社會極力反對女性改嫁，「守寡」才是大眾普遍推崇的美德；地方府志中所記載受旌表的女子多是守寡數十年的寡婦，且她們被奉為女性的楷模典範。寡婦在哭夫詩詞中闡述她們守貞的信念，如明代王茂芝妻梁氏早寡，《擷芳集》記載了梁氏的事蹟：「王茂芝妻梁氏，生一子，甫三歲，茂芝卒。氏誓死不二，父母微諷之，輒大慟，入粧閣，書衣衿云云。」梁氏書〈示志〉一詩於衣襟，以展現誓不改嫁的決心：

　　裙釵自是一孤身，節比松筠不改真。

　　父母豈知情誼重，願將完璧報良人。〔註6〕

「松筠之節」、「柏舟之誓」是節婦在詩中常用來表堅貞意志的詞句。再看明代張生妻甄氏面對丈夫、幼子俱卒，而舅姑勸其改嫁的情況，甄氏作〈節婦歌〉以矢己志：〔註7〕

　　泉流不歸山，雨落不上天。妾死心不回，金石無全堅。

〔註4〕葉嘉瑩主編、張秉戌編著：《納蘭性德詞新釋輯評》，頁403。

〔註5〕趙秀亭、馮統一箋校：《飲水詞箋校》，頁364。

〔註6〕〔清〕汪啟淑選：《擷芳集・卷六》，清乾隆飛鴻堂刻本，1785年。

〔註7〕鍾惺《名媛詩歸・卷二十六》：「甄氏，年二十，適張三載，其夫卒。生一子，及五歲亦卒。舅姑勸其改適，甄作歌以矢志，議遂寢焉。」

白日中天麗，飄忽沉西海。妾心日不如，長夜瞳瞳光不改。

明月懸清輝，三五二八圓又虧。妾心月不如，一圓耿耿無虧時。

妾心一寸鐵，不與紅爐滅。妾心萬鈞石，不能洪波裂。

妾髮可剪，妾頭可截，妾心之白不可涅。

憶妾二十春，結髮事良人。焉知三載皇天傾，羅幃繡幌生素塵。

懷中五歲兒，水上浮漚漁。白髮蕭蕭垂老親，綵衣零落空悲辛。

吾聞陳孝婦，夫死養姑心愈固。朱幢入奏丹書來，黃金北斗高門戶。

又聞杞良妻，一哭梁山傾。精神變天地，黃土非無情。

君不見章臺女，傾城華，去年嫁東鄰，今年歸西家。顏色皎皎如桃花。

桃花貪結子，紅顏不惜汙泥沙。

回首天漢上，雙鳳縹縹凌紫霞，蓬萊仰面空咨嗟。〔註8〕

汪啟淑盛讚甄氏貞烈之舉：「石堅可鑿，金堅可鎔，獨女子厲志貞情亙萬古而不易。節婦若甄氏，可為得天地之正氣者。」〔註9〕此詩語言直白、情感強烈，合山究認為詩中語氣的激烈程度堪比文天祥〈正氣歌〉。〔註10〕

更甚者，還有許多節婦作「絕命詩」、「絕命詞」，以示絕不二嫁的強烈心志。順治十一年（1654）有一節婦方月容（適謝天恩），方兄設局陷害妹夫，並威逼方月容改嫁，方月容作〈絕命詩〉四首，後不食而死。〈絕命詩〉四首讀來剛烈，試看其一：

平生摧折已多年，至死從君不二天。

安得倩將青鳥去，便刲丹血寫文牋。〔註11〕

〔註8〕〔明〕鍾惺編：《名媛詩歸·卷二十六》，明末景陵鍾氏刊本，1621～1644年。

〔註9〕〔清〕汪啟淑選：《擷芳集·卷九》。

〔註10〕合山究著，蕭燕婉譯註：《明清時代的女性與文學》，頁206。

〔註11〕〔清〕汪啟淑選：《擷芳集·卷二》。

湖南節婦陳氏（適鄒代理）在丈夫歿後雖存去意，但因幼子尚未斷奶，陳氏強撐一年餘，至幼子稍長，遂自經死。〈絕命詞〉可見陳氏死志堅決：

> 心頭已是灰，眼底空流血。
>
> 不作未亡人，與君同一穴。〔註12〕

從上述例子來看，寡婦守節是受到時代習尚認可推崇的舉動，她們因此登上縣志旌表、女性文學選集；這些在歷史中遺失了姓名的女子，在漫漫長河中還能得到一星半點的墨跡。明清兩代以旌表的獎勵制度來鼓勵女性守節，寡婦「守節」、「殉死」被視為女性展現高貴情操、尋求自我價值的途徑，對於喪偶的女性來說，沒有比履行節烈更名譽的生活型態；男性則不然，傳統社會賦予男性傳宗接代的家庭責任，《孟子》中還有「不孝有三，無後為大」的嚴厲批評，〔註13〕因此古代男性在娶妻之外還可以納妾，以利延續香火。此外，男性還揹負著立身揚名的社會責任，要達到「治國平天下」的目標，必先「修身齊家」，因此娶妻生子被當作是人生不可或缺的里程碑，喪妻後續弦也就是理所當然的事；世人或許會對不願續弦的男性作出「專情」的正面評價，但不會上升至道德層級。

第二節　表現手法

不同的社會地位與家庭責任，使得異性悼亡作家在詩詞中聚焦的重點也不同；男性悼亡作家注重歌頌妻子的賢慧，間或描寫音容笑

〔註12〕〔清〕汪啟淑選：《擷芳集・卷七》。

〔註13〕《孟子・離妻上》：「不孝有三，無後為大。舜不告而娶，為無後也，君子以為猶告也。」東漢趙岐（108～201）在《孟子注疏》中解作「於禮有不孝者三事，謂阿意曲從，陷親不義，一不孝也。家窮親老，不為祿仕，二不孝也。不娶無子，絕先祖祀，三不孝也。三者之中，無後為大。」然而後世學者根據《孟子》原文重新釋義，「無後」一詞是形容「舜不告而娶」的舉動，「無後」應解釋為不尊重、目無尊長之意。惟趙岐注疏後，後世長期繼承其說法，導致傳宗接代被當作孝道的一部份。

貌，也有些男性作家專注地抒發自身的愁苦相思；女性悼亡作家重視丈夫的品德才學，為丈夫塑造出忠良正直的形象。王立提出了悼妻與悼夫之作的特徵，可以看到二者之間的差異，以悼妻之作來說：

> 悼亡妻，其主要情感價值正在於表現同甘共苦、共患難上，即「荊釵布裙，守困厄之時」，而如此表現才較有感人的力量，悽惋之意更濃。……妻，這一人倫角色在古人眼裡，可貴之處也在於相濡以沫共度困厄上。而唯有失去了，「荊妻」的價值才備顯無遺。〔註14〕

對古人來說，「妻子」的形象具有較高的道德意義，妻子必須與丈夫「共苦」，姬妾才是與男性「同甘」的角色。因此，男性作家悼念亡妻時，往往描寫妻子辛勤紡織、舉案齊眉等畫面，歌頌妻子克勤克儉、事親至孝的美德。悼夫之作的特徵則不同：「在己，是忠貞不渝；在亡夫，是標舉德才。」〔註15〕悼夫之作經常弘揚丈夫的品性才學並引以為傲，再進一步宣示自己堅守忠貞的信念。

　　胡旭提到，唐代以前的悼亡詩原本沒有這種明顯的禮教傾向，直到韋應物開啟了描寫妻子德行的風氣，並由元稹將其提升到很高的地位，唐宋以後悼亡詩基本上沿襲了這種走向。〔註16〕納蘭容若卻跳脫了這種慣例，他很少提及盧氏的善或美，而是專注在回憶夫妻間深厚的感情、過往快樂的經歷，並抒發喪妻帶來的寂寞哀愁。如〈青衫濕遍·悼亡〉、〈東風齊著力〉（電急流光）、〈南鄉子·搗衣〉、〈浣溪紗〉（誰念西風獨自涼）、〈臨江仙〉（夜來帶得些兒雪）、〈琵琶仙·中秋〉等追憶過往歡會情景。〈百字令〉（人生能幾）、〈金縷曲·亡婦忌日有感〉、〈蝶戀花〉（辛苦最憐天上月）、〈望江南·宿雙林禪院有感〉、〈憶江南·宿雙林禪院有感〉傾訴喪妻以來的孤苦心緒。

　　雖然失去盧氏對容若造成沉痛的打擊，但從現實層面來說，前有側室顏氏，後有繼室官氏，納蘭家又足夠富裕，因此容若才能長久

〔註14〕王立著：《永恆的眷戀——悼祭文學的主題史研究》，頁171。
〔註15〕王立著：《永恆的眷戀——悼祭文學的主題史研究》，頁174。
〔註16〕胡旭著：《悼亡詩史》，頁4。

沉浸在悲傷中，而無後顧之憂。身為清初享譽詞壇的詞人，納蘭悼亡詞字字雕琢，經過數次修改，以追求更高的審美價值。然而絕大多數的古代婦女沒有獨立自我的生活，女子出嫁後便以夫為天，肩負家庭中柴米油鹽等瑣事，她們的生活重心圍繞著家庭而轉，她們的文學活動也多因婚戀或家庭生活不稱心而起。因此相較於男性文學，女作家較不講究詩歌的藝術表現，而更注重在情感的宣洩。如浙江節婦范氏（適計駿）〈痛悼夫亡〉：

> 傷哉薄命實堪憐，夫死何如妾替捐。
>
> 本欲相隨同一處，只因姑在且捱年。〔註17〕

語言質樸少經雕琢、情感表達直白是很多哭夫詩的特色，薄少君的詩作也偏向此種風格；與其他明清哭夫詩不同的是，薄少君從男性角度出發，少言己身悲苦，著重在描繪沈承生前的形貌與自我開解之語，其詩多了大氣磅礴的意境與豪放曠達的態度，研究者指出，薄氏哭夫詩的風格是「悲中見壯，哀中見豪」。〔註18〕哭夫詩其一、其三十四、其五十八、其六十二、其七十三、其七十五、其八十一展現了薄少君對生死的達觀。其四、其二十六、其二十七、其三十三、其四十三、其六十八、其七十一意境開闊，薄少君認為肉身易逝，此恨千古皆然，但精神不滅，文字能夠使人聲名永存。其十、其二十一、其四十五、其四十九、其五十、其五十七、其六十三意象詭誕，頗具奇思。其五、其二十五、其二十八、其四十二、其四十七、其五十九、其六十四、其七十二文字雄傑，直爽而不矯飾，好似懷抱著一番雄心壯志。薄少君雖身為女子，筆下卻滿溢英豪之氣，莫怪胡寄塵稱薄少君為「女詩豪」，胡寄塵提到：「即如七戰金陵、一片冰心、甕中醯雞等首，真是足以嚇倒腐儒。」〔註19〕

另外，從面對喪偶的悲傷反應切入，也可以看到二人有些許異

〔註17〕〔清〕汪啟淑選：《擷芳集·卷二》。

〔註18〕劉俐：〈晚明女詩人悼亡詩研究概述〉，《文學教育（下）》第10期（2020年10月），頁22。

〔註19〕胡寄塵編：《文藝叢說》，頁68。

同。華爾頓將「病態悲傷反應」分為四個類型，分別為慢性化的悲傷反應、延宕的悲傷反應、誇大的悲傷反應、改裝的悲傷反應。〔註20〕無論是薄少君的「一慟而亡」，抑或容若長達八年的悲悼，筆者認為二者皆有部分符合華爾頓所說的「病態悲傷反應」。雖然薄少君在哭夫詩中展現的大多為剛毅的面向，但根據好友後人的敘述，薄少君「每挽一絕，哭暈一次」，她在喪夫後日日哀哭，最終抑鬱成疾而亡。華爾頓如此描述「誇大的悲傷反應」：

> 當事人經驗到強烈的正常悲傷反應，覺得不勝負荷，因而產生不適應的行為。……有誇大悲傷反應的人，通常都能意識到自己的反應與失落有關。由於反應過度而影響生活，大多數當事人會尋求治療。〔註21〕

悲傷者可能會表現出劇烈的失落反應，包含憂鬱、恐慌等，如在文獻記載中薄少君曾有「哭暈」、「絕食」等過激行為。納蘭容若則符合「慢性化的悲傷反應」，華爾頓解釋：

> 慢性化的悲傷反應是指過度延長，而且永未達到一個滿意結果的悲傷反應。週年忌日的悲傷反應可能會長達十年或更久，……因為當事人往往很清楚自己還沒有走過悲傷。但是慢性化的悲傷不會因為當事人能自己覺察到而自行結束，這種覺察會特別強烈。當事人會說「我沒有回到正常的生活」，「悲傷怎麼永無止盡」、「我需要協助，找回自己」。〔註22〕

康熙十六年（1677）至康熙二十四年（1685）八年之間，容若持續地懷念盧氏，從悼亡詞中可見思念未減。容若也不只一次發出「悲傷怎麼永無止盡」的慨嘆，如「多少滴殘紅蠟淚，幾時乾」（〈山花子〉）、「此恨何時已」（〈金縷曲・亡婦忌日有感〉），在盧氏離世的前兩年，容若深知自己深陷在無盡的悲傷汪洋，卻對此束手無策。

〔註20〕J. William Worden 著，李開敏等譯：《悲傷輔導與悲傷治療》，頁114。
〔註21〕J. William Worden 著，李開敏等譯：《悲傷輔導與悲傷治療》，頁116～117。
〔註22〕J. William Worden 著，李開敏等譯：《悲傷輔導與悲傷治療》，頁114。

英國精神科醫師帕克斯（Parkes C. M.，1928～）將喪親後的哀悼時期分為四個階段，第一階段是「麻木期」，喪親者暫時逃避失落的事實；第二階段是「渴念期」，喪親者否認失落是永恆的，並且渴望逝去的親人復生；第三階段是「絕望期」，喪親者很難正常發揮生活所需的基本功能；第四階段是「重組期」，人們開始慢慢回到喪親前的正常生活。〔註23〕薄少君百首哭夫詩的創作時長僅一年，未能清楚地看到這種變化，但容若的悼亡詞可以見證這個過程。

第一階段的「麻木期」體現在喪親者初面臨親人離世的時期，喪親者會感到震驚、不真實與麻木，難以體認並抗拒接受「喪親」這一事實。容若為盧氏創作的第一首悼亡詞為〈青衫濕遍·悼亡〉，此時距盧氏離世業已半月，應已度過「麻木期」，並進入「渴念期」，容若體認到愛妻逝去的現實，因此才能著筆創作悼亡詞。「渴念期」可以〈青衫濕遍·悼亡〉、〈眼兒媚·中元夜有感〉、〈沁園春〉（瞬息浮生）、〈蝶戀花〉（辛苦最憐天上月）為例：「願指魂兮識路，教尋夢也迴廊。」（〈青衫濕遍·悼亡〉）、「蓮花漏轉，楊枝露滴，想鑒微誠。」（〈眼兒媚·中元夜有感〉）流露出希望愛妻復生的渴望；「手寫香臺金字經，惟願結來生。」（〈眼兒媚·中元夜有感〉）、「便人間天上，塵緣未斷。」（〈沁園春〉）「無那塵緣容易絕」（〈蝶戀花〉）拒絕相信夫妻緣份已盡，並表達再結來生的堅定信念。第三階段「絕望期」可以〈清平樂〉（淒淒切切）、〈於中好·十月初四夜風雨，其明日是亡婦生辰〉、〈金縷曲〉（生怕芳樽滿）為例：「塵生燕子空樓，拋殘弦索床頭。」（〈清平樂〉）、「塵滿疏簾素帶飄」（〈於中好〉）顯現了情緒低落而無心整理環境，導致屋內塵埃滿佈的情景；「惜別江郎渾易瘦，更著輕寒輕暖。」（〈金縷曲〉）感慨自己喪妻後逐漸消瘦，更耐不住乍暖還寒的時節。第四階段「重組期」則體現在悼亡詞的數量逐漸減少，據本文表4-3-1 來看，〔註24〕納蘭悼亡詞中可繫年之作集中在康熙十六、十七

〔註23〕J. William Worden 著，李開敏等譯：《悲傷輔導與悲傷治療》，頁 52。
〔註24〕詳見本文頁 166～167。

年，是盧氏離世後的前兩年；康熙十八年後，容若續娶官氏，即使續弦原非容若本意，但官氏的出現仍多少撫慰了容若孤寂的心靈，讓他在隨扈出塞的途中，能保有對家室的寄託與念想。容若依然懷念盧氏，但終究可以慢慢地回歸生活正軌，不再頻繁地陷入痛苦的心緒之中。

第三節　審美特色

化用典故是詩詞寫作中極重要的一種修辭手法，用典的目的在於「據事以類義，援古以證今」，〔註25〕劉勰說：「是以將贍才力，務在博見。狐腋非一皮能溫，雞蹠必數千而飽矣。是以綜學在博，取事貴約，校練務精，捃理須覈，眾美輻輳，表裡發揮。」〔註26〕典故運用得精確，也代表作者的學識足夠淵博。薄詩和納蘭詞都有不少用典處，薄少君多用歷史、奇聞軼事等典故，納蘭容若則好用愛情典故。筆者整理二人所引用事典與其出處，並以表格列出：

表 5-3-1　薄氏哭夫詩的典故化用

編號	詩　句	典故出處
一	彼蒼難問古今爭	《詩經‧秦風》〈黃鳥〉：「交交黃鳥，止於棘。……彼蒼者天，殲我良人！如可贖兮，人百其身！」〔註27〕
	薤露須歌鐵板聲	西漢輓歌〈薤露〉：「薤上露，何易晞。露晞明朝更復落，人死一去何時歸以。」
二	賦樓何足屈君身	賦樓指李賀「白玉樓」之典故，代指文人才子英年早逝。《全唐文‧卷七百八十‧李賀小傳》：「長吉將死時，忽晝見一緋衣人，駕赤虬，持一版，書若太古篆，或霹靂石文者，雲當召長吉。長吉了不能讀，欻下榻叩頭，言阿㜷老且病，賀不願去。緋衣人笑曰：『帝成白玉樓，立召君為記。天上差樂，不苦也。』長吉獨泣，邊人盡見之，少之長吉氣絕。」

〔註25〕羅立乾注釋，李振興校閱：《新譯文心雕龍》，頁 344。
〔註26〕羅立乾注釋，李振興校閱：《新譯文心雕龍》，頁 347～348。
〔註27〕陳致、黎漢傑譯注：《詩經》，頁 197。

三	誼如淮海與波翁	淮海指秦觀，波翁指蘇軾；蘇軾與秦觀亦師亦友，關係密切。
七	惟有雄文遏采雲	《列子·湯問》：「薛譚學謳於秦青，未窮青之技，自謂盡之，遂辭歸。秦青弗止。餞於郊衢，撫節悲歌，聲振林木，響遏行雲。」〔註28〕
二十二	長吉遺文遭溷劫	李昉《太平廣記·輕薄一》：「按唐李公藩嘗綴賀歌詩，為之敘未成，知賀有外兄，與賀有筆研舊，召見，託以搜采放失。其人諾，不且請曰：『某盡記賀篇詠，然黷改處多，願得公所輯視之，當為是正。』公喜，並付之，彌年絕跡。復召詰之，乃云：『某與賀中表，自幼同處，恨其倨忽，常思報之。今幸得公所藏，並舊有者，悉投堰中矣。』公大恚，叱出之。」
	化書千載誤齊丘	趙道一《歷世真仙體道通鑑·卷三十九》：「峭嘗作《化書》，南唐宋齊丘竊其名為己作，見行世。宋仁宗嘉祐五年夏四月，碧虛子題《化書》後序云：『鴻濛君曰：『吾嘗問希夷先生誦此書至〈稚子〉篇，掩冊而語吾曰：『吾師友譚景升始於終南山著《化書》，因遊三茅，經歷建康。見宋齊丘有仙風道骨，雖溺機智，而異乎黃埃稠人，……齊丘終不悟，景升乃出《化書》授齊丘，曰：『是書之化，其化無窮，願子序之，流於後世。』於是杖鞁而去，齊丘奪為己有而序之耳。』」
二十三	一隨玉匣殉昭陵	「昭陵」為唐太宗之陵寢，相傳王羲之〈蘭亭集序〉真跡作為陪葬品埋於此處。
二十四	為君什襲藏金匱	《史記·卷一百三十·太史公自序》：「卒三歲而遷為太史令，紬史記石室金匱之書。」〔註29〕
三十	似覿穀城山下石，提將坯老自關情	《史記·卷五十五·留侯世家》：「良嘗閒從容步游下邳圯上，有一老父，衣褐，至良所，直墮其履圯下，顧謂良曰：『孺子，下取履！』良鄂然，欲毆之。為其老，強忍，下取履。……出一編書，曰：『讀此則為王者師矣。後十年興。十三年孺子見我濟北，穀城山下黃石即我矣。』遂去，無他言，不復見。」〔註30〕

〔註28〕王雲五主編：《叢書集成初編·列子》（上海：商務印書館，1939年），頁69。

〔註29〕〔西漢〕司馬遷著，夏華等編譯：《史記全本（下）》（遼寧：萬卷，2016年），頁330。

〔註30〕〔西漢〕司馬遷著，夏華等編譯：《史記全本（上）》（遼寧：萬卷，2016年），頁314～315。

三十四	翻笑彭翁是夭亡	葛洪《神仙傳》：「彭祖者，姓錢，名鏗，帝顓頊之玄孫。至殷末世，年七百六十歲而不衰老。」
三十六	絕壁無緣困五丁	酈道元《水經注·沔水》：「來敏《本蜀論》云：『秦惠王欲伐蜀而不知道，作五石牛，以金置尾下，言能屎金。蜀王負力，令五丁引之成道。秦使張儀、司馬錯尋路滅蜀，因曰石牛道，厥蓋因而廣之矣。』」〔註31〕
	君文幻似桃源路，只恐青山誤後生	陶潛〈桃花源記〉：「《桃源經》曰：『桃源山在縣南一十里，西北乃沅水曲流，而南有障山，東帶鈔鑼溪，周回三十有二里，所謂桃花源也。』」
四十二	任爾機鋒多不應，只將鷗鳥待時人	《列子·黃帝》：「海上之人有好漚鳥者，每旦之海上，從漚鳥游，漚鳥之至者百住而不止。其父曰：『吾聞漚鳥皆從汝游，汝取來，吾玩之。』明日之海上，漚鳥舞而不下也。故曰：至言去言，至為無為；齊智之所知，則淺矣。」〔註32〕
四十三	骨相不需麟閣畫	西漢漢宣帝手下有降匈奴的十一名功臣，令人畫十一功臣之畫像於未央宮麒麟閣。《漢書·李廣蘇建傳》：「甘露三年，單于始入朝。上思股肱之美，乃圖畫其人於麒麟閣，法其形貌，署其官爵姓名。」〔註33〕
五十	七竅血流混沌死	《莊子·內篇·應帝王》：「南海之帝為儵，北海之帝為忽，中央之帝為渾沌。儵與忽時相與遇於渾沌之地，渾沌待之甚善。儵與忽謀報渾沌之德，曰：『人皆有七竅以視聽食息，此獨無有，嘗試鑿之。』日鑿一竅，七日而渾沌死。」〔註34〕
五十五	鶴返遼東轉累心	陶潛《搜神後記·卷一》：「丁令威，本遼東人，學道於靈虛山。後化鶴歸遼，集城門華表柱。時有少年，舉弓欲射之。鶴乃飛，徘徊空中而言曰：『有鳥有鳥丁令威，去家千年今始歸。城郭如故人民非，何不學仙冢纍纍？』遂高上沖天。今遼東諸丁云其先世有升仙者，但不知名字耳。」〔註35〕

〔註31〕王雲五主編：《水經注（五）》（上海：商務印書館，1929年），頁27。
〔註32〕王雲五主編：《叢書集成初編·列子》，頁24。
〔註33〕安平秋、張傳璽分史主編：《漢書（二）》（上海：漢語大詞典，2004年），頁1175。
〔註34〕莊子著，司馬志編：《莊子全書》（新北：華志文化，2013年），頁87。
〔註35〕王雲五主編：《叢書集成初編·搜神後記》（上海：商務印書館，1936年），頁13。

五十七	甕裡醯雞世界寬	《莊子・外篇・田子方》:「孔子出,以告顏回曰:『丘之於道也,其猶醯雞與!微夫子之發吾覆也,吾不知天地之大全也。』」
	蹄涔魚鱉掉廻瀾	《淮南子・氾論訓》:「夫牛蹄之涔,不能生鱣鮪,而蜂房不容鵠卵;小形不足以包大體也。」〔註36〕
五十九	馬遷作史偏游觀	蘇轍〈上樞密韓太尉書〉:「太史公行天下,周覽四海名山大川,與燕、趙間豪俊交遊,故其文疏蕩,頗有奇氣。」
六十二	黃粱睡覺成仙去,究竟還非出夢時	沈既濟《枕中記》:「盧生欠伸而悟,見其身方偃於邸舍,呂翁坐其傍,主人蒸黍未熟,觸類如故。生蹶然而興,曰:『豈其夢寐也?』翁謂生曰:『人生之適,亦如是矣。』」
六十四	床頭壁破無須鑿	《西京雜記・卷二》:「匡衡字稚圭,勤學而無燭。鄰舍有燭而不逮,衡乃穿壁引其光,以書映光而讀之。」
七十	身宮磨蝎似東坡	蘇軾《東坡志林・卷一・命分》:「退之詩云:『我生之辰,月宿直斗。』乃知退之磨蝎為身宮,而僕乃以磨蝎為命,平生多得謗譽,殆是同病也。」〔註37〕
	指點無勞春夢婆	趙令畤《侯鯖錄・卷七》:「東坡老人在昌化,嘗負大瓢行歌於田間,有老婦年七十,謂坡云:『內翰昔日富貴,一場春夢。』坡然之。里人呼此嫗為春夢婆。」〔註38〕
七十二	舌碎常山血濺泥	安史之亂爆發時,顏杲卿(692~756)任常山郡太守,後城破被俘,顏杲卿被押至洛陽,見安祿山大罵不絕,遂遭叛軍鈎斷舌頭,仍含糊唾罵至身死。《新唐書・列傳第一百一十七・忠義中》:「祿山不勝忿,縛之天津橋柱,節解以肉啗之,罵不絕,賊鈎斷其舌,曰:『復能罵否?』杲卿含胡而絕,年六十五。」〔註39〕

〔註36〕王雲五主編:《叢書集成初編・淮南鴻烈解及其他一種(二)》(上海:商務印書館,1937年),頁495。
〔註37〕王雲五主編:《叢書集成初編・東坡志林》(上海:商務印書館,1939年),頁15。
〔註38〕新文豐編輯部編著:《叢書集成新編(八六)》(臺北:新文豐,1985年),頁613。
〔註39〕黃永年分史主編:《新唐書(七)》(上海:漢語大詞典,2004年),頁4119。

	樊于頭落手猶提	《戰國策・燕冊三》：「軻曰：「今有一言，可以解燕國之患，而報將軍之讎者，何如？」樊於期乃前曰：『為之奈何？』荊軻曰：『願得將軍之首以獻秦，秦王必喜而善見臣，臣左受拔其袖，而右手揕抗其胸，然則將軍之仇報，而燕國見陵之恥除矣。將軍豈有意興？』樊於期偏袒扼腕而進曰：『此臣日夜切齒拊心也，乃今得聞教。』遂自刎。」
七十三	昨朝蝶化莊周重，今日莊周化蝶輕	《莊子・內篇・齊物論》：「昔者莊周夢為胡蝶，栩栩然胡蝶也，自喻適志與！不知周也。俄然覺，則蘧蘧然周也。不知周之夢為胡蝶與，胡蝶之夢為周與？周與胡蝶，則必有分矣。此之謂物化。」〔註40〕
七十四	長門賦買甕頭香	據傳漢武帝時，陳皇后失寵被貶至長門宮，陳皇后重金委託司馬相如為她作賦，以訴深閨幽怨。司馬相如遂作〈長門賦〉，漢武帝讀後大受感動，陳皇后復得寵。
七十六	方君與古漢留侯，意氣魁梧韻度柔	《漢書・張王陳周傳》：「聞張良之智勇，以為其貌魁梧奇偉，反若婦人女子。」〔註41〕
七十八	縱是羿妻能竊藥	《淮南子・覽冥訓》：「譬若羿請不死之藥於西王母，恒娥竊以奔月，悵然有喪，無以續之。」〔註42〕

表 5-3-2　納蘭悼亡詞詩的典故化用

詞句／詞牌（首句）	典故出處
淒涼滿地紅心草〈虞美人〉（綠陰簾外梧桐影）	沈亞之《異夢錄》：「姚合曰：『吾友王炎者，元和初，夕夢遊吳，侍吳王久。聞宮中出輦，言葬西施。王悼悲不止，立詔詞客作輓歌。炎遂應教，詩曰：『西望吳王國，雲書鳳字碑。連江起珠帳，擇水葬金釵。滿地紅心草，三層碧玉階。春風無處所，淒恨不勝懷。』詞進，王甚嘉之。』」

〔註40〕莊子著，司馬志編：《莊子全書》，頁31。
〔註41〕安平秋、張傳璽分史主編：《漢書（二）》，頁962。
〔註42〕王雲五主編：《叢書集成初編・淮南鴻烈解及其他一種（一）》（上海：商務印書館，1937年），頁209。

長向畫圖清夜喚真真 〈虞美人〉（春情只到梨花薄）	杜荀鶴《松窗雜記》：「唐進士趙顏於畫工處得一軟障，圖一婦人甚麗，顏謂畫工曰：『世無其人也，如可令生，余願納為妻。』畫工曰：『余神畫也，此亦有名，曰真真，呼其名百日，晝夜不歇，即必應之，應則以百家綵灰酒灌之，必活。』顏如其言，遂呼之百日，晝夜不止……遂呼之活，下步言笑飲食如常。」〔註43〕
乞巧樓空，影娥池冷 〈鵲橋仙・七夕〉	《三輔黃圖・卷四》：「武帝鑿池以玩月，其旁起望鵠臺以眺月，影入池中，使宮人乘舟弄月影，名影娥池，亦曰眺蟾臺。」
咫尺玉鈎斜路 〈青衫濕遍・悼亡〉	陳師道《後山詩話》：「廣陵亦有戲馬臺，其下有路號『玉鈎斜』。」
夢冷蘅蕪 〈沁園春・代悼亡〉	王嘉《拾遺記・卷五》：「帝息於延涼室，臥夢李夫人授帝蘅蕪之香。帝驚起，而香氣猶著衣枕，歷月不歇。」
卻望姍姍，是耶非耶 〈沁園春・代悼亡〉	《漢書・外戚傳》：「上思李夫人不已，方士齊人少翁言能致其神。……上愈益相思悲感，為作詩曰：『是邪，非邪？立而望之，偏何姍姍其來遲！』」〔註44〕
鸞膠縱續琵琶 〈沁園春・代悼亡〉	東方朔《海內十洲記》：「煮鳳喙及麟角，合煎作膏，名之為續絃膠，或名連金泥。」〔註45〕
問可及、當年萼綠華 〈沁園春・代悼亡〉	陶弘景《真誥・卷一》：「萼綠華者，自云是南山人，不知是何山也。女子，年可二十，上下青衣，顏色絕整，以昇平三年十一月十日夜降羊權。」〔註46〕
減盡荀衣昨日香 〈沁園春〉（瞬息浮生）	習鑿齒《襄陽耆舊記》：「荀令君至人家，坐處三日香。」
倩聲聲臨笛 〈沁園春〉（瞬息浮生）	向秀〈思舊賦〉：「鄰人有吹笛者，發聲寥亮。追思曩昔遊宴之好，感音而歎，故作賦云。」

〔註43〕新文豐編輯部主編：《叢書集成續編（一〇四）》（臺北：新文豐，1989年），頁355。

〔註44〕見本文頁29。

〔註45〕新文豐編輯部編著：《叢書集成新編（二六）》（臺北：新文豐，1985年），頁116。

〔註46〕新文豐編輯部編著：《叢書集成新編（二〇）》（臺北：新文豐，1985年），頁232。

泣盡風檐夜雨鈴〈南鄉子‧為亡婦題照〉人間空唱〈雨淋鈴〉〈浣溪紗〉（鳳髻拋殘秋草生）	段安節《樂府雜錄》：「〈雨淋鈴〉者，因唐明皇駕迴至駱谷，聞雨淋鑾鈴，因令張野狐撰為曲名。」〔註47〕《楊太真外傳》：「又至斜谷口，屬霖雨涉旬，於棧道雨中聞鈴聲隔山相應。上既悼念貴妃，因採其聲為〈雨霖淋〉曲，以寄恨焉。」〔註48〕
釵鈿約，竟拋棄〈金縷曲‧亡婦忌日有感〉信得羽衣傳鈿合〈浣溪紗〉（鳳髻拋殘秋草生）	陳鴻《長恨歌傳》：「適有道士自蜀來，知皇心念楊妃如是，自言有李少君之術。元宗大喜，命致其神，方士乃竭其術以索之，……見最高仙山上多樓閣，西廂下有洞戶，東向，闔其門，署曰『玉妃太真院』。……玉妃出見，……指碧衣女取金釵鈿合，各析其半，授使者，曰：『為謝太上皇，謹獻是物，尋舊好也。』」方士受辭與信。〔註49〕
忍聽湘弦重理〈金縷曲‧亡婦忌日有感〉	《楚辭‧遠遊》：「使湘靈鼓瑟兮，令海若舞馮夷。」
不辭冰雪為卿熱〈蝶戀花〉（辛苦最憐天上月）	《世說新語‧惑溺》：「荀奉倩與婦至篤，冬月婦病熱，乃出中庭自取冷還，以身熨之。」
春叢認取雙棲蝶〈蝶戀花〉（辛苦最憐天上月）	出自民間傳說〈梁祝化蝶〉。彭大翼《山堂肆考》：「俗傳大蝶必成雙，乃梁山伯、祝英臺之魂，又韓憑夫婦之魂。」
斷帶依然留乞句〈蝶戀花〉（眼底風光留不住）	李商隱〈柳枝詞序〉：「他日春曾陰，讓山下馬柳枝南柳下，詠余〈燕台詩〉，柳枝驚問：『誰人有此？誰人為是？』讓山謂曰：『此吾里中少年叔耳。』柳枝手斷長帶，結讓山為贈叔乞詩。」
蕭瑟蘭成看老去〈蝶戀花〉（蕭瑟蘭成看老去）	陸龜蒙《小名錄》：「庾信幼而俊邁，聰敏絕倫，有天竺僧呼信為蘭成，因以為小字。」容若以庾信代指自己。

〔註47〕王雲五主編：《叢書集成初編‧樂府雜錄及其他二種》（上海：商務印書館，1936年），頁37。

〔註48〕新文豐編輯部編著：《叢書集成新編（八一）》（臺北：新文豐，1985年），頁495。

〔註49〕新文豐編輯部編著：《叢書集成新編（八三）》（臺北：新文豐，1985年），頁168。

庾郎未老，何事傷心早 〈點絳唇〉（一種蛾眉）	
林下荒苔道韞家 〈山花子〉（林下荒苔道韞家）	謝道韞以才情著稱，《三字經》中有：「蔡文姬，能辨琴。謝道韞，能詠吟。」之句，文人常以謝道韞代指有文才之女子。
塵生燕子空樓 〈清平樂〉（淒淒切切）	白居易〈燕子樓詩序〉：「尚書既歿，歸葬東洛，而彭城有張氏舊第，第中有小樓名燕子。盼盼念舊愛而不嫁，居是樓十餘年，幽獨塊然，於今尚在。」
欲知奉倩神傷極 〈眼兒媚·中元夜有感〉	《三國志·荀彧傳》：「歷年後，婦病亡，未殯，傅嘏往唁粲；粲不哭而神傷。……痛悼不能已，歲餘亦亡，時年二十九。」〔註50〕
賭書消得潑茶香 〈浣溪紗〉（誰念西風獨自涼）	李清照〈今石錄後序〉：「余性偶強記，每飯罷，坐歸來堂烹茶，指堆積書史，言某事在某書某卷第幾葉第幾行，以中否角勝負，為飲茶先後。中即舉杯大笑，至茶傾覆懷中，反不得飲而起。」
鳳髻拋殘秋草生 〈浣溪紗〉（鳳髻拋殘秋草生）	《楊太真外傳》：「又妃常以假髻為首飾，而好服黃裙。」〔註51〕 白居易〈長恨歌〉：「翠翹金雀玉搔頭。」
當時七夕記深盟 〈浣溪紗〉（鳳髻拋殘秋草生）	《楊太真外傳》：「昔天寶十載，侍輦避暑驪山宮。秋七月，牽牛織女相見之夕，上憑肩而望。因仰天感牛女事，密相誓心：『願世世為夫婦。』言畢，執手各嗚咽。」〔註52〕
悔教羅襪葬傾城 〈浣溪紗〉（鳳髻拋殘秋草生）	《楊太真外傳》：「妃之死日，馬嵬嫗得錦靿襪一隻，相傳過客一玩百錢，前後獲錢無數。」〔註53〕
但倚相思樹 〈生查子〉（惆悵彩雲飛）	干寶《搜神記·卷十一》：「宿昔之間，便有大梓木生於二冢之端，旬日而大盈抱，屈體相就，根交於下，枝錯於上。又有鴛鴦，雌雄各一，恆棲樹上，晨夕不去，交頸悲鳴，音聲感人。宋人哀之，遂號其木曰『相思樹』。」〔註54〕

〔註50〕楊家駱主編：《新校本三國志（一）》，頁320。
〔註51〕新文豐編輯部編著：《叢書集成新編（八一）》，頁494。
〔註52〕新文豐編輯部編著：《叢書集成新編（八一）》，頁494。
〔註53〕新文豐編輯部編著：《叢書集成新編（八一）》，頁494。
〔註54〕王雲五主編：《叢書集成初編·搜神記（二）》（上海：商務印書館，1937年），頁78。

惜別江郎渾易瘦 〈金縷曲〉（生怕芳樽滿）	江淹喪妻後愁思鬱結，日漸消瘦。〈悼室人〉其五：「鬢局將成葆，帶減不須摧。」
人擁緱笙毳 〈清平樂〉（麝煙深漾）	劉向《列仙傳・王子喬》：「王子喬者，周靈王太子晉也。好吹笙，作鳳凰鳴。游伊洛之間，道士浮丘公接以上嵩高山。三十餘年後，求之於山上，見桓良曰：『告我家，七月七日待我於緱氏山嶺。』至時，果乘白鶴駐山頭，望之不得到，舉手謝時人，數日而去。」
慈雲稽首返生香 〈浣溪紗〉（拋卻無端恨轉長）	東方朔《海內十洲記》：「山多大樹，與楓木相類，而花葉香聞數百里，名為反魂樹。……伐其木根心，於玉釜中煮，取汁，更微火煎，如黑餳狀，令可丸之。名曰驚精香……或名之為反生香……或名之為卻死香。一種六名，斯靈物也。香氣聞數百里，死者在地，聞香氣乃卻活，不復亡也。」〔註55〕
與誰更擁燈前鬢 〈海棠月・瓶梅〉	《趙飛燕外傳・伶玄自敘》：「通德占袖，顧視燭影，以手擁鬢，淒然泣下，不勝其悲。」〔註56〕

薄少君使用的典故多和古人事跡，或是史書、道家典籍、志怪小說裡記載的傳說相關，不見與愛情相關的事典；納蘭容若則以愛情典故為主，摻雜一些人文軼事。這種差異與二人悼亡的題材有關，納蘭悼亡詞是經典的抒情詩詞樣式，薄詩則更像是詠人詩。伊維德便提出薄氏哭夫詩具有很強烈的傳記性質，這組詩目的在喚起沈承生前的形象、思考沈承死亡的意義與死後的去向。〔註57〕

　　從詩詞中常使用的意象也可以看出二者風格的迥異，袁行霈說：「詩的意象和與之相適應的詞藻都具有個性特點，可以體現詩人的風格。一個詩人有沒有獨特的風格，在一定程度上即取決於是否建立了他個人的意象群。」〔註58〕納蘭悼亡詞中常使用的意象有「月」、

〔註55〕新文豐編輯部編著：《叢書集成新編（二六）》，頁117。
〔註56〕新文豐編輯部編著：《叢書集成新編（八三）》，頁148。
〔註57〕曼素恩、賀蕭等著，游鑑明、胡纓、季家珍主編：《重讀中國女性生命故事》，頁326。
〔註58〕袁行霈著：《中國詩歌藝術研究》（臺北：五南，1989年），頁65。

「風」、「花」、「燈」、「夢」等，意圖為詞作營造淒清低迷的氛圍；薄
詩中較常用的意象卻是「英雄」、「文稿」、「文章」、「筆」、「遺孤」等，
塑造出天妒英才導致滿腹遺恨的情緒。納蘭詞中的意象已於前文中討
論過，此處統整薄詩中的常用意象，茲列為下表：

表 5-3-3　薄氏哭夫詩中的常用意象

意象	詩　句		
英雄	其四 英雄七尺豈烟消	其二十 沒卻英雄一片心	其四十三 英雄回首即長眠
	其六十三 英骨沉沙夜吐光		
文稿	其八 文字漫傳當世口	其十二 贏得篋中奇字在	其十五 好向他年讀父書
	其二十二 長吉遺文遭潤劫 君今一字無遺散	其二十三 遺稿先將副本謄	其二十四 墨改朱塗紙未黃
	其三十四 君文自可垂天壤	其三十五 末劫灰中一卷心	
文章	其五 能奪文章半句無	其九 惟有雄文遏采雲	其十 場中無命莫論文 卻怪君文遮不住
	其二十五 九泉何處用文章	其三十四 人間真壽有文章	其三十六 君文幻似桃源路
	其五十九 文章眼界海天寬		
筆	其八 筆成精崇墨成神	其二十六 山河擬伏筆尖平	其三十三 墨花開處剪鋒新 拂盡凡夫筆下塵
	其四十九 幽王鹵薄旁摻筆	其五十 筆鋒鑿處殺機深	其七十四 筆債而今仍謝絕
嬰孩 遺孤	其十三 一滴幸傳身沒血	其十四 三十無兒君惘然，	其十五 兒幼應知未識予

		鄰嬰偶過見猶憐 今雖有子留君後	
	其十六 昔有懷嬰齒未齠	其十七 閒同孩幼話天真 女來君已目無神	其三十 遺孤向若叩生平
	其三十一 兒啼女喚向君圍	其三十五 世間耳目嬰兒淺	
夢	其三 今日回頭似夢中	其四十四 帶夢思君形影疑	其四十八 月明穿夢眼如魔
	其六十二 既醒方知夢是迷， 此言亦是夢中詞 究竟還非出夢時	其六十七 清宵一夢駭重逢， 夢裡惟愁是夢中	其七十 羨君不作紅塵夢， 指點無勞春夢婆
	其七十五 何人不是夢中人， 好夢榮華惡夢貧 君是酒人方夢歡	其七十九 長日夢廻慵未起	

薄少君也記夢，哭夫詩中也會出現「淚」、「愁」、「苦」、「恨」、「悲」
等字，其意境卻與納蘭詞大異其趣，試看下表：

表 5-3-4　薄氏哭夫詩中感覺意象

字眼	詩　　句		
淚	其六 欲認籤題淚轉霏	其十八 淚枯老眼欲無聲	其八十 回首寒城淚滿襟
愁	其三十七 有愁時借酒彌縫	其四十 劫盡還愁石爛時	其四十九 冥鞠惟愁慧業深
	其六十七 夢裡惟愁是夢中		
苦	其七 苦吟時弄數莖鬚	其二十一 苦執貧儒欲奈何	其二十六 半世心精苦繡成
	其四十一 苦節如君始合天	其六十九 風淒月苦知者誰	其七十三 跡遍名山苦未能

恨	其四十八 不是思君恨已多	其六十三 西陵不返千年恨	其六十八 北邙幽恨結寒雲
	其六十九 塚入松恨逼寢處		
悲	其十三 悲來結想十分癡	其五十八 我哭他人我則悲 今日我悲君不哭	其六十八 千載同悲豈獨君
	其七十七 笑罵悲歌叫大人	其八十一 君聽哀詞意勿悲	

由此可見，薄詩中的感覺意象，很多不是為了抒發自己的情緒，反而是用來描寫沈承生前的狀態。薄詩中流露最多的情緒是強烈的憤恨不甘而非相思之苦，薄少君怨恨上天太早把沈承帶走，這種怨恨有時甚至凌駕於「思念」本身。一部分提及沈承早逝的詩以譏諷的筆法寫作，如哭夫詩其二、其五、其十、其十二、其五十七，詩云天上無人才，因此須要徵收人間學子。其二十一、其四十五、其四十九提及了泉下幽冥，薄少君表現出的卻不是敬畏之心，而是認為沈承的凜然正氣能使神鬼都折服。薄少君誠心向佛，但喪夫帶來的憤恚使她難以遵循佛教倡導的不嗔不怒不爭，不禁發出「君無殺業何至此」的詰問，就連在提及天翁、閻王等神官時，都是以比較戲謔的口吻來敘寫。納蘭容若也親近佛教，但容若在悼亡詞中對神佛虔誠祈求，希望他的誠心可以打動上天，讓他和盧氏得以再續前緣。佛教之於容若，是能讓他暫時忘卻痛苦的心靈淨土、拋下儒者責任的避難所。

沈承和容若都作為被治世經學綁架的士人，一位終生在科場中奮鬥，卻至死未能如願以償；一位少年得志，曾經懷抱滿腔熱忱壯志凌雲，最終卻被現實磨去了意氣。呂正惠（1948～）指出：

> 一般而論，傳統文人都是「儒、道一體的」，他們基本上是
> 以「藏身」和「隱居」的方式來保持自己人格的完整，而比
> 較容易的就把涉及群體和諧的道德實踐加以放棄，甚至詭
> 辯的以「修身」作為「治國」的基礎。在這個時候，生命的
> 實現就變成只是己身品德的修養，從而把「外在的行動」加

> 以放棄，而把生命減縮為「內斂的工夫」。……中國人的哲
> 學，不論是儒家的「藏身」，還是道家的「無為」，卻以放棄
> 社會實踐或鄙視社會實踐來換取個人的「自由」。也就是說，
> 對於外在的「限制」，當你不把他放在眼內時，你就獲得了
> 「自由」。〔註59〕

面對仕途不如意的情況，二人基於上述描述的基礎上有些微差異。沈
承六次科考失利，第七次在試場中發病，最後不幸病逝。在薄詩的描
述中，沈承是一個正直得有些迂腐的人，科舉連年失利導致他的生活
清貧，他雖貧困卻對錢財視若敝屣，並恥於代人捉刀。說得好聽一些，
這是傲骨嶙峋，但從另一種角度來看，這何嘗不是以「輕視」來掩飾
自己其實求而不得的事實？如呂正惠所說：「對於外在的『限制』，當
你不把他放在眼內時，你就獲得了『自由』。」當人沒有能力改善生
計，只能深信自己不慕榮利，才能安於艱苦的生活。而容若面對壯志
難酬的情況，他選擇的是放棄與逃避，他轉而渴望隱居山林不問世
事，並向佛教尋求精神慰藉。

　　從薄詩和納蘭詞審美特色來看，我們可以說，受教育程度高的
女子，作詩的風格便更傾向「女性化」的語言，與男詩人相類。以《擷
芳集》中記載一江蘇節婦姚氏（適王紱）為例，姚氏的父親姚師魯是
嘉靖年間舉人，姚氏有豔才，其詩與薄氏哭夫詩的風格截然不同，試
看〈憶亡夫〉：

> 冰輪初墮漏將殘，萬籟無聲青女寒。
> 鳳去碧梧秋瑟瑟，香銷繡戶夜漫漫。
> 三山縹渺魂何在，一室淒涼淚暗彈。
> 追憶當年歡笑處，等閒誰識會君難。〔註60〕

此詩契合傳統悼亡詩的作風，也更合乎世俗普遍期待的女性文學審

〔註59〕呂正惠：〈「內斂」的生命形態與「孤絕」的生命境界——從古典詩詞
　　　　看傳統文士的內心世界〉。參見柯慶明、蕭馳主編：《中國抒情傳統的
　　　　再發現（上）》（臺北：臺大，2009年），頁378～379。
〔註60〕〔清〕汪啟淑選：《擷芳集・卷五》。

美。薄少君這種非典型的哭夫詩,使她的詩作存在一些缺點,袁枚說:「詩人筆太豪健,往往短於言情;好征典者,病亦相同。即如悼亡詩,必纏綿婉轉,方稱合作。」〔註61〕我們可以從薄詩中為沈承刻劃出一個飽滿的形象,卻對生者的追悼、哀思比較少有感觸,這正是「筆太豪健而短於言情」的弊病。而清初詞壇崇尚婉約派,納蘭詞正是婉約派正宗,納蘭詞中的深情更是廣受稱道,謝章鋌(1820～1903)《賭棋山莊詞話》云:「納蘭容若(成德)深於情者也。固不必刻畫花間,俎豆蘭畹,而一聲河滿,輒令人悵惘欲涕。」〔註62〕容若並不刻意以艷科作詞,納蘭詞情真意切,足以動人。納蘭悼亡詞情文相生,文既生於情,情又襯托文,不僅符合袁枚「悼亡詩必纏綿婉轉」的論調,也更符合現代人對詩詞重情重采的審美標準。

〔註61〕〔清〕袁枚撰:《隨園詩話》(新北:漢京文化,1984 年),頁 485。
〔註62〕轉引自葉嘉瑩主編、張秉戌編著:《納蘭性德詞新釋輯評》,頁 530。

－192－

第六章　結　論

第一節　要點回顧

　　「死亡」作為人生最重要的課題，向來是詩歌中吟詠不絕的主題；死亡不僅意謂著生命的終結，對生者來說更必須面臨「分別」的難關。無論是「未知生，焉知死」抑或「未知死，焉知生」，俱隱含人類對死亡的恐懼與無力，人們能支配自己在生時的動向，卻無法掌握生命的終點何時到來。詩僧倉央嘉措（1683～1706？）有一首無題詩，第一段傾訴了難以割捨的過去以及對死亡的重視：

> 好多年了
> 你一直在我的傷口中幽居
> 我放下過天地
> 卻從未放下過你
> 我生命中的千山萬水
> 任你一一告別
> 世間事
> 除了生死
> 哪一件事不是閒事〔註1〕

「悼亡」作為回憶與抒情的重要形式，在詩歌史上是無可替代的一

〔註 1〕節錄自苗欣宇、馬輝編：《倉央嘉措詩傳》，頁 17。

環。本文以薄少君哭夫詩與納蘭性德悼亡詞作為研究中心,分析二者各自的藝術價值,比較異性作家在悼夫、悼妻上展現出的手法、審美差異。本文第二章旨在回顧中國古代悼亡詩史,時間幅度涵蓋先秦兩漢至清代,為悼亡詩史作一個重點性的整理說明。中國古代悼亡詩自先秦萌芽,經歷魏晉南北朝逐漸成熟,在唐宋方興日盛,自此賦詩悼亡遂成為文人流行的風俗。《詩經》開創了悼念亡者的主題,並奠立「睹物思人」與「觸景傷情」的悼亡模式;此後由漢武帝承繼了悼亡詩的開展,〈李夫人歌〉成為後代悼亡詩經常使用的典故;西晉潘岳奠定悼亡詩的狹義概念,將悼亡主體限制在妻妾,成為後代文人約定俗成的悼亡定義;初盛唐富強的國力與經濟帶動了文學成長,文人在詩歌審美上更偏好開闊、磅礴的風格,悼亡詩沉鬱的基調不受到文人青睞,因此悼亡詩在此階段完全絕跡;中晚唐國勢逐漸衰落,文壇風氣隨之轉變,文人重拾起悼亡詩,此時出現元稹、李商隱等多位標誌性詩人,悼亡詩的重心由悼亡主體轉向悼亡對象,除了擴懷,悼亡詩人也開始描寫夫妻生活與妻之婦德;兩宋是悼亡詩發展的高峰,悼亡詩人、作品數量眾多,並由蘇軾首開「以詞悼亡」的形式;金元兩代是文學的蕭條時代,悼亡詩的創作也趨緩;明代悼亡詩恢復生機,作品數量遠超前幾代,然因多沿襲舊例少有創新,雖有沈德符、王彥泓等大家,卻並無廣為人知的作品出現;清代的悼亡文學到達巔峰,無論是數量、藝術成就都比明代更上層樓,完整了古代悼亡詩的發展歷程。

　　本文第三章從明清女性文學的角度切入,明代是女性文學高度發展的階段,同時也是對婦女貞潔要求最高的時期,二者加成之下帶動了哭夫詩的創作,馬蘭安指出:

> 悼亡哭號表演一旦做得足夠完美,便完成了一種道德上的昇華。……女性通過悼夫哀哭來展示她們(為亡夫守節)的內在美德,從而為其他女性樹立一個優良的婦德典範。[註2]

────────────

〔註2〕方秀潔、魏愛蓮編:《跨越閨門:明清女性作家論》,頁58。

哭夫詩不僅是寡婦抒情的方式，也是一種示志的手段。本章旨在整理薄少君的生平記載，並分析討論其哭夫詩；筆者將薄氏哭夫詩粗分為五種類型：少言閨怨、天妒英才、清苦生活、相思之苦、佛教意象，並在這五個分類之下再進行細分探討。在「少言閨怨」部分，薄少君在組詩首尾勸慰讀者不必為她的文字傷懷，她創作哭夫詩不以抒發閨怨作為目的，薄少君認為人生在世浮沉百年，之於天地不過轉瞬即逝，死亡既是大夢初醒也是解脫。在「天妒英才」部分，薄少君認為沈承懷才不遇和英年早逝是神鬼從中作梗的原因，也許是天帝徵才，也許是惡鬼作祟。在「清苦生活」部分，薄少君描寫了夫妻安於清貧的生活情景，平時炊爨時須以枯蚌為刀，屋舍破敗甚至會有野雀穿廚、壁破借光的景況，但二人並不嚮往榮華富貴，還能以樂觀的心態自嘲一貧如洗的生活。在「相思之苦」部分，薄少君交代了沈承的遺稿狀況，向亡夫保證一字無遺散，這對文人來說是莫大的安慰；在一些詩裡，薄少君也會展露脆弱的面貌，寡婦帶著幼子的生活不易，孤苦無依的處境讓她生出怨恨命運的情緒。「佛教意象」是薄詩的一大特色，長年信佛讓她的詩作也染上宗教色彩，81 首哭夫詩當中有至少8 首使用了佛教意象。如伊維德所說，薄氏哭夫詩具有高度的傳記性質，這些詩作為丈夫與自己留下了鮮明的影像。

本文第四章從納蘭性德的生平事跡開展，並對其五段婚戀史有較深入的考究——事實上容若的一生中或許不只這五位情人，納蘭詞中有一些隱晦不明的愛情詞並未指明對象，似為某位「謝娘」以外的婚前戀人而作，然而詞作對象的身份如今已不得而知。納蘭悼亡詞的主體在於元配盧氏，容若與盧氏鶼鰈情深，盧氏既是他的伴侶也是知己，但結縭僅三載便天人永隔，這成為容若餘生中綿綿不絕的愁緒來源。與唐代以後的悼亡詩不同，納蘭悼亡詞絕口不提婦德、婦功的層面，即使偶有提及盧氏裁縫的畫面，也只是純粹的懷念，而非為了標舉妻子的賢德。納蘭悼亡詞常使用月亮、落花、西風、燈燭、夢境等意象，營造低迷蕭索的氛圍，並屢用愛情典故增強夫妻感情矢志不渝

的力度。納蘭詞具有華美的詞藻卻不流於豔靡，其原因在於詞人表達出深摯濃烈的感情，能令讀者為之動容，後人多認為納蘭詞可稱為李後主詞的繼承者。

本文第五章比較薄氏哭夫詩與納蘭悼亡詞，分別就社會地位、表現手法、審美特色三個面向探討。古代女性社會地位低落，事業、功名從來不是女性能夠考慮的方面，即使明代開始有文人鼓勵女子作詩學文，搦管操觚對於女性來說仍舊是「業餘」的事，必須排在爨濯、機杼之後，女性的首要身份是「賢妻良母」，其次才是「才女」。正因為種種外在條件限制，很多女詩人並沒有專門的文學訓練，不像男性文人自小熟讀四書五經、博覽群籍，在詩歌的內容深度、藝術審美上較難與文人比肩。

以表現手法來說，歷代悼妻之作主要呈現在於夫妻共患難的情誼，悼夫之作更常反映出寡婦獨活的困境與守節的決心。有趣的是，薄氏哭夫詩與納蘭悼亡詞卻展現了相反的層面——薄少君致力為亡夫塑造端正高潔的形象，納蘭容若則表達了對亡妻生死不渝的心意。另外，筆者從悲傷心理學的角度進行分析，薄少君和納蘭容若有部分符合「病態悲傷反應」，二人俱難以走出喪偶帶來的痛苦，以至於影響日常生活。以審美特色來說，薄氏哭夫詩和納蘭悼亡詞皆具有悼亡文學以情動人的共通點，而納蘭詞比薄詩多了要眇宜修的美感；薄詩的詩風粗曠豪邁，其運用的典故大多跟神話奇聞、歷史軼事有關；納蘭詞的詞風雅致婉約，其運用的典故多為經典愛情故事。從常用意象來看，薄詩中經常出現的字詞為「英雄」、「文稿」、「筆」、「遺孤」、「夢」等，大半不是普遍的悼亡詩用語；納蘭詞則是「月」、「風」、「柳」、「燈燭」、「夢」等，符合纏綿淒清的悼亡語境。二人在描寫感覺意象時上也存在差異，如薄詩使用「淚」字 3 次、「愁」字 4 次、「恨」字 4 次；納蘭詞使用「淚」字 39 次、「愁」字 90 次、「恨」字 39 次，從數量上便可看出二者的風格截然不同；再者，納蘭詞中的主體意識是納蘭容若自己，詞中表現出的情緒是喪妻後純粹的哀傷懷

念；薄詩的主體意識則以丈夫居多，傳達給讀者的情緒是一位命蹇時乖的書生遺留下的憾恨不甘。

　　我們可以歸納出兩個結論：一、社會制度是抑制女性文學發展的最大因素。康正果指出古時婦女「不直接參與社會事務，所以很少對個人情感生活以外的現實表示關注」。〔註3〕教育程度的低落、困於家庭閨閣的生活，使得婦女詩詞跳脫不出春花秋月、離情閨怨，成為文學批評家大力抨擊的弱點，認為婦女詩詞的藝術成就多比不上男性，繼而導致女性文學在文學史中缺席，哭夫詩亦如此。二、哭夫詩展現出大異於悼妻詩詞的面向，古代社會以輿論迫使女性視婦道貞潔為典範，卻未有任何律法或道德觀去約束男性對婚姻從一而終。因此，「妻子」在悼亡詩的形象往往是勤儉賢淑的賢內助、溫柔慈愛的好母親，歌頌婦德成為一種既定模式，有時甚至掩蓋了真情的流露；「丈夫」在哭夫詩中的形象卻不是一位「良人」，而是忠義的臣子、高才的文士，「丈夫」擁有獨立完整的人格，不需依附單一角色而存活。

第二節　未來展望

　　在現代，薄少君雖詩名不揚，但在晚明與清代，她的百首哭夫詩確實造成不小的迴響，被許多禮教下的女子奉為楷模。除了喻撚以「少君風範是良師」來勉勵女兒，汪啟淑也曾以薄詩作為其他哭夫詩的典範，《擷芳集‧卷七》錄有一節婦王氏（適張嘉瑾），夫死後獨自撫養遺孤，未幾遺孤亦卒，張氏遂自縊殉夫、子：「節媛年少而孀，守節自誓，動必以禮，治家甚嚴。後謀葬夫，族姪受奇捐地助葬，墳成，尋歿。詩雖不多，亦可追踪薄少君矣。」〔註4〕王氏著有哭夫詩二十六首，亦頗為可觀。蔡振念（1957～）以「接受理論」解釋這個現象：

　　　　文學史中有些常見的現象：某些文本產生轟動一時的影響，

〔註3〕康正果著：《風騷與豔情：中國古典詩詞的女性研究》，頁42。
〔註4〕〔清〕汪啟淑選：《擷芳集‧卷七》。

> 甚至主導一個時代的潮流，然而，過後不久卻銷聲匿跡了；
> 也有的文本問世後無人問津，卻在數十年以至幾個世紀後
> 被人認識，識之為珍寶。……一部作品的意義、價值及其審
> 美效果在其歷史接受過程中無疑會不斷地變化、發展或轉
> 移、消失，永遠不會停留在同一水平上。〔註5〕

在「性靈說」盛行的明清時期，「獨抒性靈，不拘格套」是明清文人推崇的文學主張，他們認為詩歌的抒情取向才是最值得重視的特質，反對雕章鏤句、堆砌典故。袁宏道（1568～1610）曾提出：「要以情真而語直。故勞人思婦，有時愈於學士大夫，而呻吟之所得，往往快於平時。」〔註6〕袁宏道認為「情真語直」是好詩的關鍵，故勞人思婦暢抒心情之語比文人精雕細琢之作更能動人。薄氏哭夫詩正合乎「情重於采」的詩評觀念，詩中堅定不渝的信念也成為當代女性的道德楷模，故薄詩得以在晚明與清代廣泛流傳。然而現代讀者的詩歌審美重情也重采，好的詩詞須兼備情感、辭采、結構、聲律等方面，薄詩顯然未能達到這個標準，受現代讀者棄置；在女性作家集體銷聲匿跡的中國文學史中，薄少君更是難以被時人認識。

　　明清寡婦詩人數量龐大，創造出來的文學能量亦不可小覷，值得受到更多的關注。筆者以薄氏哭夫詩與納蘭悼亡詞作為對比，藉以展現悼夫、悼妻之作在風格和側重主題上都存在差異性；悼夫詩詞除了有別於悼妻詩詞的文學價值，更蘊含一個時代背景凝聚的風尚，故筆者認為悼夫詩詞也應該納入悼亡詩史的範疇之中。

　　本研究尚有許多不足之處，例如研究薄少君的指標性文籍《明代女性の殉死と文学—薄少君の哭夫詩百首》，雖筆者有幸取得全本資源，但囿於自身並不諳日文，只能依靠線上翻譯，或許並不能盡得作者之意。另外，除了小林徹行對薄氏哭夫詩進行了系統性的梳理，其他諸如林順夫、伊維德、馬蘭安等學者，僅從單一角度著手，或以薄

〔註5〕　蔡振念著：《杜詩唐宋接受史》（臺北：五南，2001年），頁21～22。
〔註6〕　〔明〕袁宏道撰：《瀟碧堂集・卷十一》（明萬曆袁叔度書種堂刻本，1608年），頁7。

少君作為某一論點的例證，並未全面地探討薄氏哭夫詩。在缺乏足夠文獻引證的前提下，筆者探究薄氏哭夫詩的內容尚不夠深化；現存薄氏哭夫詩共 81 首，筆者僅分析 30 餘首，有些考據不易的用詞，筆者亦未敢妄自斷言，以致部分詩作的分析工作只能抱憾捨棄。而納蘭詞的研究早在二十世紀八、九零年代興起，至已今蔚為「蘭學」風潮；眾多珠玉在前，筆者不敢說有超越前人之創見，惟站在巨人的肩膀上，期望為蘭學研究再添一塊磚瓦。本研究謹盼成為引玉之磚，能為推廣明清女性文學與悼夫詩詞有一點貢獻；筆者將以明清女性文學為方向繼續進行研究，以祈將來更能全面且深入地剖析薄氏哭夫詩。

參考文獻

一、專書著作

（一）古籍

1. 〔明〕王端淑編：《名媛詩緯初編》，清康熙清音堂刊本，1667年。

2. 〔明〕袁宏道撰：《瀟碧堂集》，明萬曆袁叔度書種堂刻本，1608年。

3. 〔明〕陸應陽撰，〔清〕蔡方炳增輯：《廣輿記》，清康熙聚錦堂刻本，1717年。

4. 〔明〕趙世杰輯：《古今女史詩集》，明崇禎問奇閣刻本，1628～1644年。

5. 〔明〕鍾惺編：《名媛詩歸》，明末景陵鍾氏刊本，1621～1644年。

6. 〔清〕于琨修，〔清〕陳玉璂纂：《〔康熙〕常州府志》，清康熙三十四年刻本，1695年。

7. 〔清〕王初桐輯：《奩史》，清嘉慶伊江阿刻本，1797年。

8. 〔清〕汪學金輯：《婁東詩派》，清嘉慶詩志齋刻本，1804年。

9. 〔清〕李銘皖修，〔清〕馮桂芬纂：《〔同志〕蘇州府志》，清光緒九年刊本，1883年。

10. 〔清〕汪啟淑選：《擷芳集》，清乾隆飛鴻堂刻本，1785年。

11. 〔清〕屠粹忠輯:《三才藻異》,清康熙栩園刻本,1689 年。

12. 〔清〕儲大文撰:《存硯樓二集》,清乾隆京江張氏刻本,1754 年。

13. 〔清〕錢謙益輯:《列朝詩集》,清順治毛氏汲古閣刻本,1652 年。

14. 王祖畬纂修:《〔宣統〕太倉州鎮洋縣志》,民國八年刻本,1919 年。

15. 曹允源、李根源纂:《吳縣志》,民國二十二年鉛印本,1933 年。

(二) 中文專書

1. 〔西漢〕司馬遷著,夏華等編譯:《史記全本》,遼寧:萬卷,2016 年。

2. 〔南朝〕徐陵撰:《玉臺新詠》,上海:中華書局,1920 年。

3. 〔唐〕元稹撰:《元氏長慶集》,京都:中文,1972 年。

4. 〔唐〕歐陽詢撰,汪紹楹校:《藝文類聚》,上海:上海古籍,2007 年。

5. 〔宋〕洪邁著:《容齋隨筆》,上海:商務印書館,1934 年。

6. 〔宋〕郭茂倩編:《樂府詩集》,北京:中華書局,1998 年。

7. 〔明〕沈承撰,毛孺初輯評:《毛孺初先生評選即山集六卷附附刻一卷》,北京:北京出版社,2000 年。

8. 〔明〕張溥撰:《七錄齋詩文合集》,上海:上海古籍,2002 年。

9. 〔明〕葉紹袁編,冀勤輯校:《午夢堂集》,北京:中華書局,1998 年。

10. 〔清〕仁宗敕編:《欽定全唐文》,臺北:國家圖書館,2011 年。

11. 〔清〕王士禎著:《王士禎全集》,山東:齊魯書社,2007 年。

12. 〔清〕王士禎撰,林佶編:《漁洋山人精華錄》,上海:商務印書館,1937 年。

13. 〔清〕王夫之:《王船山詩文集》,北京:中華書局,1962 年。

14. 〔清〕王夫之著:《薑齋詩話》,長沙:岳麓書社,2011 年。

15. 〔清〕王昶等纂修:《〔嘉慶〕直隸太倉州志》,上海:上海古籍,2002 年。

16. 〔清〕李漁著：《李漁全集（第三卷）閑情偶寄》，杭州：浙江古籍，2014 年。

17. 〔清〕沈德潛選，王雲五主編：《唐詩別裁》，臺北：臺灣商務，1978 年。

18. 〔清〕徐樹敏、錢岳選：《眾香詞》，臺北：富之江，1997 年。

19. 〔清〕納蘭性德著，聶小晴、王鵬、王青主編：《一生最愛納蘭詞大全集》，北京：中國華僑，2010 年。

20. 〔清〕納蘭性德著：《納蘭詞》，成都：天地，2019 年。

21. 〔清〕納蘭性德撰：《通志堂集》，臺南：莊嚴，1997 年。

22. 〔清〕納蘭容若著：李少輝注評，《納蘭詞》，北京：中國文聯，2016 年。

23. 〔清〕袁枚撰：《隨園詩話》，新北：漢京文化，1984 年。

24. 〔清〕清聖祖御製：《全唐詩》，臺北：明倫，1971 年。

25. 〔清〕陳夢雷編：《欽定古今圖書集成・明倫彙編》，臺北：鼎文，1977 年。

26. 方秀潔（Grace S. F.）、魏愛蓮（Ellen W.）編：《跨越閨門：明清女性作家論》，北京：北京大學，2014 年。

27. 王文錦譯解：《禮記譯解》，北京：中華書局，2016 年。

28. 王立著：《中國古代文學十大主題——原型與流變》，遼寧：遼寧教育，1990 年。

29. 王立著：《永恆的眷戀——悼祭文學的主題史研究》，上海：學林，1999 年。

30. 王建、蘇國安主編：《納蘭性德研究論叢：《河北民族師範學院學報》納蘭性德研究專欄三十年選集》，天津：天津古籍，2014 年。

31. 王國瓔著：《中國文學史新講》，臺北：聯經，2014 年。

32. 王雲五主編：《叢書集成初編》，上海：商務印書館，1935～1937 年。

33. 王萬象著：《中西詩學的對話：北美華裔學者中國古典詩研究》，臺北：里仁，2009 年。

34. 王鹛玉著：《明清女性的文學批評》，上海：華東師範大學，2017 年。

35. 卡爾·榮格（Carl G. Jung）著，楊夢茹譯：《分析心理學與夢的詮釋——心理治療實務的基本問題》，苗栗：桂冠圖書，2007 年。

36. 卡爾·榮格主編，龔卓軍譯：《人及其象徵：榮格思想精華》，新北：立緒文化，2013 年。

37. 四庫全書存目叢書編纂委員會：《四庫全書存目叢書·集部二五七》，臺南：莊嚴，1997 年。

38. 合山究（Goyama Kiwamu）著，蕭燕婉譯註：《明清時代的女性與文學》，臺北：聯經，2016 年。

39. 安平秋、張傳璽分史主編：《漢書》，上海：漢語大詞典，2004 年。

40. 安意如著：《當時只道是尋常：納蘭詞的情意寫真》，天津：天津教育，2006 年。

41. 托里·莫以（Toril Moi）著，陳潔詩譯：《性別／文本政治：女性主義文學理論》，新北：駱駝，1995 年。

42. 朱昆槐選注：《春夢秋雲：詞選》，臺北：時報文化，2000 年。

43. 朱睿根著：《穿戴風華——古代服飾》，臺北：萬卷樓，2000 年。

44. 西格蒙德·佛洛伊德（Sigmund Freud）著，彭舜譯：《精神分析引論》，新北：左岸文化，2006 年。

45. 西格蒙德·佛洛伊德著，孫名之譯：《夢的解析》，臺北：左岸文化，2010 年。

46. 何錫章著：《中國文學漫論》，臺北：秀威，2015 年。

47. 佛光大藏經編修委員會主編：《佛光大藏經·唯識藏》，高雄：佛光，2016 年。

48. 吳燕娜編：《中國婦女與文學論集（第二集）》，新北：稻鄉，1991 年。

49. 李辰冬著：《詩經通釋（合訂本)》，臺北：水牛，1980 年。

50. 李學勤主編：《毛詩正義・風・下》，新北：臺灣古籍，2001 年。

51. 卓清芬著：《納蘭性德文學研究》，臺北：國立編譯館，1998 年。

52. 周明初著：《明清文學考論》，杭州：浙江大學，2018 年。

53. 周啟成等注譯：《新譯昭明文選》，臺北：三民，2001 年。

54. 周愚文、洪仁進主編：《中國傳統婦女與家庭教育》，臺北：師大書苑，2005 年。

55. 周慶華著：《文學詮釋學》，臺北：里仁，2009 年。

56. 金庸著：《飛狐外傳》，臺北：遠流，1996 年。

57. 阿爾弗雷德・阿德勒（Alfred Adler）著，吳書榆譯：《阿德勒心理學講義》，臺北：經濟新潮社，2015 年。

58. 施議對編選：《納蘭性德集》，南京：鳳凰，2014 年。

59. 胡文楷編著：《歷代婦女著作考》，上海：上海古籍，2008 年。

60. 胡旭著：《悼亡詩史》，上海：東方，2010 年。

61. 胡寄塵編：《文藝叢說》，上海：商務印書館，1928 年。

62. 胡適：《三百年中的女作家》，臺北：遠流，1986 年。

63. 苗欣宇、馬輝編：《倉央嘉措詩傳》，南京：江蘇文藝，2009 年。

64. 哲學雜誌委員會編選：《生死與輪迴》，新北：業強，1994 年。

65. 唐圭璋主編、鍾振振副主編：《金元明清詞鑑賞辭典》，臺北：新地文學，1992 年。

66. 夏洛特・吉爾曼（Charlotte Perkins Gilman）著，邵愛倫譯：《男性建構的世界》，臺北：暖暖書屋文化，2020 年。

67. 孫康宜、宇文所安主編：《劍橋中國文學史》，臺北：聯經，2016 年。

68. 孫康宜著，張健等譯：《孫康宜自選集：古典文學的現代觀》，上海：上海譯文，2013 年。

69. 孫康宜著：《文學的聲音》，臺北：三民，2001 年。

70. 孫康宜著：《古典與現代的女性闡釋》，臺北：聯合文學，1998 年。

71. 格蕾‧格林（Gayle Greene）、考比里亞‧庫恩（Coppelia Kahn）合編，陳引馳譯：《女性主義文學批評》，新北：駱駝，1995 年。

72. 袁行霈主編：《中國文學史》，臺北：五南，2011 年。

73. 袁行霈著：《中國詩歌藝術研究》，臺北：五南，1989 年。

74. 馬大勇著：《如何閱讀一首詩詞：五種詩詞的最佳讀法》，臺北：啟動文化，2020 年。

75. 馬自毅注譯：《新譯人間詞話》，臺北：三民，1994 年。

76. 馬斯洛（A. H. Maslow）著，結構群編譯：《動機與人格》，臺北：結構群，1991 年。

77. 康正果著：《女權主義與文學》，北京：中國社會科學，1994 年。

78. 康正果著：《風騷與豔情：中國古典詩詞的女性研究》，新北：雲龍，1991 年。

79. 張宏生編：《明清文學與性別研究》，南京：江蘇古籍，2002 年。

80. 張秉戌箋注：《納蘭詞箋注》，北京：文津，2017 年。

81. 張草紉箋注：《納蘭詞箋注》，上海：上海古籍，2003 年。

82. 張清常、王廷棟：《戰國策箋注》，天津：南開大學，1993 年。

83. 張福清編注：《女誡——婦女的枷鎖》，北京：中央民族大學，1996 年。

84. 敏君著：《一代詞癡納蘭容若：相國公子的動人情詞與絢爛人生》，新北：野人，2014 年。

85. 曹樹銘校編：《蘇東坡詞》，臺北：臺灣商務，1983 年。

86. 曼素恩（Susan Mann）、賀蕭（Gail Hershatter）等著，游鑑明、胡纓、季家珍主編：《重讀中國女性生命故事》，臺北：五南，2011 年。

87. 曼素恩著，楊雅婷譯，《蘭閨寶錄：晚明至盛清時的中國婦女》：

臺北：左岸文化，2005 年。

88. 盛冬鈴選注：《納蘭性德詞選》，臺北：遠流，1988 年。

89. 莊子著，司馬志編：《莊子全書》，新北：華志文化，2013 年。

90. 陳東原著：《中國婦女生活史》，臺北：臺灣商務，1994 年。

91. 陳致、黎漢傑譯注：《詩經》，香港：中華書局，2016 年。

92. 陳寅恪：《元白詩箋證稿》，上海：上海古籍，1978 年。

93. 陶東風著：《陶東風古代文學與美學論著三種》，上海：社會科
    學文獻，2015 年。

94. 傅璇琮：《唐代詩人從考》，北京：中華書局，1980 年。

95. 新文豐編輯部主編：《叢書集成續編》，臺北：新文豐，1989 年。

96. 新文豐編輯部編著：《叢書集成新編》，臺北：新文豐，1985 年。

97. 楊勇著：《世說新語校箋》，臺北：正文，1999 年。

98. 楊家駱主編：《新校本三國志》，臺北：鼎文，1997 年。

99. 楊家駱主編：《新校本晉書并附編六種》，臺北：鼎文，1979 年。

100. 楊家駱主編：《新校本梁書附索引》，臺北：鼎文，1979 年。

101. 楊家駱主編：《新校本漢書并附編二種》，臺北：鼎文，1979 年。

102. 葉嘉瑩主編、張秉成編著，《納蘭性德詞新釋輯評》：北京：中國
     書店，2001 年。

103. 葉嘉瑩著：《中國詞學的現代觀》，臺北：大安，1988 年。

104. 葉嘉瑩著：《性別與文化：女性詞作美感特質之演進》，北京：商
     務印書館，2019 年。

105. 葉嘉瑩著：《清詞叢論》，北京：北京大學，2008 年。

106. 賈貴榮、耿素麗編：《名人年譜》，北京：國家圖書館，2010 年。

107. 裴斐著：《詩緣情辯》，四川：四川文藝，1986 年。

108. 趙秀亭、馮統一箋校：《飲水詞箋校》，北京：中華書局，2007 年。

109. 劉淑麗編著：《納蘭性德詞評注》，北京：商務印書館，2017 年。

110. 劉德鴻著：《清初學人第一：納蘭性德研究》，北京：中國社會科
     學，1997 年。

111. 蔡振念著：《杜詩唐宋接受史》，臺北：五南，2001 年。

112. 鄭騫著：《景午叢編》，臺北：臺灣中華書局，1972 年。

113. 謝無量著：《中國婦女文學史》，臺北：中華，2016 年。

114. 鍾慧玲主編：《女性主義與中國文學》，臺北：里仁，1997 年。

115. 魏同賢主編：《馮夢龍全集》，江蘇：鳳凰，2007 年。

116. 羅立乾注釋，李振興校閱：《新譯文心雕龍》，臺北：三民，2014
     年。

117. 譚正璧著：《中國女性的文學生活》，臺北：莊嚴，1991 年。

118. 嚴明、樊琪著：《中國女性文學的傳統》，臺北：洪葉文化，1999
     年。

119. 嚴迪昌著：《清詞史》，江蘇：江蘇古籍，1990 年。

120. 蘇雪林著：《九歌中人神戀愛問題》，臺北：文星，1967 年。

121. 蘇纓、毛曉雯、夏如意著：《納蘭容若詞傳》，江蘇：江蘇文藝，
     2009 年。

122. 蘇纓著：《一生最愛納蘭詞》，武漢：武漢出版社，2009 年。

123. 饒宗頤箋注：《世說新語校箋》，臺灣時代書局，1975 年。

124. J. William Worden 著，李開敏等譯：《悲傷輔導與悲傷治療》，臺
     北：心理，1995 年。

（三）外文專書

1. 小林徹行：《明代女性の殉死と文學——薄少君の哭夫詩百
   首》，東京：汲古書院，2003 年。

二、期刊論文

1. 方秀潔（Grace S. F.）著，聶時佳譯：〈性別與經典的缺失：論晚
   明女性詩歌選本〉，《南陽師範學院院報·社會科學版》第 9 卷第
   2 期，2010 年 2 月，頁 73～81。

2. 王立：〈古代悼亡文學的艱難歷程——兼談古代的悼夫詩詞〉，
   《社會科學研究》第 2 期，1997 年 2 月，頁 128～133。

3. 王哲：〈從紅塵仕子到精神隱士──對納蘭性德思想及其詞作的馬斯洛式解讀〉，《江蘇科技大學學報·社會科學版》，2014 年 12 月，頁 61～68。

4. 王翼飛：〈晚明暢銷書：女性詩歌選本《名媛詩歸》〉，《西南政法大學學報》第 18 卷第 2 期，2016 年 4 月，頁 39～45。

5. 石曉鈴：〈「悼亡」及「悼亡詩」涵義考辨〉，《辭書研究》第 2 期，2014 年 3 月，頁 86～92。

6. 全華凌：〈論王船山詩歌的生死主題──以悼挽詩和游仙詩為例〉，《南華大學學報·社會科學版》第 10 卷第 2 期，2009 年 4 月，頁 5～8。

7. 李云：〈從納蘭詞的隱密敘事探其戀人謝娘的生平與性情──兼與紅樓夢中人物比較〉，《河北民族師範學院學報》第 34 卷第 4 期，2014 年 11 月，頁 12～16。

8. 李成滿：〈納蘭性德悼亡詞中夜晚氛圍的描寫探析──以「月」意象為中心〉，《西昌學院學報》第 28 卷第 4 期，2016 年 12 月，頁 97～100。

9. 李東龍：〈集句、艷情的死亡絮語──論晚明沈德符之悼亡詩〉，《中極學刊》第九輯，2015 年 6 月，頁 101～133。

10. 李思園：〈論納蘭詞中的燈燭意象〉，《河北民族師範學院學報》第 36 卷第 3 期，2016 年 8 月，頁 18～24。

11. 李森：〈論納蘭容若詞中的「梨花」意象〉，《江蘇工程職業技術學院學報》第 20 卷第 1 期，2020 年 3 月，頁 64～66、79。

12. 李曉明、王喜伶：〈論納蘭性德詩詞中的疊字現象〉，《雲夢學刊》第 29 卷第 1 期，2008 年 1 月，頁 133。

13. 林麗月：〈從性別發現傳統：明代婦女史研究的反思〉，《近代中國婦女史研究》第 13 期，2005 年 12 月，頁 1～26。

14. 施紅梅：〈雪中探梅，霧裡看花──元稹、李商隱悼亡詩比較〉，《江南社會學院學報》第 4 卷第 4 期，2002 年 12 月，頁 63～64。

15. 柯慶明：〈「哀」「弔」作為文學類型之美感特質〉，《清華中文學報》第 3 期，2009 年 12 月，頁 191～237。

16. 孫康宜著，李奭學譯：〈明清詩媛與女子才德觀〉，《中外文學》第 21 卷第 11 期，1993 年 4 月，頁 52～81。

17. 崔婉茹：〈論悼亡詩中的性別差異〉，《昌梁學院院報》第 4 卷第 4 期，2014 年，頁 17～21。

18. 張玉梅：〈東風無是非　西風多少恨——論納蘭詞的「風」意象〉，《淮海工學院學報·社會科學版》第 9 卷第 8 期，2011 年 11 月，頁 93～95。

19. 張余：〈《張溥年譜》補正〉，《江蘇教育學院學報·社會科學版》第 25 卷第 3 期，2009 年 11 月，頁 103～105。

20. 張宏生：〈情感體驗與字面經營——納蘭詞與王次回詩〉，《社會科學》第 2 期，2012 年 2 月，頁 168～178。

21. 曹育愷：〈豔情·嗜癖與末世書寫——論被遺忘的詩人王次回〉，《中極學刊》第十輯，2016 年 7 月，頁 79～114。

22. 梁嘉軒：〈陳維崧悼亡詞研究〉，《問學集》第 17 期，2010 年 5 月，頁 69～87。

23. 陳英木：〈元稹悼亡詩中呈現的自我意識〉，《問學》第 21 期，2017 年 6 月，頁 279～302。

24. 陳桂英：〈納蘭性德傳記史料辨正——《納蘭性德全傳》問難〉，《承德民族師專學報》第 22 卷第 4 期，2022 年 10 月，頁 1～6。

25. 陳寅恪：〈元微之悼亡詩及豔詩箋證〉，《中央研究院歷史語言研究所集刊》第 20 本上冊，臺北：中央研究院歷史語言研究所，1948 年，頁 1～18。

26. 彭文良、楊基瑜：〈蘇軾侍妾王昭雲死因考〉，《黃岡職業技術學院學報》，第 19 卷第 6 期，2017 年 12 月，頁 8～12。

27. 智曉靜、周芳：〈愛與痛的糾結——評胡旭先生的《悼亡詩史》〉，《龍岩學院學報》第 29 卷第 1 期，2011 年 2 月，頁 27～28。

28. 溫瑜：〈二十世紀以來中國先秦至唐五代哀悼詞研究綜述〉，《中國韻文學刊》第 30 卷第 4 期，2016 年 10 月，頁 62～66。

29. 黃強：〈中國古代詩歌史上的千年約定——「居喪不賦詩」習俗探析〉，《文學遺產》第 1 期，2015 年 1 月，頁 170～181。

30. 黃智群：〈尚意、追憶與虛實——論梅堯臣悼亡詩的抒情特點〉，《臺北教育大學語文集刊》第 25 期，2014 年 3 月，頁 163～202。

31. 趙秀亭：〈女詞人沈宛與納蘭成德〉，《滿族研究》第 4 期，1987 年 12 月，頁 33～40。

32. 趙秀亭：〈納蘭叢話（續）〉，《承德民族師專學報》第 23 卷第 4 期，2003 年 12 月，頁 1～5。

33. 趙秀亭：〈納蘭叢話（續）〉，《承德民族師專學報》第 24 卷第 4 期，2004 年 12 月，頁 1～6。

34. 趙秀亭：〈納蘭叢話（續）〉，《承德民族師專學報》第 29 卷第 4 期，2009 年 11 月，頁 1～6。

35. 趙秀亭：〈納蘭叢話（續）〉，《承德民族師專學報》第 4 期，1994 年 11 月，頁 13～17。

36. 趙秀亭：〈納蘭叢話（續）〉，《承德民族師專學報》第 4 期，1998 年 11 月，頁 1～7。

37. 趙秀亭：〈納蘭叢話〉，《承德師專學報・社會科學版》第 4 期，1992 年 12 月，頁 15～19。

38. 劉俐：〈晚明女詩人悼亡詩研究概述〉，《文學教育（下）》第 10 期，2020 年 10 月，頁 22～23。

39. 劉德鴻：〈納蘭性德「覘梭龍」新解〉，《承德師專學報・社會科學版》第 4 期，1992 年 12 月，頁 1～14、67。

40. 蔣寅：〈悼亡詩寫作範式的演進〉，《安徽大學學報・哲學社會科學版》第 3 期，2011 年 5 月，頁 1～10。

41. 蔣寅：〈論王漁洋悼亡詩〉，《蘇州大學學報・哲學社會科學版》

第 4 期，2010 年 7 月，頁 99～103、115。

42. 羅星明、陳子彬：〈〈盧氏墓誌銘〉解說〉，《承德民族師專學報》第 4 期，1996 年 11 月，頁 33～38。

43. Shuen-Fu Lin, "薄少君 Bo Shaojun", Kang-i Sun Chang, Haun Saussy, eds, *Women Writers of Imperial China*, Redwood City: Stanford University Press, 1999, p.218~221.

44. Wilt L. Idema, "One Hundred Poems Lamenting My Husband By Bo Shaojun", *Renditions*, No.89, 2018, p.7~p.56.

三、學位論文

1. 于麗：《悼亡詩研究——以潘岳為中心》，上海：上海師範大學中國古代文學系碩士論文，2012 年。

2. 史貝貝：《宋前悼亡詩研究》，湖南：湖南大學中國古代文學系碩士論文，2012 年。

3. 安碧蓮：《明代婦女貞節觀的強化與實踐》，臺北：中國文化大學史學研究所博士論文，1995 年。

4. 吳炳輝：《六朝哀挽詩研究》，臺北：國立政治大學中國文學研究所碩士論文，1991 年。

5. 李必粹：《納蘭性德詞作研究》，臺北：中國文化大學中國文學系碩士論文，2012 年。

6. 李嘉瑜：《納蘭性德及其詞研究》，新北：淡江大學中國文學研究所碩士論文，1996 年。

7. 李聰聰：《唐朝悼亡詩研究》，山東：山東大學中國古代文學系碩士論文，2015 年。

8. 周清河：《納蘭性德《納蘭詞》研究》，高雄：國立高雄師範大學國文學系碩士論文，2012 年。

9. 林絲婷：《婦道：明清士人家庭生活中的主婦角色》，南投：國立暨南大學歷史學系碩士論文，2012 年。

10. 范玉君：《江淹詩歌研究》，臺北：國立臺灣大學中國文學研究所碩士論文，2004 年。

11. 徐惠廷：《明代女性殉死行為之研究》，桃園：國立中央大學歷史研究所碩士論文，2009 年。

12. 馬碧心：《何以悼亡方費詞？——中國古代文人創作心理解讀兼論「傷逝」主題》，吉林：東北師範大學中國古代文學系碩士論文，2011 年。

13. 張曉華：《《詩經‧國風‧邶鄘衛》研究》，新竹：玄奘大學中國語文學系碩士論文，2009 年。

14. 陳美娟：《納蘭性德悼亡詞之研究》，嘉義：南華大學文學系碩士論文，2010 年。

15. 陳嘉慧：《納蘭性德感情詞研究》，嘉義：南華大學文學系碩士論文，2012 年。

16. 黃星樺：《孫康宜中國文學研究中的「女性」與「中國」》，臺北：國立臺灣大學政治學研究所碩士論文，2016 年。

17. 楊倩：《生命的挽歌——潘岳哀挽文學研究》，山東：山東大學中國古代文學系碩士論文，2008 年。

18. 詹斐雯：《「一切景語皆情語」——唐宋令詞的情景交融與平安短歌的物哀抒臆》，臺東：國立臺東大學華語文學系碩士論文，2017 年。

19. 趙銳：《清初傷悼詞研究》，山東：山東師範大學中國古代文學系碩士論文，2015 年。

20. 蔡宛禎：《納蘭性德友情詞研究》，臺中：靜宜大學中國文學研究所碩士論文，2009 年。

21. 蕭羽芳：《潘岳哀傷賦作研究——兼論哀傷文類》，桃園：國立中央大學中國文學系碩士論文，2018 年。

22. 薛晴方：《納蘭性德追憶詞之研究》，臺北：國立政治大學中國文學系碩士論文，2020 年。

四、網路資料

1. Bo ShaoJun，收錄於「Ming Qing Women's Writings」，https://digital.library.mcgill.ca/mingqing/search/details-poet.php?poetID=02979&showbio=1&showanth=1&showshihuaon=1&language=eng（2018/1/12 點閱）。

2. yinyu，〈太倉閨秀詩話之三──悲情絕唱〉，收錄於「九夷廬_天涯博客」，http://blog.tianya.cn/listdate-299692-6341651-1.shtml（2019/1/5 點閱）。

附　錄

一、沈承〈祭震女文〉

　　萬曆己未年冬下浣之三日，沈承之長女阿震以痘不發而殤，藁葬北邙之次。其母薄氏，日稱念梵書資其冥福，復促作一疏詞，筆不忍下也。於其三七，當薦熟食，乃為文哭之，焚於其所生前跳弄之場，曰：嗚呼痛哉！汝名阿震，生於丙辰，以丙辰字，故取震名。汝生之初，我寔不喜，三十許人，不男而女。迨汝未朞，汝即可憐，以頷招汝，汝笑啞然，當此之時。周嫗褓汝，衣不解帶，一夜十起，飽就嫗眠，饑就母乳，嫗因汝故，亦幾委曲。移濕就乾，補瘡剜肉，煩則母嗔，省則汝哭。昨歲戊午，我命不濟，頻出就試，割汝而去。周嫗既死，試又不利，歸來牽袖，索物而戲，有汝在側，愁亦快意。

　　汝齒日添，汝慧日多，呼爹呼姆，音不少訛。常手彈門，自問誰何，我姪來時，汝呼曰哥，戲攫汝物，汝竄而波。我舅來時，汝以衣拖，呼聲曰母，旋笑呵呵。汝伯來時，作賓主陪，擎杯曰請，笑者如雷。汝祖入鄉，汝又往蘇，經年不值，問汝識無？應聲曰識，白帽白鬚。汝有外翁，一面未曾，問客何方，即曰北京。汝之外姑，視如身生，凡三五次，挈汝蘇行；三更索玩，五更索果，父母留汝，汝反不可，顧謂我曰，阿婆思我。

　　今年六月，汝有瘑災，我特往蘇，挈汝歸來。摩娑患處，其色甚哀，然不敢哭，恐哭不該。每持果餌，必窺意旨，不色授之，不遽入

崮;每所玩弄,誤有損傷,小目怒之,斂手退藏。汝母過嚴,時加櫛束,懼汝長大,習慣成熟;我意亦然,但私相囑,嬰孩何知,且隨其欲。汝昔在蘇,父母歸娶,問汝何依,欲去欲留?言雖不決,意在兩頭。頃汝歸斯,喜不自持,誘汝怖汝,假面作癡;小筐提棗,矮座啜糜,口誦大學,手拜阿彌,握枚賭勝,遶屋爭馳,哈哈拍掌,自喜為奇。不勾半月,即汝死期,天乎命乎,神仙莫知。汝未死頃,召醫診視,或云風邪,或云癡子;風不可必,癡似有理,至今思之,不測所以。汝善話言,此際不語,聲嘶氣斷,張目而已,環汝而泣,汝淚亦泚。

嗚呼!痛可忍言哉。論世俗情,女死何哭;論我生年,壯大窮獨,汝又頗慧,雖女亦足;誰知鬼神,虐我太酷。先汝十日,汝妹阿巽,少汝二歲,與汝同病,同三日亡。汝所狎認,今汝無伴,當與妹並。汝稍能行,妹立未定,往來攜手,相好無競。若逢汝嫗,可更一問,父有室顧,父有姚閔,但往依之,必汝提引,所以權厝,亦近顧側。妹小汝攜,汝小顧披,他年十地,葬汝同宅。我今思汝,不能去懷,汝若有知,常入夢來,緣或未盡,可再投胎。所誦金剛,併諸經咒,設羹燔錢,付汝領受。汝見冥王,操手哀扣,儂實不壽,儂實無咎;儂生貧家,儂甘齏陋,糁粒必拾,以畏雷吼;襦履必惜,以爬微垢。神有誅求,儂年實幼,鬼有陵轢,望神為佑。但可如是,莫啼莫諱,地府之中,不比在家。我今作文,汝不識字,但呼阿震,汝父在此,哭汝一聲,喚汝一次。〔註1〕

二、薄少君的八十一首哭夫詩

表 7-1　薄少君的八十一哭夫詩（摘自《名媛詩歸》）

其一	其二
海內風流一瞬傾,彼蒼難問古今爭。 哭君莫作秋閨怨,薤露須歌鐵板聲。	上帝徵賢相紫宸,賦樓何足屈君身。 仙才天上原來少,故取凡間學道人。

〔註1〕〔明〕沈承撰,毛孺初輯評:《毛孺初先生評選即山集六卷附附刻一卷》,頁 613～615。

其三 憶昔逢君癸丑冬，誼如淮海與波翁。 虹橋十二年前事，今日回頭似夢中。	其四 英雄七尺豈烟消，骨作山陵氣作潮。 不朽君心一寸鐵，何年出世剪天驕？
其五 藿食蕉衣道氣癯，天翁毒手亦何須？ 雖然奪得文人算，能奪文章半句無？	其六 簡君笥篋理殘書，欲認籤題淚轉霏。 忽聽履聲窗外至，回頭欲語卻還非。
其七 苦吟時弄數莖鬚，吟就欣然手自書。 想為臨書逢客至，至今未了半行餘。	其八 筆成精祟墨成神，一半憐才一半嗔。 文字漫傳當世口，果然知己屬何人？
其九 環堵蕭然風雪紛，一盃久矣絕諸葷。 生平消福緣何事，惟有雄文遏采雲。	其十 場中無命莫論文，有鬼能遮秉鑑人。 卻怪君文遮不住，故將奇疾殺君身。
其十一 獨上荒樓落日曛，依然城市接寒雲。 恍疑廊下閒吟句，遙憶鬚眉莫是君。	其十二 果然天道忌才名，一刻難留欲去程。 贏得篋中奇字在，據將千古與天爭。
其十三 悲來結想十分癡，每望翻然出槨期。 一滴幸傳身沒血，今朝真是再生時。	其十四 三十無兒君悵然，鄰嬰偶過見猶憐。 今雖有子留君後，不結身前一面緣。
其十五 兒幼應知未識予，予從汝父莫躊躇。 今生汝父無緣見，好向他年讀父書。	其十六 昔有懷嬰齒未齠，與君俱作彩雲消。 堂前學語牽衣態，好向泉臺伴寂寥。
其十七 閒同孩幼話天真，縱使非男也慰人。 臨去不能遲一見，女來君已目無神。	其十八 男兒結局賤浮名，回首空嗟一未成。 遺得八旬垂白父，淚枯老眼欲無聲。
其十九 梧下寒窗護幽籬，隔紗猶似見支頤。 去年此地床頭月，正是同君夜話時。	其二十 鐵骨支貧意獨深，有睛不屑顧黃金。 時人漫賞雕蟲技，沒卻英雄一片心。
其二十一 錢神墨吏鬼無訶，苦執貧儒欲奈何。 一片紙錢都不帶，反將鐵面折閻羅。	其二十二 長吉遺文遭涸劫，化書千載誤齊丘。 君今一字無遺散，留向寒山問石頭。
其二十三 餘生何以荅良朋，遺稿先將副本謄。 一刻鏤書傳萬禩，一隨玉匣殉昭陵。	其二十四 墨改朱塗紙未黃，中原望氣識奇光。 為君什襲藏金匱，留與千秋認沈郎。
其二十五 不爐不扇幾更霜，銳意應同百鍊鋼。 鐵硯未穿身已死，九泉何處用文章。	其二十六 半世心精苦繡成，山河擬伏筆尖平。 今朝束起懸高閣，落手猶聞嘆息聲。

其二十七	其二十八
七戰金陵氣不降，可憐傑士殉寒窗。 科名誤我今如此，踢倒金山瀉大江。	廿載徒然六息功，怒飛未遂徙南風。 梟盧擲下飛旋久，拍案呼來不是紅。
其二十九	其三十
鶴程冠佩漸高寒，想見丰儀欲画難。 心似蓮花腸似雪，神如秋水氣如蘭。	遺孤向若叩生平，祇倩丹青想影形。 似覩穀城山下石，提將坦老自關情。
其三十一	其三十二
黃鶴悠悠去不歸，兒啼女喚向君圍。 掉頭不顧同遺脫，萬仞懸崖撒手飛。	痛飲高譚讀異文，回頭往事已如雲。 他生縱有浮萍遇，政恐相逢不識君。
其三十三	其三十四
手運風斤鬪混淪，墨花開處剪鋒新。 文心化作青松塵，拂盡凡夫筆下塵。	濁世何爭頃刻光，人間真壽有文章。 君文自可垂天壤，翻笑彭翁是夭亡。
其三十五	其三十六
未劫灰中一卷心，千秋石匣俟知音。 世間耳目嬰兒淺，怕聽人彈霹靂聲。	絕壁無緣困五丁，不留一線與人行。 君文幻似桃源路，只恐青山誤後生。
其三十七	其三十八
片石支扉啟閉慵，有愁時借酒彌縫。 間來紙上尋知己，苔砌常留野鶴踪。	惜福持齋器不盈，清修何反促前程。 冥途業鏡如相照，照出枯腸菜幾莖。
其三十九	其四十
實學能從性地研，每干一介慎因緣。 不貪物力為功德，直向原頭証聖賢。	碧落黃泉兩未知，他生寧有晤言期。 情深欲化山頭石，劫盡還愁石爛時。
其四十一	其四十二
苦節如君始合天，常疑唐子自稱賢。 人間涉利無非業，縱賣青山亦業錢。	酒盃陶洗性情真，詠語能招莽漢嗔。 任爾機鋒多不應，只將鷗鳥待時人。
其四十三	其四十四
英雄回首即長眠，手擲山河交與天。 骨相不需麟閣畫，江聲岳色把神傳。	帶夢思君形影疑，一燈陰處想掀帷。 生前幾許牽懷事，並集清宵不寐時。
其四十五	其四十六
一片冰心白日寒，繇他獰鬼狀千般。 相傳地府威儀肅，莫作新詩謔冥官。	淮雲梵剎古城邊，傍水人家附郭田。 君昔戲言當葬此，今當向此卜牛眠。
其四十七	其四十八
也混衣冠與世群，孤神忽忽詣高雲。 對君莫怪譚風少，萬石洪鐘偶觸蚊。	孤館秋聲疎雨過，月明穿夢眼如魔。 無端寒雁一聲唳，不是思君恨已多。
其四十九	其五十
冥鞫惟愁慧業深，好除書癖與詩淫。 幽王鹵簿旁摻筆，瞥見還應起膩心。	君無殺業何至此，靜裡思量得之矣。 筆鋒鑿處殺機深，七竅血流混沌死。

其五十一 家計如君未是貧，清泉滿釜不生塵。 穿廚野雀分餘飲，箇是君家闖席賓。	其五十二 半世交游半陸沉，古人已死博知心。 思君欲把黃金鑄，世上難求足色金。
其五十三 玄語涼心不可思，令人欲擬拙言詞。 風吹天半峨嵋雪，下灑人間六月時。	其五十四 水次鱗居接葦蕭，魚喧米鬧晚來潮。 河梁日暮行人少，猶望君歸過板橋。
其五十五 不如烟草竟消沉，鶴返遼東轉累心。 千歲歸來人世改，當年眷屬已無尋。	其五十六 神識今朝隔冥陽，隨他業報不須忙。 君無多事求超脫，湯鑊蓮池總戲場。
其五十七 甕裡醯雞世界寬，蹄涔魚鱉掉廻瀾。 天河收卻長鯨去，恐把千江一吸乾。	其五十八 他人哭我我無知，我哭他人我則悲。 今日我悲君不哭，先離煩惱是便宜。
其五十九 馬遷作史徧游觀，中國山川出彈丸。 君御長風游八極，文章眼界海天寬。	其六十 半間塵鎖舊時閒，壁上蝸留字畫餘。 想見夜深淒絕處，月來窗下伴殘書。
其六十一 何人參透舌根禪，茹菫秋深老覺羶。 買得秋醪原勝水，拈來落果是烹鮮。	其六十二 既醒方知夢是迷，此言亦是夢中詞。 黃梁睡覺成仙去，究竟還非出夢時。
其六十三 英骨沉沙夜吐光，石羊書走被樵傷。 西陵不返千年恨，魄化飛烏罵夕陽。	其六十四 君作文人項骨強，知名不屑落名場。 床頭壁破無須鑿，倚枕看書就月光。
其六十五 饑腸寒骨儒非易，餬面違心仕更難。 地上有身無放處，不知地下可相安。	其六十六 掃水烹茶新水優，拜來雅覬不須酬。 自嘲殺業難除盡，枯蚌為刀切菜頭。
其六十七 清宵一夢駭重逢，夢裡惟愁是夢中。 急把衣裾牽握住，醒來依舊手原空。	其六十八 北邙幽恨結寒雲，千載同悲豈獨君。 焉得長江俱化酒，將來澆盡古今墳。
其六十九 沉沉夜槧燃幽炬，塚入松恨逼寢處。 風淒月苦知者誰？夜與山前石人語。	其七十 衡命無權可奈何，身宮磨蝎似東坡。 羨君不作紅塵夢，指點無勞春夢婆。
其七十一 莫向塵埃問一時，千年萬里弔相知。 有人繫馬墳前樹，半揖鞭稍哭古碑。	其七十二 舌碎常山血濺泥，樊于頭落手猶提。 寢終豈是男兒事，應怪家人眡耳啼。
其七十三 跡遍名山苦未能，頑身脫去好飛行。 昨朝蝶化莊周重，今日莊周化蝶輕。	其七十四 長門賦買甕頭香，文渴詩枯自引觴。 筆債而今仍謝絕，恥為人作嫁衣裳。

其七十五 何人不是夢中人，好夢榮華惡夢貧。 君是酒人方夢歡，阿誰呼覺未沾唇。	其七十六 方君與古漢留侯，意氣魁梧韻度柔。 經濟未舒黃石畧，形神先伴赤松遊。
其七十七 黃卷縹緗擁一身，倚來為枕臥為茵。 有時起舞敲書案，笑罵悲歌叫大人。	其七十八 寧為才鬼詠天花，莫作頑仙吸彩霞。 縱是羿妻能竊藥，無過月裡作蝦蟇。
其七十九 知名未肯為人忙，白水青鹽自侑觴。 長日夢廻慵未起，失迎曾有鶴登堂。	其八十 幕掩幽缸半幅陰，一杯作別酒空斟。 明朝返棹婁江道，回首寒城淚滿襟。
其八十一 君聽哀詞意勿悲，傷螭弔橰亦何為。 仙人一局滄桑變，百歲原同幾著碁。	

三、沈宛的五闋詞

表 7-2　沈宛的五闋詞（摘自《眾香詞》）

詞　牌	詞作內容
〈長命女〉	黃昏後，打窗風雨停還驟，不寐仍眠久。 漸漸寒侵錦被，細細香消金獸。 添段新愁和感舊，拚卻紅顏瘦。
〈一痕沙‧望遠〉	白玉帳寒夜靜，簾幕月明微冷。 兩地看冰盤，路漫漫。 惱殺天邊飛雁，不寄慰愁書束。 誰料是歸程，悵三星。
〈菩薩蠻‧憶舊〉	雁書蝶夢皆成杳，月戶雲窗人悄悄。 記得畫樓東，歸驄繫月中。 醒來燈未滅，心事和誰說。 只有舊羅裳，偷沾淚兩行。
〈臨江仙‧春去〉	難駐青皇歸去駕，飄零粉白脂紅。 今朝不比錦香叢。畫梁雙燕子，應也恨匆匆。 遲日紗窗人自靜，簷前鐵馬丁東。 無情芳草喚愁濃。閒吟佳句子，怪殺雨兼風。
〈朝玉階‧秋月有感〉	惆悵淒淒秋暮天。蕭條離別後，已經年。 烏絲舊詠細生憐。夢魂飛故國、不能前。 無窮幽怨類啼鵑。總教多血淚，亦徒然。 枝分連理絕姻緣。獨窺天上月、幾回圓。